天香

常剑钧剧作新选

常剑钧 著

中国戏剧出版社
CHINA THEATRE PRESS

图书在版编目（CIP）数据

天香：常剑钧剧作新选 / 常剑钧著． -- 北京：中国戏剧出版社，2024.9. -- ISBN 978-7-104-05564-8

Ⅰ．I230

中国国家版本馆CIP数据核字第2024GZ4871号

天香：常剑钧剧作新选

责任编辑：杨　娟　杨秋伟
责任印制：冯志强

出版发行：	中国戏剧出版社	
出 版 人：	樊国宾	
社　　址：	北京市西城区天宁寺前街2号国家音乐产业基地L座	
邮　　编：	100055	
网　　址：	www.theatrebook.cn	
电　　话：	010-63385980（总编室）　010-63381560（发行部）	
传　　真：	010-63381560	

读者服务：010-63381560
邮购地址：北京市西城区天宁寺前街2号国家音乐产业基地L座

印　　刷：	北京鑫益晖印刷有限公司
开　　本：	787mm×1092mm　1/16
印　　张：	26
字　　数：	350千字
版　　次：	2024年9月　北京第1版第1次印刷
书　　号：	ISBN 978-7-104-05564-8
定　　价：	156.00元

版权专有，违者必究；如有质量问题，请与出版社联系调换。

作者简介

常剑钧，剧作家。现为广西艺术创作中心一级编剧、广西戏剧家协会名誉主席。

其代表作品有：壮剧《歌王》《瓦氏夫人》《天上恋曲》《牵云崖》，彩调剧《哪嗬咿嗬嗨》《新刘三姐》，锡剧《英雄儿女》，楚剧《黄香》，琼剧《王国兴》《秋菊姨母》，粤剧《风雨骑楼》，话剧《老街》《水街》，民族歌剧《壮锦》《柳柳州》等。剧目多次获中宣部"五个一工程奖"，文旅部"文华大奖""文华优秀剧目奖""文华新剧目奖"，中国戏剧节"优秀剧目奖"，全国少数民族文艺会演剧目金奖；剧本曾获"中国曹禺戏剧文学奖""文华剧作奖"。

曾获"全国百名优秀中青年文艺家""文化部优秀专家""广西优秀专家"及广西政府"特聘专家"，享受国务院政府特殊津贴。

作者常剑钧

常剑钧剧作学术研讨会合影留念

中国戏剧家协会"戏剧文学讲师团"曹禺奖获奖剧作家云南行合影留念

接受中国戏剧家协会分党组书记陈涌泉颁发聘书

广西文化艺术创作人才小高地戏剧创作高级研修班现场

广西小戏创作研修班(第一期)现场

云南采风途中,与剧作家李宝群(右一)、剧作家王宏(右二)、剧作家余青峰(左一)合影

与著名导演查明哲（中）、著名作曲家杜鸣（右）在柳侯祠采风

与师友赵耀民教授（右二）、吴小钧教授（左二）、裴志勇（左一）泛舟漓江

与戏剧评论家马也（左）、戏剧评论家黎继德（右）在河池采风

与著名剧作家徐棻合影

与剧作家吕育忠在黄姚古镇

与文化学者樊国宾交谈

与老母亲合影

与妻子张崇芬合影

与家人合影

自　序

这本选集收入的十部作品及一个戏曲选段，都是我在2016年以后新创作的剧目，而且无一例外，都是应省（区）内外院团邀约创作的"命题作文"。

此类创作，往往令人生畏，因为它意味着诸多的束缚和不自由。但庆幸的是，邀约方的院团长及当地宣传文化主管部门的领导都十分谙熟戏剧创作的规律，十分地通情达理。他们没有给我任何条条框框，让我很快地就完成了由"要我写"到"我要写"的灵动转换，以至如期实现了愉快的合作。

写戏的人都明白，要做到一戏一格，一戏一品，不重复他人，不重复自己，并实现自我超越，是很不容易的。为此，我不断警醒自己，每个戏都要努力寻找新的突破点、切入点。在新编传奇壮剧《牵云崖》中，我找到了让一个演员饰演性格迥异的"俩姐妹"这个点，让俩姐妹在剧烈的内心情感冲突中完成了人性的"自我救赎"这一主题的现代重铸。在创作二十四孝故事之一的楚剧《黄香》时，我挖空心思，找到了"小孝孝于亲，大孝孝于民"这一贯穿全剧的情节链接和主题开掘。在现代彩调剧《新刘三姐》中，我以"旧瓶装新酒"的样式让四句七字头的"刘三姐歌谣"较好地承担起了推动剧情发展、激化戏剧冲突、揭示人物内心情感的作用。让"哥到远方把诗找，妹在诗中找远方"的冲突主线鲜活灵动起来，让当下的观众能得到情感的共鸣。在现代琼剧《秋菊姨母》中，为能揭示海南琼崖"二十年红旗不倒"，我设置了"山藏人，藏于林，人藏人，藏于心……"的核心唱段，让秋菊姨母的形象顿时鲜活起来。在根据同名电影改编创作的现代锡剧《英雄儿女》中，除了着力渲染王成的普通人情怀，写足兄妹情、父女情、战友情之外，还着重从戏曲化、锡剧化入手，将锡剧传统剧目《双推磨》与剧情人物无缝链接，让改编成为"有意味"的重新创作。在民族歌剧《柳柳州》的创作中，我的着力点并不在于柳宗元贬谪中为当地百姓做了哪些好事，而将笔墨集中于他心路历程的多重揭示。努力写出了他由"北望长安梦未休"至"官为民役才是真"，再至"我的长安是柳州"这一艰难的自我超越的丰富性和复杂性，"风雨人生路，行行复行行"。而剧中唐诗乐府与广西山歌的碰撞与交融也为我找到了创作该剧的切入点。

一个人，一辈子只做一件事，做好一件事，说来容易做来难。岁月悠悠，人生苦短，这大半辈子就如此这般打发过去了。在余下的日子里，我只想把手中的活做得更好一些，仅此而已，夫复何求！

在此，我要好好感激一下我的朋友裴志勇。这些年，我多次邀请他协助我的创作，诸如这个选集中的部分剧目《新刘三姐》《黄香》《香樟树下》《秋菊姨母》《天香》等。他任劳任怨，不计得失，协助我对一些剧目，再三切磋，不厌其烦，一改再改。精诚合作，努力使之臻于完善。

2024 年 6 月 22 日

目 录

剧 本

牵云崖（新编传奇壮剧） 3

黄香（新编历史楚剧） 43

风雨骑楼（现代粤剧） 81

秋菊姨母（现代琼剧） 121

新刘三姐（现代彩调剧） 155

柳柳州（民族歌剧） 189

英雄儿女（现代锡剧） 227

香樟树下（现代壮剧） 261

天香（现代邕剧） 297

遥远的铜鼓声（现代壮剧） 331

壮剧《黄文秀》片段 362

附录：文论

但愿人长久，千里共婵娟
——方言话剧《水街》创作漫记 367

历久弥新的"岭南记忆"
　　——粤剧《风雨骑楼》创作札记　370

至情至性的自我救赎
　　——壮剧《牵云崖》创作随感　373

诗在故乡
　　——《新刘三姐》唱词创作撷拾　376

我的"文艺队"岁月　380

"本土母题"的现代重铸　383

光　头　387

酒中戏，戏中酒　390

做　戏　394

我的长安是柳州
　　——民族歌剧《柳柳州》创作随笔　398

常剑钧戏剧出版物一览　404

剧本

新编传奇壮剧

牵云崖

（根据壮族民间传说创作）

时　间　很久以前。

地　点　骆越壮乡。

人　物　俏来——壮家姑娘，达莲的孪生姐姐。

　　　　达莲——壮家姑娘，俏来的孪生妹妹。

　　　　　　（俩姐妹由同一演员饰演）

　　　　蛇郎——蛇族后生。

　　　　阿妈——俏来、达莲的阿妈。

　　　　勒亚——壮寨后生。

　　　　阿兰——俏来、达莲的玩伴姐妹。

　　　　阿公——壮寨祭司、师公戏班头。

　　　　樵夫、采药人、侍女、家仆、师公戏人、男女众乡亲。

序

[拂晓时分。

[古骆越壮寨村前。

[牛角号声声激荡，无字的壮歌哼鸣由远而近。

[光渐亮。

[远见青山隐隐，近处干栏错落。

[图腾柱旁，祭司阿公率众乡亲虔诚膜拜。

阿　公　（壮语滔滔，声声铿锵）有人作孽太多，老天终于发作，暴雨引来山洪，众多乡亲跌河，眼看命悬一线，始祖显灵救我。蛇家后生神勇，河中斩浪劈波，救起落水乡亲，我等才得安乐！

众乡亲　（齐颂）布洛陀！布洛陀！

阿　公　布壮知恩图报，岂能空口谢过？谁家拿好主意，快对始祖诉说！

阿　妈　（颤巍巍地从地上爬起）我家有女孪生，任他挑选一个，嫁与蛇郎为妻，千金无悔一诺！

众乡亲　（齐呼）布洛陀！布洛陀！

[光渐收。

[无字壮歌轰然而起，由近而远，不绝如缕。

第一场

[数日之后，正午时分。

[阿妈家中，干栏内外。

[达莲正坐在竹凳上飞针走线织绣球。

达　莲　（唱）隔河听见锦鸡叫，

　　　　　　　太阳红脸半山腰。

　　　　　　　金丝银线针针密，

　　　　　　　织个绣球对谁抛？

[阿妈上。

阿　妈　（唱）多年寡居深山坳，

　　　　　　　日子虽苦也逍遥。

　　　　　　　生对女儿双胞胎，

　　　　　　　一样肥瘦一样高。

达　莲　（将绣球递给阿妈看）阿妈，你看绣得好不好啊？

阿　妈　好！好！我家达莲就是心灵手巧，又会体贴人，不晓得将来爽了哪家的崽啊！

达　莲　（羞涩地）阿妈，这是我帮阿姐织的……

阿　妈　眼看蛇郎就要上门相亲了，不晓得他会看中你们哪一个，你们哪一个又会看中他。

达　莲　阿妈呀！要嫁也是阿姐先嫁呀！

阿　妈　那倒也是，（叹气）你阿姐一向眼角高，不晓得她是不是看得上人家！

达　莲　阿姐她一向佩服的是英雄，蛇郎救了那么多的人，一定是个大英雄，阿姐她肯定会中意的，你就放心吧！

阿　妈　但愿如此啰！（朝内呼）俏来！俏来！你快点出来！

达　莲　阿姐她一大早就出门去了，我去找她！（下）

［阿妈目送着达莲的背影，下。

［衣衫褴褛的蛇郎手提两挂腊肉来到门前。

蛇　郎　（环顾四周，喟然长叹）我本深山蛇类，蒙始祖布洛陀梦中点化，蜕为人形，遣到世间，探世情之真假，辨世态之深浅，品人性之冷暖，察人心之美丑……这真是啊——（唱）

　　　　　为情踏平千条路，

　　　　　为情等枯万山竹。

　　　　　为情不辞世间难，

　　　　　为情尝遍人生苦。

　　　　　小蛇郎使命在肩相亲来，

　　　　　人相我我相人安知祸福？

　　　　　唯愿干栏真情在，

　　　　　馨香远播小茅屋。

［蛇郎上前欲敲门又有些犹豫。

［勒亚上。

勒　亚　（不停地打量着蛇郎）你……你就是蛇郎？

蛇　郎　（点点头）你……

勒　亚　（揉了揉眼睛）你就是从大水里救了我们的蛇郎阿哥？

蛇　郎　（笑了）正是。

勒　亚　听阿公讲，你今天是来相亲的？

蛇　郎　……就算是吧。

勒　亚　（急忙脱下外衣递过）来，我们换一件衣服吧！

蛇　郎　（莫名其妙）你……这是……

勒　亚　啊，我叫勒亚，往后我们就是兄弟了！俏来和达莲可是我们壮家最漂亮的妹崽啵！（欲脱蛇郎烂衣）莫客气，还是换一下好！

蛇　郎　（明白过来，感激地推辞）勒亚兄弟，你的好意我心领了，这衣服嘛，就不用换了！

勒　亚　蛇郎相亲来啦！相亲来啦！（边呼边下）

[俏来喜盈盈开门迎出，她衣着装扮与达莲一模一样，不同的是，眉宇之间多了几分傲气与冷漠。

[蛇郎闪身进屋，将手中腊肉挂到墙上。

俏　来　（上下打量着蛇郎）你……你就是水中救人的英雄蛇郎？

蛇　郎　（也悄悄看着俏来）英雄不敢，蛇郎正是。祭司阿公叫我前来……

俏　来　（不冷不热）蛇郎请坐，我是俏来，阿妈叫我在家等你……

　　　　（唱）他衣衫褴褛像叫花，

　　　　　　　他一脸穷酸气质差。

蛇　郎　（唱）她似仙女凡尘下，

　　　　　　　艳过园中牡丹花。

俏　来　（唱）莫非他真人不露相，

　　　　　　　我这里仔细看端详。

　　　　　　　一朝走眼误终身，

　　　　　　　悔断弯弯九曲肠。

蛇　郎　（唱）我破衣难掩狼狈样，

　　　　　　　她眉飞傲气眼含霜。

　　　　　　　家贫莫走相亲路，

　　　　　　　免得到头羞一场。

俏　来　蛇郎，我来问你，除了耕田种地你还会做些什么？

蛇　郎　那就多了，打猎砍柴、割草盖屋、挑水浇园……

俏　来　（打断）得了！你就没有想到要做一个……英雄？

蛇　郎　（摇头）英雄？什么是英雄？

俏　来　你听好了！（唱）

　　　　　　　　俏来自小有个梦，
　　　　　　　　一生一世伴英雄。
　　　　　　　　英雄自有凌云志，
　　　　　　　　凡夫俗子怎相同？
　　　　　　　　振臂一呼千山应，
　　　　　　　　胸有韬略唱大风。
　　　　　　　　前呼后拥人伺候，
　　　　　　　　纵横南北与西东。

蛇　郎　（一拍脑袋）我总算是听明白了！（唱）

　　　　　　　　自古美女爱英雄，
　　　　　　　　天南地北梦相通。
　　　　　　　　可叹蛇郎孤寒崽，
　　　　　　　　家贫志短梦不同。
　　　　　　　　我只想，头上有顶茅草屋，
　　　　　　　　能挡冷雨遮寒风。
　　　　　　　　我只盼，日有三餐腹中暖，
　　　　　　　　夜盖薄被睡意浓……

俏　来　此话当真？

蛇　郎　当真！（唱）

　　　　　　　　英雄自有英雄样，
　　　　　　　　怎像山中毛毛虫？
　　　　　　　　莫怪冒昧相亲人，
　　　　　　　　得听教诲脸也红。

　　　　［俏来装出一脸笑容，倒茶递给蛇郎。

俏　来　你难得来一趟，喝杯茶吧！喝完这杯茶咧，就……

蛇　郎　（接过茶一饮而尽）多谢了！茶已喝了，就此别过！（欲下）

俏　来　等一下！（从墙上取下腊肉，递给蛇郎）这是你的吧？如果我没有猜错,还是从隔壁家借来的,下次再借,你多借一件外衣呀,对咩?

蛇　郎　阿姐真聪明。(接过腊肉下)

　　　　[阿妈急匆匆从里屋奔上。

阿　妈　(急切地)蛇郎莫走!莫走啊!

俏　来　阿妈莫急,我看不上,不是还有达莲阿妹吗?

阿　妈　(一戳俏来额头)你呀!

　　　　[俏来轻盈而下。

阿　妈　达莲、达莲啊!(奔下)

　　　　[勒亚推着蛇郎,阿兰拉着达莲上。

阿　兰　(唱)　高山岭顶有块田,

勒　亚　(唱)　不种谷子我栽莲。

阿　兰　　　　月亮落山太阳出,
　　　　(唱)
勒　亚　　　　映日荷花别样鲜!

　　　　[勒亚、阿兰分别将蛇郎、达莲按坐竹凳上,相视莞尔下。

　　　　[达莲起身,羞涩地背过身去,不敢正视蛇郎。

　　　　[蛇郎亦起身,看着达莲的背影,不知所措。

　　　　[达莲敬茶,蛇郎接茶,细看达莲,大吃一惊,手中茶杯落地。

蛇　郎　你……你是俏来?

达　莲　(捡起茶杯,倒茶再奉)我是达莲,我们是双胞胎姐妹。

蛇　郎　啊,像!太像了!(唱)

　　　　　　山中少见同样树,

　　　　　　世上怎有同样人?

　　　　　　一杯清茶两次送,

　　　　　　两种滋味品在心。

　　　　[蛇郎品茶,达莲偷偷看着他。

达　莲　(唱)　他衣衫虽破身板挺,

　　　　　　像是个顶天立地好后生。

　　　　　　他模样朴实貌憨厚，
　　　　　　　　分明是外拙内秀心里明。
蛇　郎　（试探）达莲阿妹，唐突打扰，冒犯之处，还请原谅。
达　莲　阿哥是高山打鼓名声远，舍己救人美名传！
蛇　郎　达莲阿妹不一般，今日有缘来相见！
　　　　[俩人四目对视，有如电石火花，赶紧闪躲。
蛇　郎　（唱）姐讲我穷我真穷，
　　　　　　　　姐嫌我衰我真衰。
　　　　　　　　家中茅草盖屋顶，
　　　　　　　　问妹心中哪样猜？
达　莲　（唱）龙不翻身不下雨，
　　　　　　　　雨不浇花花不开。
　　　　　　　　竹篱茅舍风光好，
　　　　　　　　夫唱妇随"爽歪歪"。
蛇　郎　（唱）打碎花碗砌花街，
　　　　　　　　山伯天天等英台。
达　莲　（唱）春来到哥屋里看，
　　　　　　　　哪朵红花是哥栽？
蛇　郎
达　莲　（唱）花街开间裁缝铺，
　　　　　　　　哥做衣裙妹做鞋。
　　　　　　　　人间布料由你选，
　　　　　　　　任你剪来任你裁！
　　　　[俩人再次四目相对，却像拴了丝线一般，阿兰、勒亚悄然而上，
　　　　在俩人之间做拉扯状。
阿　兰　（唱）好谜当猜你快猜，
勒　亚　（唱）好花当采你快采。
阿　兰　（唱）绣球当抛你快抛，
勒　亚　（唱）往后慢慢比歌才。

[不远处的阿妈会心地笑了。

[阿兰将桌上绣球塞到达莲手中。

勒　亚　抛啊！

[达莲手中的绣球抛向蛇郎。

[切光。

[一束光打在念念有词的阿公身上。

[樵夫、采药人领着耍弄板凳的师公戏人且歌且舞：

　　水中最深龙潭沓，

　　世上最深是人心。

　　你要试真真亦假，

　　你要看假假也真……

　　李代桃僵悲成喜，

　　喜成悲时怨何人？

　　看官睁大一双眼，

　　戏中有戏看分明……

第二场

[一年之后。正午时分。

[壮寨村前小河旁。

[远听山歌隐隐，近闻流水哗哗。

[阿兰正和姐妹们在河边浣衣，勒亚将石子投入水中，姐妹们戽水反击。

阿　兰　（唱）往日见哥好热火，

　　　　　　　今天见哥好冷落。

　　　　　　　莫非心中另有人，

　　　　　　　得吃饺子忘了馍。
勒　亚　（唱）燕子不忘旧时窝，
　　　　　　　阿哥夜夜想娇娥。
　　　　　　　眼泪打湿棉籽枕，
　　　　　　　今早标芽三寸多！
　　　　　[俏来挽洗衣篮上。
阿　兰　俏来姐，你也来洗衣呀？
俏　来　我是来找你们两个的。（将俩人拉过一旁）我是来问点事情的。
阿　兰　俏来姐，什么事啊？
俏　来　听讲，上个月是你们陪达莲到蛇郎家相亲的？
阿　兰　是啊！蛇郎家好远，好远，走到脚抽筋都还不曾到他家呢！
勒　亚　你还不晓得，还要路过一个牵云崖，那才喊作险呢！（数）牵云崖，险中险，猴子难爬鸟不沾；抬头白云眼前飘，低头脚软心胆寒……
阿　兰　莫讲了，好怕多。
俏　来　啊，牵云崖，我记得了，我是问……问……蛇郎家是个什么样子啊？
阿　兰　达莲没有讲给你听吗？
俏　来　哪好意思问她……
勒　亚　还是我们讲给你听吧！（唱）
　　　　　　　蛇家寨，好气派，
　　　　　　　青砖瓦房排对排。
　　　　　　　门前蹲对石狮子，
　　　　　　　铜钉金匾放光彩。
阿　兰　（唱）刚进三十六间房，
　　　　　　　还有大半门未开。
　　　　　　　家仆躬身迎远客，
　　　　　　　侍女摇扇把茶筛……

| 勒　亚 | （唱） | 富甲八方数蛇郎， |
| 阿　兰 | | 恭喜你家红运来！ |

俏　来　（大吃一惊）你们没有看错吧？

勒　亚　不会错，不会错，看得真真的！

俏　来　蛇郎是借了别人家的房子来哄你们的！

阿　兰　俏来阿姐，你也太小看你的妹郎了！

勒　亚　他可是真正的大英雄呀！（唱）

　　　　　　他双手擒龙下深潭，

　　　　　　他只身打虎上山冈。

　　　　　　他三天劈开两座岭，

　　　　　　他十日盖成九间房……

阿　兰　（唱）乡里乡邻人称颂，

　　　　　　　山前山后美名扬。

　　　　　　　人人都竖大拇指，

　　　　　　　赞他英雄世无双！

俏　来　（大惊）这……难道都是真的？

勒　亚　今天他就要来接亲了，怎会有假？

阿　兰　俏来阿姐，快去迎接大英雄吧！

　　　　[远处传来接亲的鼓乐声。

阿　兰　哎呀，我还要去当伴娘呢！（跑下）

勒　亚　俏来姐，我也有活路，走了。（下）

　　　　[鼓乐声越来越近。

　　　　[俏来心绪不宁，思潮翻滚。

俏　来　耳听为虚，眼见为实，蛇郎马上就要来了，我倒要亲眼看一看，他到底是个什么货色！（下）

　　　　[接亲队上。走在花轿后的蛇郎锦衣簇簇，分外英俊潇洒。

　　　　[祭司阿公率众乡亲执各式礼仪迎至寨口。

众后生　（唱）山高水远到妹村，

　　　　　　　多谢阿妹开寨门。
　　　　　　　八抬花轿明早去，
　　　　　　　三朝回门谢乡邻。
众姑娘　（唱）人不拦人歌拦人，
　　　　　　　对歌不赢莫进门。
　　　　　　　妹家门口九道坎，
　　　　　　　坎坎拦路有歌神！
　　[祭司阿公领众乡亲做各种迎亲礼仪。
众乡亲　（唱）高高山上一蔸樟，
　　　　　　　又做箱子又做床。
　　　　　　　箱子装满金元宝，
　　　　　　　床上睡个小蛇郎。
阿　公　走啊！
　　[接亲队和众乡亲且歌且舞朝达莲家而去。蛇郎雄姿英发向乡亲们招手。
　　[俏来从隐身处闪出，呆呆地望着蛇郎的背影。
俏　来　（狠狠地）蛇郎，你这个冤家啊！活活气死我了！（唱）
　　　　　　　恨你本是富家子，
　　　　　　　却为何相亲专挑破衣裳？
　　　　　　　恨你本有凌云志，
　　　　　　　却为何在我面前装窝囊？
　　　　　　　害我走眼人嗤笑，
　　　　　　　丈夫转身变妹郎。
　　　　　　　害我今生不安宁，
　　　　　　　一世的宏愿要泡汤！
　　　　　　　奇耻大辱怎能忘，
　　　　　　　情债要用情来偿！
　　　　　　　从今后，瞪大双眼盯紧你，

　　　　　　"人肉搜索"铺天网。

　　　　　　你莫一副得意相,

　　　　　　往往大错出轻狂。

　　　　　　达莲啊,好妹妹,

　　　　　　莫怪阿姐这般想。

　　　　　　原本是,同根并蒂姐妹花,

　　　　　　怎能够,一枝臭来一枝香?

　　　　　　八抬大轿悠悠晃,

　　　　　　你能安坐心不慌?

　　　　　　穿金戴银好生活,

　　　　　　你能一人来独享?

　　　　　　天下好男无几个,

　　　　　　为何独上你的床?

　　　　　　纵然对我千般好,

　　　　　　只怕姐妹难长久……

[光渐暗。

[婚庆的喜乐声,鞭炮声中景转达莲家干栏门前。

[远处的松明火把,近处的油灯烛光,映出端坐窗前的达莲剪影。

[众姑娘正在门前窗外陪达莲唱"哭嫁歌"。

达　　莲　啊妈呀!(唱)

　　　　　　难舍灶头盐和醋,

　　　　　　难舍后园菜和瓜。

　　　　　　难舍门前山溪水,

　　　　　　难舍干栏竹篱笆……

众姐妹　(唱)　阿妈又添白头发,

　　　　　　往后哪个来梳它?

　　　　　　阿妈腰酸哪个捶?

　　　　　　阿妈背痒哪个抓?

达　莲　（唱）姐呀姐，
　　　　　　　　狠心送妹出了门。
　　　　　　　　往夜姐妹排头睡，
　　　　　　　　今后哪个挨妹身？……
众姑娘　（唱）山中金竹根连根，
　　　　　　　　往后姐妹少一人。
　　　　　　　　好比筷子缺一只，
　　　　　　　　哪样夹菜哪样吞？
　　　　［达莲身着新嫁衣从房里缓缓而出。
达　莲　（问阿兰）阿兰，看见阿姐吗？
　　　　［阿兰摇摇头，达莲问另一姑娘，她也摇了摇头。
达　莲　（唱）天上无月星不亮，
　　　　　　　　不见阿姐心发慌。
　　　　　　　　知你难舍姐妹情，
　　　　　　　　无人之处来躲藏。
　　　　　　　　知你怕见妹的面，
　　　　　　　　怕我流泪到天光。
　　　　　　　　欲上花轿腿难抬，
　　　　　　　　姐妹离别遗恨长！
　　　　［天色渐亮。
　　　　［阿妈和众乡亲送到门前。
勒　亚　新娘上轿啰！
达　莲　（扑到阿妈怀中）阿妈！
　　　　［光渐暗。
　　　　［鼓乐声大作。
　　　　［山歌悠悠，牵肠挂肚。
　　　　　　　　日头出来一团金，
　　　　　　　　妹撑阳伞把把新。

　　　　　　　阿妹撑伞莫遮脸，

　　　　　　　免得阿哥认错人……

第三场

[数日之后。

[盘山弯路。

[千峰叠翠，危崖万仞，飞瀑倒悬，樵歌隐隐。

[白衣白裙的达莲和蛇郎牵手上。

达　莲　（唱）三朝回门数日转，

　　　　　　　一路鸟语伴野花。

　　　　　　　最喜阿姐情难舍，

　　　　　　　随我同行到夫家。

[达莲回身招手：阿姐，快点走啊！

[俏来内声：来了！

[蛇郎掏出手帕拭去达莲额头的汗珠，夫妻俩依偎缠绵。

蛇　郎　达莲，山路太陡，我来背你吧！

达　莲　（轻嗔）阿姐在后面看见，像什么话，我不累，走吧！

[达莲从壮锦袋里掏出一把菜籽，撒在路旁。

蛇　郎　达莲，你一路撒的是什么呀？

达　莲　（摊开手心）你看嘛！（唱）

　　　　　　　一把菜籽路边撒，

　　　　　　　来年三月开黄花。

　　　　　　　阿姐跟着菜花走，

　　　　　　　不用问路也到家。

蛇　郎　（感动）你们姐妹真贴心！阿姐她能在我们家住这么久吗？

达　莲　我们对她好一点，她就能住得久一点呀！

蛇　郎　阿姐如今对我不搭不理，一定是对相亲之事记恨在心……

达　莲　（打断）不会的，她如记恨于你，就不会到我们家来了。

蛇　郎　但愿如此。

达　莲　前面有蔸杨梅树，我们到树下去等阿姐吧！

　　　　[达莲、蛇郎下。

　　　　[刀斧叮当，樵歌声声。

　　　　[执刀斧的砍樵人和背竹篓的采药人遥遥相望。

采药人　（放下背篓）砍柴的老哥，歇一下吧！

樵　夫　（放下刀斧）唱首山歌解解困吧！

采药人　（唱）昨日卖药到长街，
　　　　　　　有人找我好古怪。
　　　　　　　拿钱来买后悔药，
　　　　　　　哭得泪水流满腮。

樵　夫　（唱）昨日打柴长街卖，
　　　　　　　撞件事情更奇怪。
　　　　　　　有人用秤称良心，
　　　　　　　让你嘴巴都笑歪。

采药人　（唱）哥你见怪莫要怪，

樵　夫　（唱）只因人心太难猜。

采药人　　　　回家酥碟花生米，
樵　夫　（唱）二两水酒慢慢筛。

　　　　[樵夫、采药人隐去。

　　　　[身着红衣红裙的俏来上。

俏　来　（唱）小夫妻秀恩爱前头带路，
　　　　　　　全不顾后面人心中想哭。
　　　　　　　到蛇家为的是看个明白，
　　　　　　　俏来我岂能是一输再输！

［俏来在崎岖险峻的山道上艰难行走。时而提裙小心翼翼踮足而行，时而攀藤拉树侧身而过，时而双手撑地如猿猴，时而大步跨越如羚羊……

俏　来　（擦汗，喘气）我的妈呀！（朝下看，赶紧蒙眼）我的天呀，吓死人了！

　　　　［俏来紧张地侧身前行。突然目光被什么死死吸引住。

俏　来　（惊呼）我的天啊！这么漂亮的花啊！怎么偏偏开在这么危险的地方！

　　　　［俏来看着远处，若有所思。

俏　来　（呼唤）达莲！阿妹！阿姐有话要和你讲！

　　　　［达莲内应：好的！

俏　来　等我一下。（奔下）

　　　　［蛇郎上。

蛇　郎　（唱）　姐妹要讲悄悄话，
　　　　　　　　只好独自过山崖。
　　　　　　　　且行且把姐妹等，
　　　　　　　　边撒菜籽边回家。

　　　　［蛇郎拿着达莲的壮锦袋，抓出一把油菜籽撒向路边。
　　　　［达莲匆匆上。

蛇　郎　达莲，阿姐呢？

达　莲　还在后面，阿姐她……（欲言又止）

蛇　郎　她怎么啦？再不赶紧，天黑前我们就赶不到家了。

达　莲　阿姐讲，她不好意思见你，不愿和你做伴同行。

蛇　郎　这……这可如何是好呀！（搔头）

达　莲　（拉着蛇郎的手）你先走，在村口等我们好不好？

蛇　郎　山路太险……

达　莲　我从小就随阿妈上山打柴，什么险路、难路没有走过？你就放心吧！（摇着蛇郎的手声声恳求）

蛇　郎　（无奈）好吧！（下）

　　　　[达莲朝来路下。

　　　　[樵歌再起。

樵　夫　（唱）牵云崖，高过天，

　　　　　　　牵手牵脚牵心弦。

　　　　　　　世间风光处处好，

　　　　　　　为何偏到悬崖边？

采药人　（唱）妹扯白云抹把汗，

　　　　　　　哥凑日头点袋烟。

　　　　　　　莫道世间风光好，

　　　　　　　奇景偏在悬崖边……

　　　　[樵歌远去。

　　　　[俏来上。

俏　来　达莲，你快来看呀！山崖边那蓬野花好大、好艳哟，从来没有见过这么漂亮的花啵！等我把它摘下来先！

　　　　[俏来走到悬崖边，朝下看，一阵惊悸。

俏　来　哎哟，我的妈呀！太险火了。哎哟，你爬下去了，你去帮我摘啊？太好啦！我从小就恐高，你什么也不怕，还敢爬到树上摘鸟窝……

　　　　[俏来再朝下看了一眼，吓得浑身发抖。

俏　来　达莲，你快上来吧！我不要了，什么都不要了！……什么？你一定要摘到它，一定要把它送给我。喜欢……（欲哭）阿姐我……心中……好喜欢……什么？把山藤抛下去给你，你拉着它爬上来……好的！

　　　　[俏来拉起脚下的山藤，朝下抛去。

俏　来　采到花了！太好啦！我拉你上来！手要抓紧，慢点，慢点……

　　　　[俏来双手缓缓拉着山藤。

俏　来　（唱）手中山藤颤，

　　　　　　　胸间波涛翻。

要雪刻骨铭心恨，

天遣良机在眼前。

想到姐妹情，

心如乱箭穿。

松手太不忍，

拉起又不甘。

人在悬崖边，

进退实两难……

[俏来身躯摇晃不停，神情恍惚之中，不觉松开双手，手中山藤滑落……

[一声惊呼，光急灭。

[樵歌声中光复明。

[俏来如虚脱般瘫在悬崖边。

[蛇郎急上。

蛇　郎　（搀起俏来，着急地）阿姐，达莲呢？

俏　来　（回过神来）蛇郎，你看清楚点，我是达莲啵！

蛇　郎　（大惑）你是达莲？那俏来阿姐呢？

俏　来　阿姐她……回家去了，她讲她……这辈子再也不想见到你了！

蛇　郎　（大惊）啊！（仔细端详）明明就是阿姐嘛，这身衣服就是阿姐刚才穿的。

俏　来　刚才阿姐和我换的，阿姐讲，见到了衣服就像见到了我，好留个念想。

蛇　郎　（揉揉双眼）你真的是达莲？

[俏来亲热地挽住蛇郎的手。

俏　来　（柔情无限）蛇郎，我的大英雄，我们回家去吧！

[切光。

[迷蒙之中，师公戏人的吟唱声声揪心。

阿　公　（壮语呢喃）布洛陀啊布洛陀！

师公戏人（唱）　莫要讲，

　　　　　　　　　铜锅铁锅都是锅，

　　　　　　　　　糠箩米箩都是箩。

　　　　　　　　　原本是，

　　　　　　　　　岭是岭来坡是坡，

　　　　　　　　　沟是沟来河是河。

　　　　　　　　　世上有路千万条，

　　　　　　　　　一步走错步步错。

　　　　　　　　　错错错，

　　　　　　　　　莫莫莫……

第四场

[数月之后。

[蛇郎家中。

[厅堂内外各种摆设显得富足名贵又不奢华张扬。

[庭院中，蛇郎遥望远山，若有所思，情怅意惘。

蛇　郎（唱）　数月来望远山浮云悠悠，

　　　　　　　　有多少疑和问郁结心头。

　　　　　　　　自从夫妻回家转，

　　　　　　　　好比灯盏换了油。

　　　　　　　　欲拨灯不亮，

　　　　　　　　想抹灯烫手。

　　　　　　　　往日里我与她心有灵犀，

　　　　　　　　明深浅知冷暖恩爱情稠。

　　　　　　　　如今两心隔堵墙，

　　　　　　　无门无窗气闷喉。
　　　　　　　低头不见抬头见，
　　　　　　　她烦我厌猫躲狗……
　　　　　达莲！你还是达莲吗？你快告诉我，这个人还是过去的你吗？
　　　　　　　一样的俏脸弯弯眉，
　　　　　　　一样的清甜好歌喉。
　　　　　　　一样的高矮与肥瘦，
　　　　　　　一样的婀娜风摆柳……
　　　　　　　到底是何不一样，
　　　　　　　她……她……
　　　　　　　眼中少了那点爱与柔。
　　　　[蛇郎举头向天，似在寻找答案。

蛇　郎　这样目光我在哪里见过？（思索）在哪里见过……
　　　　[俏来内呼：蛇郎，你在哪里呀？
　　　　[蛇郎闻声躲下。
　　　　[俏来上。

俏　来　（四下环顾，装出笑脸）刚才还在这里，怎么又不见了？你想和我捉迷藏啊！（唱）
　　　　　　　蒙起双眼心不慌，
　　　　　　　夫妻本是捉迷藏。
　　　　　　　你躲我藏真好耍，
　　　　　　　天地悠悠梦一场。
　　　　[找不到蛇郎，俏来脸上笑意全消。一声长叹，悲从中来。

俏　来　（唱）梦寐以求要把英雄嫁，
　　　　　　　嫁了英雄心乱如麻。
　　　　　　　他不冷不热少爱恋，
　　　　　　　我恨意未消有疙瘩。
　　　　　　　最是梦惊三更后，

　　　　　达莲喊声如针扎。
　　　　　那根山藤如绞索，
　　　　　要把我往悬崖拉。
　　　　　一念之差害死妹，
　　　　　往后如何见阿妈？
　　　　　达莲我的好阿妹，
　　　　　如今魂魄在哪家？
　　　　　你一死百了事事了，
　　　　　老天将我来惩罚。
　　　　　食不甘味夜不寝，
　　　　　冷汗打湿枕上花。
　　　[一侍女捧一摞新衣上。
侍　女　（施礼）夫人，你要的新衣服裁缝送来了，试一下合不合身。
俏　来　（心烦意乱）去去！快把蛇郎找来！就讲达莲找他！
侍　女　（置衣于案）是！（下）
　　　[俏来试衣，心不在焉，欲试又扔。
　　　[蛇郎上。
　　　[俏来装出笑脸，迎上去拉着蛇郎的手。
俏　来　（娇嗔地）人家都找你好半天了！
蛇　郎　（挣脱手）又有什么事了？
俏　来　人家想你了嘛！（靠近蛇郎）
蛇　郎　（离开几步）达莲啊，我看你是想阿妈、阿姐了吧！
俏　来　当然想啦。
蛇　郎　那好，明天我就随你回家一趟，看望她们。
俏　来　（紧张地）不用了！不用了！家中昨天捎了口信来，俏来阿姐已嫁到大山背去了，阿妈随她前往，那里山高水远，谁也不认得路，我们还是等到八月十五再去找她们吧！
蛇　郎　也好！

俏　来　（又凑到蛇郎跟前）蛇郎啊！……

蛇　郎　（推开）你不是爱听故事吗？坐好，今天，我就再给你讲一个。

俏　来　（只好正襟危坐）什么故事？不会又是三支神箭吧？我听得耳朵都起茧了。

蛇　郎　讲一个相亲的故事，你听好了！（唱）

　　　　　　有个后生家贫寒，

　　　　　　破衣遮身烂鞋穿。

　　　　　　有人牵线去相亲，

俏　来　（接唱）赶紧借钱换衣衫！

蛇　郎　非也！非也！（唱）

　　　　　　后生不愿把人骗，

　　　　　　破衣烂衫心坦然。

俏　来　（接唱）果然人穷志不短，

　　　　　　不知是否遇麻烦？

蛇　郎　果然！果然！（唱）

　　　　　　那家姑娘赛天仙，

　　　　　　见识不俗更非凡。

俏　来　后来怎样？成了没有？

蛇　郎　（接唱）羞辱提问一大串，

　　　　　　后生汗颜把家还。

俏　来　这就完了？蛇郎啊！（唱）

　　　　　　平平淡淡无悬念，

　　　　　　这个故事太一般。

蛇　郎　（接唱）一波三折在后头，

　　　　　　耻辱练就好儿男。

　　　　　　后生发奋创大业，

　　　　　　荒山建成新家园。

　　　　　　事成再把姑娘找，

想了心头一桩愿。

俏　来　他找到了吗？

蛇　郎　（唱）姑娘不知何处去，

空留遗憾在心间。

俏　来　你的故事开始有点味道了，那后生到底有什么心愿啊？

蛇　郎　那后生只想对姑娘讲两句话。

俏　来　哪两句？

蛇　郎　（唱）相亲装束本是真，

无意作假哄别人。

世上有河也有海，

人心比它哪个深？

俏　来　（意识到什么，坐立不安）蛇郎啊，你的故事好像只讲到一半啵。

蛇　郎　是啊，你还想听？

俏　来　（坐不住了）留点悬念，明天再讲。我去看看晚饭备好没有。（匆匆下）

蛇　郎　来人！

［一家仆上，恭立一旁。

蛇　郎　明天一早，速速备轿，去到夫人家中，将我那岳母大人和俏来阿姐请来！

家　仆　明白！（下）

［蛇郎在暮色中眺望茫茫远山，心潮难平。

蛇　郎　（心中的呼唤）达莲，你在哪里呀？

［切光。

［凄婉迷蒙的壮语山歌飘然而来：

豌豆花开豌豆花，

豌豆花开竹篱笆。

豌豆还有篱笆缠，

妹今有谁来缠她？

第五场

［紧接前场。

［蛇郎家庭院一角。

［浮云遮月，一派迷蒙。

［无字的壮歌哼鸣隐隐可闻。

［一蒙面女子从墙角闪出，她撩开面巾，正是死而复生的达莲。

达　莲　（唱）天下事蹊蹊跷跷看不清，
　　　　　　　　达莲我九死一生返门庭。
　　　　　　　　那一日采野花坠落深崖，
　　　　　　　　大树杈救了我一条小命。
　　　　　　　　数月来养伤深山樵夫家，
　　　　　　　　伤未愈急切切要见夫君。
　　　　　　　　本想给他一惊喜，
　　　　　　　　谁料到家中换了女主人！
　　　　　　　　蛇郎唤姐叫达莲，
　　　　　　　　她面不改色心不惊。
　　　　　　　　看起来山藤不断情也断，
　　　　　　　　姐害妹是心中另有隐情。
　　　　　　　　本想离开伤心地，
　　　　　　　　怎奈双脚不肯行。
　　　　　　　　更怕蛇郎难知晓，
　　　　　　　　日后灾祸又缠身。

［达莲深情地抚摸着身边的一桌一凳、一草一木，一门一窗，万般眷恋涌上心头。

达　莲　（心底的呼唤）蛇郎啊！我俩在这里赏月对歌，品茶浇花，在这里相互倾诉心中的秘密，在这里筹划未来的那个家……蛇郎啊，这些，你都还记得吗？

["记得啊！"蛇郎的回应犹如天外来音。

[天上银辉熠熠，光华灿烂。

[达莲心中的蛇郎笑声朗朗，翩然而至。

蛇　郎　（执达莲之手）达莲啊！（唱）
　　　　　　　莲出污泥而不染，
　　　　　　　亭亭玉立在人间。

达　莲　（唱）任是山深更深处，
　　　　　　　有你陪伴在身边。

蛇　郎　（唱）你不嫌蛇郎出身贱，

达　莲　（唱）百般呵护心中暖。

蛇　郎　（唱）你让我知情与爱，

达　莲　（唱）你我真诚可对天！

蛇　郎　（唱）无你我是一草莽，
　　　　　　　无家无业无挂牵。

达　莲　（唱）无你生活无滋味，
　　　　　　　无酸无辣无油盐。

蛇　郎　（唱）有你蛇郎有了家，
　　　　　　　甘蔗拌糖节节甜。

达　莲　（唱）有你人生有担当，
　　　　　　　天大事情扛在肩。

蛇　郎　　　　今生今世不离分，
　　　　（唱）
达　莲　　　　夫妻恩爱到百年！

[蛇郎深情无比地执着达莲的双手，达莲含情脉脉地看着蛇郎，俩人在银色的月光下相互依偎，如胶似漆。

[达莲将蛇郎按坐在石凳上，轻轻揉着他的双肩。

达　莲　蛇郎啊，你每天挖山不止，为乡亲们造田盖房，一定是很累了，

　　　　　　　我给你揉一下，松松筋骨吧！

蛇　郎　（将达莲拉到身边坐下）我不累，有了你，我就有用不完的力气！
　　　　　（定定地看着达莲的眼睛）

达　莲　（娇羞地转头一旁）你呀，看了恁久，还看不够吗？

蛇　郎　看不够啊！（唱）

　　　　　　　自从看了你的眼，

　　　　　　　万种柔情长心田。

　　　　　　　就犹如，多年游子回村口，

　　　　　　　阿妈等在干栏边。

　　　　　　　又好似，孤帆一片搏浪归，

　　　　　　　港湾伸臂迎它还。

达　莲　（故意逗他）哦，我晓得了，你喜欢的只是我这双眼睛啊？

蛇　郎　（语塞）这……

达　莲　蛇郎啊，我也来考考你，我最爱你的是什么？

蛇　郎　这……你快讲吧！

达　莲　蛇郎啊！（唱）

　　　　　　　虽说如今好缠绵，

　　　　　　　达莲最忆那一天——

　　　　　　　你初次相亲到我家，

　　　　　　　衣衫褴褛好难堪。

　　　　　　　手足无措都是真，

　　　　　　　里里外外无虚幻。

　　　　　　　我在窗边偷偷看，

　　　　　　　看中的正是这个憨！

蛇　郎　（一怔）啊！那现在呢？

达　莲　现在嘛……（唱）

　　　　　　　要讲真话不喜欢，

　　　　　　　非我达莲心中愿。

　　　　　我不爱，侍女家仆一大串，
　　　　　我不爱，高楼深院一间间。
　　　　　锦被盖人睡不稳，
　　　　　绫罗在身实难安。
　　　　　我好想，房前屋后瓜果香，
　　　　　我好想，山歌当枕睡意酣。
　　　　　竹篱茅舍小两口，
　　　　　儿女绕膝笑语甜……

蛇　郎　（感动）达莲啊！你的心思我都明白了。我会去祈求上苍，祈求布洛陀，让他们把眼前的这一切都收回去！一件也不留！让我们夫妻从头再来！

达　莲　好！这正是我思我想、我情我愿啊！

　　　　[霎时间，雷电交加，风雨大作。

达　莲　（惊呼）蛇郎！

　　　　[蛇郎隐去。

达　莲　（从悠思遐想中回到现实）蛇郎！你在哪里？蛇郎啊！你还记得我们讲过的话吗？

　　　　[达莲无比留恋地环顾着眼前的一切，蒙上面巾下。

　　　　[蛇郎急匆匆跑上。

蛇　郎　（急切地）达莲！达莲！你在哪里？怎么不来见我？我看见了，一定是你！是你！我听见了你的歌声，我看到了你的眼睛……是的，眼睛！

　　　　[切光。

　　　　[朦胧之中，师公戏班的《三支神箭》正在开演。

阿　公　（老神仙装扮）三支神箭赠予你，只要射出一支，想要什么，就有什么！

樵　夫　（扮贪心农夫，弯弓射出一箭）我什么鸟都要！

　　　　[鼓点声声，众人舞蹈。农夫回转身来，傩面上挂满不可名状之物。

樵　夫　（再射出一箭）我什么鸟都不要！

　　　　[鼓点再起，农夫痛苦地捂着裆间。

阿　公　只剩一支啦！

樵　夫　（急切弯弓再射）我只要回我的鸟！

　　　　[锣鼓齐鸣，众傩面且歌且舞。

第六场

[紧接前场。
[蛇郎家庭院一角。
[男女对唱的山歌阵阵飘来。
[俏来心事重重地从厢房里走了出来。

俏　来　（自言自语）男人不见，女人也不见，你们都躲到哪里去了？把我一个人丢在家中。唉，你们都在故意冷落我，你以为我看不出来吗？三支神箭的故事我也听明白了……我是谁？我是那个贪得无厌的男人吗？我是谁？我是那个做了坏事，做了蠢事，做了傻事的女人吗？我到底是谁呀？（唱）

　　　　我是个俏来阿姐？
　　　　我还是妹妹达莲？
　　　　我究竟是蛇郎的贤惠妻子？
　　　　我还是阿妈的宝贝心肝？
　　　　我是姐妹知心的玩伴？
　　　　我还是歌台上骄傲的歌仙？
　　　　我是我是我都是，
　　　　想当初谁不爱来谁不怜？
　　　　不是不是都不是，

　　　　　　看现在谁不厌来谁不嫌？
　　　　　　我是个属于黑夜的女人，
　　　　　　我是个残害亲人的凶顽。
　　　　　　我是个布洛陀不认的宵小，
　　　　　　我是个阎王爷不收的恶番……
　　[俏来身心俱疲瘫坐地上。
　　[俏来焚香跪拜。

俏　来　阿妹呀！（唱）

　　　　　　躲阿妈挨过一天算一天，
　　　　　　姐妹俩到阴间如何相见？
　　　　　　愿妹投胎好人家，
　　　　　　愿妹再得好姻缘。
　　　　　　待来世你有哥有弟莫有姐，
　　　　　　有姐一生都不安！
　　　　　　阿妹呀！知我此刻心怎想，
　　　　　　话从心出可对天！
　　　　　　盼你变鬼掐死我，
　　　　　　从此阿姐得安然。
　　　　　　万贯家财都可舍，
　　　　　　蛇郎也可放一边。
　　　　　　世间万物皆可抛，
　　　　　　我只要……
　　　　　　我只要亲亲的妹妹好达莲！

　　[俏来伏地痛哭。
　　[蛇郎悄然而上。
　　[蛇郎扶起俏来。

蛇　郎　达莲，你为何哭得这样伤心？
俏　来　（无言以对）我……

蛇　郎　回房歇息去吧！

俏　来　我是……（欲言又止）

蛇　郎　达莲，你……

俏　来　我……我不是……（欲说不能）

蛇　郎　你今天有点不一样啵！为什么？

　　　　［面对蛇郎，俏来几乎要和他面陈一切，但一时又缺乏足够的勇气。

俏　来　（强压内心狂澜）蛇郎，我……我本来是有话要和你讲的。

蛇　郎　那就讲吧！此处无人，你想讲什么就讲什么！

俏　来　还是过几天吧！我还没有想好。

蛇　郎　也好。我已经派人去接阿妈了，见了阿妈，你就把心中那些不好和我讲不愿和我讲的，都和阿妈她老人家讲吧！

俏　来　（惊恐地）阿妈要来？这……这太好啦！

　　　　［蛇郎转身欲走。

俏　来　蛇郎，你等一下！我……我还是有话要对你讲……

蛇　郎　（回头）请讲。

俏　来　（再次鼓起勇气）蛇郎，我……我不是……

蛇　郎　（平静地）我晓得，你不是达莲，你是俏来阿姐！

　　　　［俏来大惊，瘫坐于地。

俏　来　（伏地大哭）达莲阿妹啊！

蛇　郎　莫要哭，达莲她应该回来了，你刚才讲的话，也许她能听得见。

俏　来　（抹泪而起）达莲她……她还在……

蛇　郎　也许吧！只是她不愿见你，也不想见我罢了……

俏　来　（疑惑地）蛇郎，你是怎么认出我的？我们姐妹俩有时候连阿妈都分不清啊！（悲从中来，抹泪抽泣）

蛇　郎　眼睛！是你的眼睛告诉我的！（唱）

　　　　　　阿姐看衣看容貌，

　　　　　　蛇郎看人看眼睛。

　　　　　　你眼里杂念太重，

　　　　　她眼中一片纯净。
　　　　　你眼中傲气多多，
　　　　　她眼中宠辱不惊……
　　　　　人人都有一双眼，
　　　　　心灵之窗不骗人。

俏　来　（狂笑）好啊！好啊！

蛇　郎　俏来阿姐，回屋歇息去吧！也许明天，我们就不住这里了！我答应过达莲的事，就一定要办好！明天你就什么都知道了！

　　　　［俏来情绪复杂地看了蛇郎一眼，悄然而下。

　　　　［蛇郎排开香案，焚香祭拜。

蛇　郎　始祖布洛陀在上！（唱）
　　　　　心香一炷袅袅烟，
　　　　　始祖在上可听见。
　　　　　遣我凡间一年多，
　　　　　世态炎凉在胸间。
　　　　　还是好人真情多，
　　　　　远胜坑蒙与欺瞒。

　　　　［蛇郎添香再拜。

蛇　郎　（唱）心香炷炷肺腑言，
　　　　　再叩始祖拜苍天。
　　　　　蛇郎不愿列仙班，
　　　　　要做壮家好儿男。
　　　　　求您卸去我功力，
　　　　　终老农家心无怨。
　　　　　丰衣足食一双手，
　　　　　开出骆越幸福泉。

　　　　［无字的壮语哼鸣铺天盖地而来。

蛇　郎　布洛陀，布洛陀啊！快把不是我的那一切统统收回去吧！

［光急灭。

［壮语山歌撼人心扉：

　　　　山高不比月在天，

　　　　水深不比海底泉。

　　　　情重不比哥和妹，

　　　　海枯石烂也要连！

第七场

［次日清晨。

［蛇郎家门前。

［豪宅庭院不复见，茅舍一间在眼前。就连那对昔日威风凛凛的石狮子，也化为两块狰狞的巨石，静静地蹲在一旁。

［俏来缓缓从茅舍中踱出。她一身素衣白裙，长袖凌风。绕着茅舍走了一圈。脸上露出怪诞的笑意。

俏　来　好啊！好啊！（唱）

　　　　呼啦啦，高楼连根倾，

　　　　白茫茫，一片真干净！

　　　　茅草房，美过那金銮宝殿，

　　　　蓝天上，飘过来朵朵白云。

　　　　山泉叮咚唱，

　　　　枝头百鸟鸣。

　　　　野花遍地开，

　　　　芳草绿如茵。

　　　　黑夜走出才知晓，

　　　　噩梦长长今方醒！

[蛇郎从巨石后走出，他已经恢复到衣衫褴褛的旧时模样，他一脸笑意走到俏来身旁。

俏　来　蛇郎，是你？
蛇　郎　是我，阿姐，我这个样子很奇怪吗？
俏　来　不奇怪，你当初见我就是这个样子。
蛇　郎　全靠布洛陀成全，我现在又是个一文不名的穷光蛋了。
俏　来　（长叹）你如果一直都是这样，不就什么事也没有了吗？
蛇　郎　你今天怎么这么早就醒了？
俏　来　醒了，早就该醒了！

[阿兰、勒亚扶阿妈上。阿妈白发飘拂，似乎一下就老了许多。

阿　妈　（颤巍巍地）俏来，我的……女儿啊！
俏　来　（扑通跪在阿妈跟前）阿妈，女儿……晓得错了！
阿　妈　（抚摸着俏来的秀发）你……你什么都不用讲了，阿妈我……什么都晓得了……（转身拭泪）
俏　来　（跪跟过去）我要讲，我要讲啊！（唱）

　　　　　　　俏来罪孽重如山，
　　　　　　　长歌当哭妈跟前。
　　　　　　　愧对养育恩似海，
　　　　　　　愧对亲友脸无颜。
　　　　　　　舀干潺潺山溪水，
　　　　　　　难洗愧疚万万千。
　　　　　　　砍尽南山北岭竹，
　　　　　　　难写骂名后世传！
　　　　　　　阿妈啊，今日一别阴阳隔，
　　　　　　　莫把俏来放心间。
　　　　　　　我愿以命续妈命，
　　　　　　　阿妈长寿过百年！

[阿妈一把抱住俏来，泣不成声。

阿　　妈　俏来啊！回去吧，跟妈回家去吧！

俏　　来　不！我哪里都不去。

　　　　　［俏来一把抓住阿妈身旁的阿兰。

俏　　来　（情癫意狂）俏来阿姐，你……你的心太狠啦！

阿　　兰　（急忙挣脱）俏来阿姐，我是阿兰啊！

俏　　来　不！你是俏来阿姐，我是达莲，我才是达莲！我是你的亲妹妹啊！

众　　人　（一惊）啊！

俏　　来　（眼中流露出从未有过的万般柔情）阿姐啊！（唱）

　　　　　　　　阿姐自小和我亲，

　　　　　　　　妹挨针扎你喊疼。

　　　　　　　　好饭先让妹一口，

　　　　　　　　好汤先给妹一羹。

　　　　　　　　好果先留妹一个，

　　　　　　　　好花先插妹发根……

阿　　兰　俏来阿姐！你……

俏　　来　看清楚了！我是达莲啵！阿姐啊！（唱）

　　　　　　　　姐妹同床共枕眠，

　　　　　　　　晨昏与共二十春。

　　　　　　　　达莲俏来人一个，

　　　　　　　　同母同胞同死生。

　　　　　　　　姐要妹命妹也给，

　　　　　　　　姐若先死我魂也跟！

　　　　　　　　蛇郎本应属于你，

　　　　　　　　你看不上眼才把我来轮。

　　　　　　　　谁知为此把姐累，

　　　　　　　　惹来大祸上了身……

　　　　　［俏来唏嘘不已，抬起泪眼，看着蛇郎，上前抓住他的手。

俏　　来　蛇郎啊！（唱）

　　　　　达莲嫁你心无憾，
　　　　　缘分二字重千钧。
　　　　　我本不想再见你，
　　　　　快刀难断未了情。
　　　　　愿你待姐如待我，
　　　　　愿你待姐亲十分。
　　　　　含泪多看你几眼，
　　　　　转身远去隐姓名。
　　　　　从此阿姐心放宽，
　　　　　达莲只有她一人！
　　　　［俏来长歌当哭，昏厥于地。
阿　妈　（哭喊）女儿啊！你到底是姐还是妹啊？！（亦昏厥于地）
　　　　［阿兰、勒亚过去将俏来扶起。
　　　　［蛇郎抱起阿妈。
　　　　［俏来悠悠醒来，嘴角挂着一缕血丝，也挂着惨淡的笑容。
俏　来　（挣扎着站起来，神志恢复，凄然四顾）蛇郎啊，你……你过来。我……我不是达莲，我是俏来……
蛇　郎　（来到俏来身边）阿姐，你……
俏　来　我今早起来，就已经吃下了好多的断肠苗，恐怕……没有几多的时间了……
蛇　郎　（大惊）啊！
　　　　［俏来痛苦地捂着肚子，腹如刀绞，满地打滚。
　　　　［阿妈双泪长流，众人无助，不忍目睹。
俏　来　（再次挣扎爬起）蛇郎啊……
蛇　郎　阿姐！
俏　来　（吃力地）我让你赶快把达莲找回来，你们……好好地过日子，这事……不算求你吧？
蛇　郎　（伤感地）我一定把达莲找回来！

俏　来　那好！我最后有一事相求……
蛇　郎　请讲……
俏　来　蛇郎啊！（唱）
　　　　　　阴风扑面冷飕飕，
　　　　　　我已看到了无常的手。
　　　　　　俏来以死来谢罪，
　　　　　　还有一事把你求——
　　　　　　把我葬在牵云崖，
　　　　　　坟上压块大石头。
　　　　　　警醒代代行路人，
　　　　　　孰轻孰重孰薄孰厚孰深孰浅孰是孰非孰此孰彼该收手时赶紧收！

蛇　郎　记得了！
俏　来　（唱）坟边栽丛猫爪刺，
　　　　　　抓人手脚声声吼。
　　　　　　上山下山看清路，
　　　　　　悬崖边上莫停留。
蛇　郎　一定！一定！
俏　来　（用尽最后的力气）亲人啊！（唱）
　　　　　　最后再看你一眼，
　　　　　　万般眷恋留心田。
　　　　　　若有来世做好人，
　　　　　　莫留遗憾在人间！
　　　　［俏来倒地气绝身亡。
　　　　［光急灭。
　　　　［伴着各种混响的无字壮歌哼鸣山呼海啸般淹没了一切。
　　　　［急促的鼓点敲击人心，隐约可见傩面闪闪，板凳翻飞。
阿　公　（壮话祭语滔滔如长河）布洛陀……布洛陀……
樵　夫　（唱）大路弯弯小路平，

采药人　（唱）红尘滚滚要慢行。
众　人　（合）牵云崖上你千祈莫要看风景，
　　　　　　　　心中魔瓶盖子塞紧再塞紧……

尾　声

[油菜花开时节。
[牵云崖边。
[崖旁路边立着一座墓，坟头上压着一块大石头。
[山路弯弯，路边的一簇簇油菜花金黄耀眼，逶迤婉转着铺向远方。
[身着壮家土布衣裙的达莲和蛇郎携手来到坟前。
[蛇郎斟酒祭奠，达莲默默地将一束油菜花放在坟前。

达　莲　阿姐，油菜花又开了，今年的油菜花开得好鲜亮，远远都能看得见。阿姐，你要是想我们了，你跟着油菜花回家去吧！
蛇　郎　是啊，有油菜花的地方，就是回家的路……
达　莲　（唱）姐妹本是人一个，
　　　　　　　　我是你来你是我。
　　　　　　　　台上台下都是戏，
　　　　　　　　戏里戏外都是歌。
[祭司阿公领着众乡亲踏歌而来。
[歌不歇，舞正酣。
[光渐收。

（剧终）

（该剧创作于 2016 年，由广西戏剧院壮剧团演出。获文旅部年度重点扶持剧目，参加全国优秀戏曲剧目南方片展演）

新编历史楚剧

黄 香

黄香

时　　间　东汉建初元年（76年）至延光元年（122年）。

地　　点　古梦泽、京都、黄香办案地及任所。

人　　物　黄　　香——东汉孝廉。曾任尚书郎、尚书令、魏郡太守等职。

　　　　　李　　氏——黄香之妻，黄琼之母。

　　　　　吴公公——传旨太监，内廷总管。黄香的梦泽老乡。

　　　　　黄　　琼——黄香之子，出场时九岁。（兼饰"扇枕温衾"之黄香）

　　　　　田大人——太守。

　　　　　王大人——朝臣。

　　　　　李大人——朝臣。

　　　　　张大人——朝臣。

　　　　　杏　　花——民女。

　　　　　老　　妇——杏花之母。

　　　　　铁　　牛——杏花之兄。

　　　　　二小太监、老仆人、马童、衙役、府史、刽子手、士兵、众乡亲。

序

[一个清脆、稚嫩的童声，穿越时空，往还吟诵：人之初，性本善。性相近，习相远。……香九龄，能温席。孝于亲，所当执。……

[无数的童声一起交错吟唱……

[蝉鸣声声，盛夏炎炎。一束光打在小黄香身上，他手持蒲扇跪在父亲榻前，扇枕驱暑除蚊。

[光色变幻，寒暑交替。

[窗外，大雪飘飞，北风呼啸。小黄香捂被坐在父亲床上，呵气搓手，忙个不停。

[童声吟唱中，起定点光，年轻的吴公公宣读圣旨。

吴公公　江夏黄童，天下无双，为父扇枕温衾，为母守孝三年，荐为孝廉，世之楷模。今召入东观，读所未尝见书。钦此！……嘿嘿，晓得么？我和黄香是老乡，都是江夏梦泽人，我还比他大几岁啵！了不起呀！人家开裆裤刚刚缝起，就孝名传遍天下。（笑）嘿嘿，列位看官，你九岁在做么事？我九岁又在做么事？（捂脸）羞死人呃，不好说哟！（呼）黄香，皇帝又要找你谈孝论道了！（飘然而下）

[光渐暗，歌声起：

　　梦泽好儿郎，

　　小手世无双。

　　温衾天下暖，

　　扇枕九州凉。

　　大孝传千古，

　　岁岁唱黄香……

第一场

[东汉永元元年（89年）。

[京都尚书台外。巡查的兵丁，巡夜而过。

[更漏声声。三朝臣蹑足而上，交头接耳，喋喋不休。

王大人　（数板）奇怪奇怪真奇怪，

张大人　小小孝廉入东观。

李大人　不求名来不求利，

王大人　分明就是瞎扯淡。

王大人　二位大人，那黄香自从入得朝以来，深受皇上宠爱，还说什么"江夏黄童，天下无双"，他家的祖坟是冒了几大的青烟啦。

张大人　就是说嘛，一个小小的孝廉，有得几年，就升任了尚书郎，满朝的文武哪个不眼红啊。

李大人　我就不眼红，那黄香自知才学不足，夜夜苦读，谅不会有假，我等何必多此一举？

王大人　盛名之下，其实难副，这样的事，如今还少吗？

张大人　我等均为当今饱学之士，今晚定要他原形毕露，以正视听！

李大人　没有必要，我等还是回去吧！

王大人　老大人啊！

　　　　（唱）黄香小儿太得宠，
　　　　　　　沽名钓誉难服人。

李大人（唱）夜夜苦读尚书阁，

张大人（唱）到底是假还是真？

张大人　莫啰唆，走走走！去拆穿他！

［张大人、王大人拉着李大人同下。

［起纱幕，京都尚书台内，更漏旁唇现微须的黄香正在秉烛夜读，伏案疾书。

黄　香（唱）入东观历九载荏苒时光，
　　　　　　　小孝廉变成了尚书郎。
　　　　　　　览群书研经史自觉才疏，
　　　　　　　蒙圣恩勤王事翰墨飘香。
　　　　　　　举国倡孝行，
　　　　　　　百善孝为纲。
　　　　　　　更漏声声昼夜短，
　　　　　　　大孝经天日月长。

黄　香（吟）元年春王正月。三月，公及邾仪父盟于蔑。夏五月，郑伯克段于鄢。秋七月，天王使宰咺来归惠公、仲子之赗。九月，及宋人盟于宿。冬十有二月，祭伯来。公子益师卒……

［三朝臣上，听黄香夜读之声，相互推诿着前去叩门。

王大人　（叩门）尚书郎，开门来！

[黄香闻声开门。

黄　香　（惊讶）三位大人，不知深夜找我何事？快快请进！

王大人　尚书郎夜宿东观，苦读之名，声震朝野，不知今夜所读何书？

黄　香　《左氏春秋》，正好有些地方不懂，当面求教！

王大人　（拉张大人）到底是乡间小子，还嫩得很咧！

张大人　果然土里吧唧，你看我的！（走到黄香身旁拿过《左氏春秋》）尚书郎，我来考考你。这《郑伯克段于鄢》所叙何事？

黄　香　这……是不是讲，共叔段不遵守做弟弟的本分，所以不说他是庄公的弟弟；兄弟俩如同两个国君一样争斗，所以用"克"字；称庄公为"郑伯"，是讥讽他对弟弟失教……

王大人　（打断）那郑庄公赐颍考叔美酒佳肴，他为何不用？

黄　香　大人所问，顿使下官如骨哽喉，潸然泪下……（伤心）

张大人　尚书郎，答不上来也不用哭鼻子啊！

王大人　是呀！即使答错了，我也可教你呀，说吧！

黄　香　王大人，想那颍考叔从小孝敬父母，任何美食必让母亲先尝而自己后食，即使出仕为官也不改初衷。想我黄香，家有老父，数年未归，一日三餐不知尚能饭否？思想起来真乃难过……

李大人　真乃孝子也！

张大人　（唱）天下孝子有两种，
李大人　　　 真孝假孝各不同。

王大人　（唱）一边是装模作样博虚名，

李大人　（唱）一边是真情实意在心中。

王大人　尚书郎，你有没有听过一首童谣："举秀才，不知书，察孝廉，父别居。"

张大人　对啊，尚书郎若是真孝子，却不知为何将老父独自留家中？

李大人　非也，非也。老夫早已听闻，尚书郎多次上书朝廷，要辞官回家侍奉老父亲。尚书郎，可是真的？

黄　香　家父年迈，难舍故土，不愿离开家乡。黄香不能在家侍奉高堂，心中十分难过！

王大人　哈哈哈！尚书郎是真难过还是假难过呀？想你一乡间孩童，能有今天，真是天大的造化。怎能就轻易辞官呢？

黄　香　（为难地）三位大人啊，我没有想到会当官，也不会当官，只是……

张大人　（打断）只是"扇枕温衾"本属乡间传闻，百姓们以讹传讹，把它当成真的了。你说是不是呀？

黄　香　是，也不是！（唱）

　　　　　梦泽酷暑蚊子多，
　　　　　又叮脸来又咬脚。
　　　　　冬天北风呼呼叫，
　　　　　被窝冷得像冰坨。
　　　　　老父夏冬难安睡，
　　　　　黄香眼见泪如梭。
　　　　　扇枕温衾寻常事，
　　　　　尽孝心属本分任由评说！

李大人　（击节）好！果然至情至性，真孝子也！张大人，你还有么话说？

张大人　（语塞）这……

王大人　尚书郎小小年纪，竟有这番孝心，心思实属罕见哪！

张大人　哪似我等，十年寒窗，方才博得一个功名，会作秀就是好啊！

李大人　（不平地）两位大人，逼人太甚了吧？更深夜阑，莫坏了尚书郎夜读的雅兴。我等走吧！（欲下）

王大人　（拉住）刚在兴头上，急莫子嘛！早听说尚书郎学富五车，才高八斗，皇上都经常找他谈孝论道。

张大人　对，我们今夜就以孝为题，领教一二。

黄　香　（无奈地）小人才疏学浅，只怕不是对手！

李大人　尚书郎不必过谦，只管应对便是。

张大人　是骡是马，总得要拉出来遛遛呀！

王大人　（急不可耐脱口而吟）羔羊跪乳兽知义；

李大人　（情不自禁出口相助）黄香温席孩体情。

王大人　（推开）冇得你的事！（吟）高堂何以高？双肩日月托天顶。

黄　香　（吟）后继之为后，一碗羹汤侍榻前。

张大人　（吟）月映瑶台，堂前鹤老椿萱茂；

黄　香　（吟）春嬉玉阁，窗外松青兰菊馨。

李大人　果然不俗！

张大人　（加速）浩瀚江洋，水深有岸；

黄　香　（从容）慈祥父母，恩大无边！

王大人　（紧逼）须于长辈生前孝；

黄　香　（紧接）莫待慈亲事后悲！

王大人　（孤注一掷）一二三四五六七！

黄　香　（应对自如）孝悌忠信礼义廉！

　　　　〔王、张二人面面相觑，尴尬一笑。

李大人　二位大人，还有何招？

　　　　〔王、张二人狠狠地盯了李大人一眼。

　　　　〔吴公公带着小太监上。

小太监　吴公公到。

吴公公　（麈尾一挥）这半夜三更的，也太热闹了吧？隔着十里路我都听见了。

李大人　吴公公，莫非您也想凑凑热闹？

吴公公　咱家可有得那个闲工夫。（拍拍黄香肩膀）小老乡，你说，这天寒夜冷的，吃一碗什么东西下肚，最舒服，最有味道？

黄　香　（一头雾水）吴公公，你在讲什么？

吴公公　（不断地咂嘴）当然是家乡的美食啦！（唱）

　　　　　　老乡见老乡，
　　　　　　口音听得爽。
　　　　　　最是鱼面味，
　　　　　　挂肚又牵肠。

想它口水流，
想它泪汪汪！
同是梦泽人，
能帮何不帮？

王大人 吴公公，夤夜至此，莫非是来送消夜的？

吴公公 你除了吃还晓得什么？

张大人 莫非是为了叙叙乡情？

吴公公 （麈尾朝天一挥）当然不是。

黄　香 （悟）莫非……莫非是我请辞还乡的奏折，皇上恩准了？

吴公公 （叹气摇头）可惜，可惜呀！

黄　香 （有些丧气）唉，还是未准？

李大人 是啊，尚书郎怎能辞官还乡？

王大人 （酸溜溜）自古忠孝两难全哪！

吴公公 （麈尾朝下一挥）错！黄香明日清晨即可还乡！

三大臣 啊？真的辞官不做啦？

吴公公 （哈哈大笑）又错！皇上并未准他辞官！

黄　香 （惊）啊？这……

吴公公 小老乡呀！皇上念你一片孝心，准了两个月的假，你就回乡看望老爷子去吧！

黄　香 （跪拜）谢圣恩！

吴公公 （扶起）你晓得不，我不晓得帮你讲了几多好话。莫忘了，到时候带它两把鱼面，给老哥我享一下口福。嘻嘻……

黄　香 嗯。

[光渐暗。

[歌声悠然而起：

梦泽好儿郎，
小手世无双。
温衾天下暖，

扇枕九州凉……

第二场

[京都街肆。上元灯市。

[入夜时分。灯火璀璨，观灯人流熙熙攘攘。一个个手提各式花灯的孩童骑在父亲肩头，川流而过。

[观灯歌谣此起彼伏：

  大人驮着小人走，

  上元美景不胜收。

  东街才赏狮子舞，

  西市又见鱼龙游……

[李氏拉着九岁黄琼上。

李　氏　琼儿，不要乱跑，我们看花灯去！

黄　琼　（驻足噘嘴）我不走了，脚都软了，我走不动了！

李　氏　刚才还欢天喜地，现在为何这般耍赖皮？

黄　琼　别人家的孩子都有大马骑，为什么我没有？（撒娇坐在地上）我不走了，我也要骑大马！

李　氏　琼儿，你爹他公务繁忙，说好今晚陪我们一同看花灯，不到这般时候，只怕又……

黄　琼　又……又莫子啊！他老说要陪我，又冇回！

李　氏　（怜爱地抚摸着黄琼）琼儿啊！（唱）

  你爹日夜忙不休，

  著书议事尚书楼。

  三日难得见一面，

  今宵又把约定丢。

　　　　琼儿没有大马骑，

　　　　莫把疙瘩记心头。

　　　　爹爹他忠君为民事勤勉，

　　　　母子俩也该为他分忧愁。

　　　　琼儿你九岁未曾骑大马，

　　　　爹爹他九岁孝名传九州。

　　　　今夜你爹若在此，

　　　　恐儿要被鞭子抽。

黄　琼　我不管！我就要骑大马，我就要骑大马！

李　氏　琼儿，听话！

黄　琼　爹爹从来冇骂过我，更冇抽过我。他要是在一定会让我骑大马的。要不这样，母亲，你趴下让我骑大马！好不好？你趴下嘛！

李　氏　淘气，母亲怎能当大马，成何体统？

黄　琼　不嘛，我就要骑，我就要骑！（哭）

　　　　〔蓄短须、着寻常服装的黄香悄然而上。

黄　香　琼儿。

黄　琼　（惊喜地）爹爹！

黄　香　（一把把黄琼抱在怀里，怜爱地摩挲着他的头）琼儿，你又惹你母亲生气了？

黄　琼　我冇。

黄　香　我都看到了。

黄　琼　我就是让母亲趴在地上给我骑大马！

黄　香　你怎么能让你母亲当大马呢？你只知爹爹往日不打你不骂你，又怎知今夜不会抽你？

　　　　〔黄琼吓得赶忙从黄香怀里挣脱，跑到李氏身旁。

黄　琼　母亲，爹爹真要抽我呀！

李　氏　夫君，你总算来了。

黄　香　今天是琼儿九岁的生日，就是再忙，我也会来的。

[黄香在路边树上折下一条柳枝，摇晃着向母子二人走来。黄琼吓得钻到李氏怀里。

李　氏　（护住黄琼）夫君，琼儿还小，像他这样的年纪，哪个孩子不想骑大马？你就饶他这回吧！

黄　香　琼儿虽小，可教育孩子不是件小事，我的爹爹从小也是这样说我，也是这样教我的！

黄　琼　你骗人！爷爷从来就冇抽过你！

黄　香　（晃了晃手中柳枝）夫人哪，你记住，今天这鞭子是一定要抽下去的！（唱）

　　　　　一条柳鞭颤悠悠，
　　　　　千言万语哽在喉。
　　　　　放眼望灯火阑珊元宵夜，
　　　　　多少人肩驮儿女乐不休。
　　　　　子欢父喜寻常事，
　　　　　本不该鸡蛋里边挑骨头。
　　　　　殊不知爹怜娘宠舔犊情，
　　　　　到头来纵骄养横成祸忧。
　　　　　儿大若把官来做，
　　　　　岂不将黎民百姓当马牛？
　　　　　若非未雨早绸缪，
　　　　　只怕覆水再难收。
　　　　　子不教全在父之过，
　　　　　来日悔不如今日忧。
　　　　　执柳问声贤夫人，
　　　　　这鞭子该抽不该抽？

李　氏　（一怔）这……（唱）

　　　　　鞭子未抽儿的身，
　　　　　抽痛观灯懵懂人。

扇枕温衾黄孝廉，

见识果然贯古今。

黄　琼　爹爹，你的话孩儿好像听懂了一些，你抽吧，孩儿不怕痛的……
黄　香　真的不怕？
黄　琼　（摊开双手）琼儿真的不怕！

［人声鼎沸，闹花灯的人们络绎而来，河中灯船上正演着"扇枕温衾"的故事。

李　氏　琼儿，快看！那才是抽你的鞭子啊！
黄　琼　我晓得了，花灯上演的是爹爹"扇枕温衾"的故事。爹爹娘亲，我们一起去看灯！

［黄琼在堤岸正襟危坐，支着下巴观看花灯表演。

［"扇枕温衾"的花灯故事引来阵阵喝彩。黄琼看得如醉如痴。

［童谣声声：

趁着日头好，

赶紧晒稻草。

趁着父母在，

行孝要赶早……

［灯船渐行渐远。

黄　琼　（回过神来）爹爹，九岁的琼儿要学九岁的爹爹。（再次伸出双手）琼儿错了，不该让母亲当大马，你抽吧！
黄　香　（将手中柳枝递给黄琼）琼儿呀，今天这一鞭不是抽，是种！来，爹爹和你将这柳枝种到堤岸之上。让它根深蒂固，抽叶开花，福荫后人。

［一家人培土栽柳，掬水浇灌。

伴　唱　（唱）上元夜父子俩栽柳堤岸，

种孝根立家规铭记心间——

黄　香　（唱）终身难报父母恩，

莫忘百事孝当先。

　　　　　　　孝从心出天在看，

　　　　　　　行孝尽孝莫迟延。

　　　　　　　一丝一粟得不易，

　　　　　　　民脂民膏不可贪。

　　　　　　　大孝生廉廉生善，

　　　　　　　报国恤民义在肩！

黄　香　琼儿，（递家规）这黄氏家规你要记好了！

黄　琼　（念）终身难报父母恩，

　　　　　　　莫忘百事孝当先。

　　　　　　　孝从心出天在看，

　　　　　　　行孝尽孝莫迟延……

　　　　［吴公公带小太监上。

吴公公　不愧是扇枕温衾的黄孝廉，这家规立得好啊！

黄　香　吴公公见笑了，找我有何急事？

吴公公　小老乡啊，你如何谢我？（伸出手掌）

黄　香　莫非我请辞太守的折子皇上准了？

吴公公　（摇摇头）小老乡呀，你就不要再折腾了！

黄　香　（急得跺脚）唉，老哥啊，你怎么就不懂得我的心呢？

吴公公　老弟啊！（唱）

　　　　　　　寒窗苦熬年复年，

　　　　　　　读书人翘首跂脚盼升迁。

　　　　　　　太守权重倾一方，

　　　　　　　胜过那小小尚书太清闲。

　　　　　　　多少人谋此位枯肠搜断，

　　　　　　　多少人送大礼婢膝奴颜！

　　　　　　　你若是谦虚也作罢，

　　　　　　　你若是推辞理太偏。

黄　香　吴公公哪！（唱）

　　　　家乡老哥听我言，
　　　　黄香不敢弄虚玄。
　　　　闲官职小勉力为，
　　　　封疆大吏实难担。
　　　　怕只怕蝼蚁之志误社稷，
　　　　到头来不忠不孝愧对天！

吴公公　此话当真？

黄　香　句句肺腑！如有虚言，天诛地灭！

吴公公　（长叹）唉，为谋此位，找我的人不晓得有几多，偏偏遇到你这个油盐不进的家伙！

吴公公　黄香听旨——（展开圣旨）

　　　[黄香跪接圣旨，李氏、黄琼亦跪一边。

吴公公　（念）黄香坚辞东郡太守，勤于王事，心忧天下；耿言直书，抨击奢华；其情殷切，其志可嘉。留用尚书令，掌管枢机要事，赏钱三十万，年俸加至两千石！钦此！

　　　[切光。

　　　[伴唱：
　　　　梦泽好儿郎，
　　　　小手世无双。
　　　　温衾天下暖，
　　　　扇枕九州凉……

　　　[光渐收。

第三场

　　　[荒郊，正午。

[众乡亲扶老携幼惊恐过场。

[黄香内唱：奉圣旨查大案涉水翻山……

[黄香着便装率马童策马上，翻身下马，茫然四顾。

黄　香　（唱）过东平走清河数日盘桓。

市井妖言起，

八方惹事端。

官府抓人猛如虎，

多少无辜进牢监。

良田多荒芜，

户户少炊烟。

民生凋零不忍看，

妻离子散怨齐天！

事蹊跷云遮雾掩难分辨，

细思忖团团疑问绕心间。

马　童　禀报大人，前面树下有一昏倒老妇！

黄　香　速速扶将上来！

[马童将老妇扶上。

黄　香　快快取水前来！

[马童给老妇喂水。

[老妇悠悠醒来。

黄　香　老人家家居何处？为何昏倒在此？

老　妇　老身家在齐家墩，儿子铁牛被官府抓走了，我是气急昏倒。

黄　香　官府为何抓他？

老　妇　他们说他抢了粮铺的大米，真是冤枉啊……（哭）

黄　香　老人家不要啼哭，你儿子如有冤屈，我定会救他！来，先将老人送回家中。

老　妇　不能回去。官府还在抓人！

黄　香　老人家，有我在，你不用怕。

老　妇　你是何人？

马　童　这是尚书令黄香黄大人。

老　妇　青天大老爷，您快救救我们吧。

黄　香　你随我们走吧！

老　妇　不，我还要在此等女儿杏花。

黄　香　我们会找到她的，放心吧！（对侍从）快将老人家扶到马上，速速取道齐家墩！

马　童　是！

[众人策马圆场下。

[景转郡府刑场。

[法号喧天，气象森然，监斩台上，监斩官田大人手持朱笔抬头看天。鼓手手持鼓槌伫立大鼓旁。袒胸露脐、手持钢刀的刽子手凶神恶煞般伫立两旁。

田大人　时辰已到，押上一干人犯！

[十余名衣衫褴褛、蓬头垢面的囚犯被押至台前跪下。

[一群哀声哭号的乡亲被士兵拦在场外。

田大人　数月来，本太守为彻查妖言案寝食难安，幸得皇恩浩荡、苍天有眼，千数人犯，尽皆落网，无一在逃。妖言案已水落石出，众人犯将择日分批问斩！

["冤枉啊！"众乡亲哭号震天，意欲冲上，又被拦下。

田大人　（又一次抬头看天，朱笔一掷）时辰已到，开刀问斩！

[黄香内呼："刀下留人！"率马童策马急上。

黄　香　（下马）田大人且慢！

田大人　（迎上）哦，原来是尚书令大人啊，多年不见，别来无恙啊！

黄　香　太守大人，你办案办得好快呀！

田大人　（得意地）哈哈！过奖了！当年若不是你坚辞太守，这个案或许就是你来办了。今天你来得正是时候，本太守已奏明皇上，等到这一干人犯人头落地，困扰地方数月之久的妖言案就不复存在了！

黄　香　田大人，你真的要杀这么多人？

田大人　此等刁民，罪孽深重，该杀！

黄　香　大人！（唱）

　　　　　你看台下众囚犯，

　　　　　几人该斩几人冤？

　　　　　当官不为民做主，

　　　　　愧食皇粮愧对天！

田大人　（不屑地）哼！（唱）

　　　　　治乱世必须用重典，

　　　　　当太守为官一方保平安。

　　　　　我吃盐多过你吃米，

　　　　　岂容你小尚书乱语胡言！

黄　香　田大人哪，你为官多年更应明察秋毫，不能滥杀无辜啊！

田大人　如此说来，你是怪本太守办了冤案？

黄　香　数日来，下官也曾明察暗访，卿仲辽等几名主犯仍逍遥法外。而田大人你，所抓所关欲杀之人，均为无辜百姓，理应尽快开释！

田大人　黄大人，你我同朝为官，不要逼我太甚了！

黄　香　田大人，大错将至，回头是岸！

田大人　本官断案，岂容你絮絮叨叨，不必多言！

黄　香　来人！将杏花带上来！

　　　　[侍从领杏花、老妇上。

黄　香　杏花，你家的冤屈速速讲来！

杏　花　（指田大人）大人啊！（唱）

　　　　　民女拼死来鸣冤，

　　　　　何惧血溅在台前！

　　　　　要反也是官逼反，

　　　　　天灾人祸祸连年。

　　　　　你朱笔乱点一片片，

　　　　　　你手起刀落万万千。
　　　　　　你自比青天大老爷，
　　　　　　天不成天奈何天！
田大人　胡言乱语，将她赶出法场！
黄　香　慢！杏花，你所言当真？
杏　花　小女子句句是真！大人哪！（唱）
　　　　　　去年家乡遭大旱，
　　　　　　颗粒无收断炊烟。
　　　　　　剥光树皮挖草根，
　　　　　　不见赈粮眼望穿。
　　　　　　哥哥无奈去讨米，
　　　　　　谁知无故进牢监。
　　　　　　他不曾偷来不曾抢，
　　　　　　可怜无处去申冤！
黄　香　好！讲得好！台下哪个是铁牛，请站起来！
　　　　[台下站起一个衣衫褴褛、伤痕累累的汉子。
黄　香　铁牛，你有何冤屈，快与太守大人讲来！
铁　牛　大人哪！（吟）
　　　　　　老母饿得气将咽，
　　　　　　家无粒米泪涟涟。
　　　　　　铁牛讨米到城中，
　　　　　　跟随众人粮铺前。
　　　　　　有人起哄把粮抢，
　　　　　　我掬把落米把家还。
　　　　　　米刚下锅官兵到，
　　　　　　断头台边刀光寒！
黄　香　田大人，其中的缘由，你可曾知晓？
铁　牛　太守大人，小人不该贪心捡米，可捡米也不至于杀头啊！

[老妇冲上台，一把将铁牛抱住，母子俩抱头痛哭。

黄　香　田大人，这就是你要斩的妖言案首犯吗？

田大人　（气急败坏）你……

黄　香　（唱）说什么治乱世须用重典，

　　　　　　　分明是草菅人命黑心官。

　　　　　　　妖言为何能得逞？

　　　　　　　官不恤民是祸端。

　　　　　　　多方盘剥哀怨起，

　　　　　　　被逼无奈信妖言！

　　　　　　　似这样小小过错也问斩，

　　　　　　　命丧黄泉冤不冤？

[台下众囚犯一齐站起，齐呼："冤哪——！"

黄　香　田大人，你我理应禀明圣上，将这些待斩的无辜百姓，还有你关在牢中受牵连的众多人等，无罪开释！

田大人　（大怒）岂有此理！这事岂能由你小小尚书说了算！来人！时辰已到，准备开刀问斩！

黄　香　要斩，就先把我斩了吧！

田大人　这就不明白了，你是得了他们好处，还是他们是你爹娘？

黄　香　是的，他们正是你我的爹娘啊！（唱）

　　　　　　　体恤当知民如愿，

　　　　　　　孝心二字大如天。

　　　　　　　天下百姓皆父母，

　　　　　　　当官不孝莫为官！

众　人　（齐呼）好！

田大人　（怒指黄香）你……你定要逼老夫出手？

[两人怒目而视，僵持不下。

田大人　你扰乱法场，我要面圣告你！

黄　香　好！下官就在京城等候！到那时，只怕要把你圈地占田、抢掠勒索、鱼肉百姓的端端种种，一并清算！

田大人　（气得浑身发抖）来人！将这扰乱法场者给我拿下！

　　　　[众士兵正欲捆绑黄香，吴公公持尚方宝剑笑眯眯上。

吴公公　且慢！

黄　香　（哭笑不得）吴公公，你来得真是时候啊！

吴公公　（示尚方宝剑）田大人啦，蛮久不见了啵！这个东西，你认得吧？

田大人　啊？尚方宝剑？

吴公公　皇上有旨，黄香为钦差，全权处置妖言案诸事宜。

黄　香　（接剑）领旨！

　　　　[田大人欲跪，却把持不住，瘫倒在地。

　　　　[切光。

　　　　[童谣轰然而起：

　　　　　　梦泽好儿郎，

　　　　　　小手世无双。

　　　　　　温衾天下暖，

　　　　　　扇枕九州凉……

第四场

　　　　[魏郡府，黄家门前。

　　　　[清晨，大门紧闭。两位身着便装的小太监气喘吁吁担礼物上。

太监甲　（数）前日送礼脚打飘，

太监乙　（数）昨天送礼又白跑。

太监甲　（数）新皇要试黄太守，

太监乙　（数）累得下人跑断腰！

　　　　[二太监放下礼物，上前拍门，无人应答。

太监甲 还是不开，怎么办？

太监乙 要不放在门口，回去交差算了。

太监甲 那可不行，吴公公说了，要亲手交给黄太守，你就不怕回去挨板子？

太监乙 那怎么办才好啊？这黄太守是个有名的清官，我就有听说他收过别个的东西。

太监甲 这差事可真不好当啊，你说这新登基的皇上么样想的，哪有当主子的给下臣送礼的？

太监乙 所以才让我们乔装改扮，这馊点子都是那吴公公想出来的，亏他们还是老乡。

［明显见老的吴公公穿着略显滑稽的便装边咳边上。

吴公公 （唱） 脱了官装换便装，

　　　　　　空跑一场又一场。

　　　　　　瞒着黄香不敢见，

　　　　　　只因为新主子要试我的小老乡！

二太监 见过总管大人！

吴公公 （边咳边说）咳咳……东西还是送不出去吧？

太监甲 这扇大门怪得很，凡是带礼物来的一概不让进去！

太监乙 不但我等不能进，这几天，来了上百号各色人等，有当官的，有经商的，个个都吃闭门羹！

吴公公 （示意轻声）嘘——这才是黄香！若东西，这年头，哪个敢大白天送礼的。

太监甲 哦，我晓得了，晚上再来！

吴公公 撤。

［三人下。

［景转黄府内宅，更漏旁，明显见老的李氏与老仆正在清点家什。

李　氏 （唱） 白驹过隙催人老，

　　　　　　随夫上任已三朝。

　　　　　　家徒四壁太守府，

　　　　　　你说蹊跷不蹊跷？
老　仆　夫人，能拿出来的物件清点完毕。
李　氏　家里就那么点东西了，一目了然。去吧，多跑几家当铺，当个好价钱。
老　仆　明白。（欲下）
李　氏　转来，（褪下玉镯）把这个也拿去吧！
老　仆　（接过）这……使不得，这是老爷给你的定情之物，伴了你几十年哪，夫人！
李　氏　你是府中的老人了，岂能不明事理？
老　仆　是，夫人！（欲下）
李　氏　等等，当铺人多眼杂，换上便装，总要顾忌一下你家大人的……面子哟！
老　仆　是。（背躬）里子都冇得了，还要面子做么子？（下）
　　　　[黄香内唱：到任三日寝难安……
　　　　[黄香手捋花白胡子上。
黄　香　（唱）忧心如焚把家还。
　　　　[衙役急上。
衙　役　禀太守大人，城内今天又涌进了几千灾民，该如何处置？
黄　香　即刻增加粥棚，救济灾民！
衙　役　官库赈银赈米所剩无几，恐怕难熬几锅粥了！
黄　香　你先去安抚灾民，不要生事，再催快马急报朝廷，速拨灾银！
衙　役　是！（急下）
　　　　[黄香焦急地来回踱步，李氏定定地看着他。
黄　香　夫人，你今天有点怪啵！都看了几十年了，还没有看够啊？
李　氏　夫君，你老了，头发都白了。
黄　香　（感叹）更漏声声不断，你我也天天老了！
李　氏　夫君哪！（唱）
　　　　　　老夫老妻莫调侃，

　　　　　　　知你有话对我言。
　　　　　　　别人当官应酬忙，
　　　　　　　你闭门谢客为哪般？
黄　香　（唱）家有贤妻金不换，
　　　　　　　在朝为官不觉难。
　　　　　　　忙时看你不觉累，
　　　　　　　夜来看你睡得安。
李　氏　你少拿高帽子哄我，你的心思我还不晓得？
黄　香　夫人晓得我的心思？
李　氏　我的黄大人啊！（唱）
　　　　　　　你到魏郡来上任，
　　　　　　　旱灾刚过洪水临。
　　　　　　　数十年家中积蓄皆捐出，
　　　　　　　圣恩赐也换米粮济灾民。
　　　　　　　为妻我万般无奈顺夫意，
　　　　　　　只留得养家糊口救命银。
　　　　　　　莫非连此也要捐，
　　　　　　　家徒四壁才甘心？
　　　　　　　到头来两家老小怎赡养？
　　　　　　　只怕你大孝廉落得个不孝骂名！
黄　香　夫人啊！（唱）
　　　　　　　远水难把近火救，
　　　　　　　朝廷定会解此忧。
　　　　　　　在任上当救百姓于水火，
　　　　　　　不忍看饥民倒毙长街头！
李　氏　（唱）我心也是肉长成，
　　　　　　　眼看饥民也心揪。
　　　　　　　无奈何杯水车薪火难救，

能捐的就剩你我这把老骨头！

黄　香　（仰天长叹）唉……

李　氏　你不用唉声叹气，我已经把家中值钱的东西都拿去当铺了，先解了你这太守的燃眉之急吧。

黄　香　我的好夫人啊，今生我亏欠你太多，只有来生结缘再把大恩来酬谢！

李　氏　来生……来生我可不敢再嫁你了！俗话说"嫁鸡随鸡，嫁狗随狗"，原以为嫁了个当官的，能过上衣食无忧的日子，未曾想，连个平常百姓人家都不如！

黄　香　夫人，我晓得你有怨气，心里想不通！

李　氏　当然想不通，你看朝中众多高官，有几个不是腰缠万贯？有哪个像你，为救灾民，连我的几两私房钱你都打主意。

黄　香　夫人，我这心中好愧疚啊！

李　氏　夫君啊！（唱）

　　　　　　风雨交加愁杀人，
　　　　　　双鬓飞雪华发生。
　　　　　　随夫为官三十余载，
　　　　　　看惯了人世间冷暖沉浮假与真。
　　　　　　纵然是你用空话将我哄，
　　　　　　没奈何脚步颠颠随你行。
　　　　　　倘若人生有来世，
　　　　　　不嫁官家孝廉门！

黄　香　（百感交集）惭愧呀！

李　氏　别说了，你已三天没有睡好觉，赶紧歇息去吧！

黄　香　夫人哪，朝廷的赈灾银两迟迟未到，耽误一天，又要饿死好多人啊！

李　氏　你已尽力，我也倾其所有，莫非你是想把我也送进当铺？

黄　香　（拿定主意）为魏郡百姓计，也只有如此了！

李　氏　（大惊）啊！是真的？……

黄　香　你又能当几个银子？洪水泛滥，灾民流离失所，河堤年久失修，只有重修大堤，才能重建家园。
李　氏　那要几多钱啊？你就算把我当了，也修不了一条河堤。
黄　香　我自有主张，夫人哪！（唱）
　　　　　黄香开口天地惊，
　　　　　愧对先贤羞杀人。
　　　　　上任来拒收礼物数难计，
　　　　　到现在悔得肠子都发青。
李　氏　悔？莫非你要……（扑通跪下）夫君，不可，不可啊！（唱）
　　　　　平日里受贿行贿你最恨，
　　　　　却为何见利忘义昧良心？
　　　　　伤天害理祸无穷，
　　　　　毁了你黄孝廉一世英名！
黄　香　夫人哪！（唱）
　　　　　我不是搭错一根筋，
　　　　　我不是猪油蒙了心。
　　　　　不忍见百姓哀号干云霄，
　　　　　不忍见饿殍遍野尽灾民！
　　　　　我好想份份厚礼都笑纳，
　　　　　我好想件件宝贝收门庭。
　　　　　我多想富甲一方财源进，
　　　　　我多想腰缠万贯满金银。
　　　　　黄香手长衣袖短，
　　　　　杯水车薪难救人！
　　　　　只要能救万民于水火，
　　　　　黄香我愿背这千古骂名！
［李氏情不自禁扑进黄香怀中，夫妻俩抱头痛哭。
李　氏　夫君，你的心思我明白，你要想做就去做吧！
黄　香　夫人哪，倘若我黄香因此罢官，削职为民，你会怨我吗？

李　氏　得夫如此，妇复何求？
黄　香　府史何在？
　　　　［府史上。
府　史　太守大人！
黄　香　大开中门，造册纳礼！
府　史　这……
黄　香　多多益善，来者不拒啊！
府　史　是！（下）
黄　香　夫人，请为我铺帛研墨啊！
李　氏　为何？
黄　香　为官纳礼，法理不容，上书陈罪，请求发落啊！
　　　　［李氏研墨，黄香疾书。
　　　　［光渐暗。
　　　　［大门外，诸多送礼者如过江之鲫纷至沓来。
　　　　［三太监挑着礼物走进黄家大门。
　　　　［吴公公一脸焦急上。
吴公公　（咳个不停）这……唱的是哪一出啊？
　　　　［切光。
　　　　［一束光打在吴公公脸上，歌声悲壮中带几分凄婉：
　　　　　　梦泽好儿郎，
　　　　　　小手世无双。
　　　　　　温衾天下暖，
　　　　　　扇枕九州凉……

第五场

[距前场月余之后。

[江堤之上,黑云低垂,惊涛裂岸。

[王、李、张三朝臣边呼"黄香"边拉扯跌撞而上。

王大人 （唱） 说荒唐、真荒唐,

李大人 （唱） 奉旨而来找黄香。

张大人 （唱） 他上书朝廷讨官做,

王大人 （唱） 戴罪人还想再把太守当。

张大人 你们说,黄香他不在家里面壁思过,不在茶坊消磨余生,跑到这大堤上来干什么？

李大人 或许是察看险情来了吧。

王大人 喂,不要搞错了,圣上派我们来,是来查询监视黄香的,不是给他评功摆好来的！

李大人 （气愤）你……

张大人 看！黄香来了！

王大人 别急,看看再说。

[三人躲过一旁。

[黄香内唱：洪水眼看到魏郡……

[黄香上。

黄　香 （唱） 江堤探险心如焚。

　　　　　　手中无权怎号令,

　　　　　　急杀老夫戴罪人。

[黄香伏身江堤,倾听暗涌之声。老仆提食篮一路寻上。

老　仆 大人,你都一天没吃东西了,夫人为你熬了米粥,趁热喝几口吧！

黄　香 （接篮）有劳了！（叹气）你看这段大堤,年久失修,处处暗涌！

再不加固，洪水一来，势必破城，届时万千百姓，藏身何处啊？
老　仆　大人，老奴有句话不知该讲不该讲？
黄　香　讲吧！
老　仆　你已不是太守，这件事，你不该管啊！
黄　香　我已数次上书朝廷，请求暂代太守之职，新太守未到之前，岂能不管？
老　仆　谁都晓得，新太守是不会在这个时候到任的！
黄　香　（苦笑）也是。
老　仆　夫人叫我请你回府。
黄　香　你告诉夫人，我再察看几里江堤就回去，你先走吧！
老　仆　（为难地）大人……
黄　香　去吧！
老　仆　大人保重！（下）
　　　　[王、李、张三人鱼贯而出。
王李张　（作揖）黄大人别来无恙！
黄　香　（一怔，回礼）三位大人何故至此啊？
李大人　（亲热地抓住黄香的手）黄大人啊，是皇上叫我们来看你的！
黄　香　（一震）啊！皇上可有旨意？
张大人　当然有，但却是不能告诉你的。
王大人　（阴阴地）我们来看看，你黄大人上次收了人家的那么多礼，是否还有些什么新奇的宝贝，也让我们开开眼界啊！
黄　香　哦，清单早已备好，大人们要查请便！
王大人　黄大人啊，老夫一事不明，不知能否答知？
黄　香　请讲！
王大人　当年你数次上书，坚辞太守之职，如今，你太守之职被撤，又数次上书求职，这个事的真假，该如何分辨啊？
黄　香　（淡淡一笑）当初是真，如今更是真！
张大人　哈哈，如此说来，黄大人一辈子沽名钓誉，一心要往上爬，实在是用心良苦啊！

李大人　张大人诽谤他人，真是用心良苦啊！

［吴公公不动声色带一小太监上。

王李张　吴公公！

黄　香　公公可好？

吴公公　（咳了两声）黄大人啊，听说你尚在病中，已两天不吃，三晚不睡，整天泡在这江堤之上，你……你不想活了你！

（咳了几声）

黄香听旨！

［黄香跪接圣旨。

吴公公　（念）罪臣黄香数次上书求官，率民抗洪，其志可嘉，准其暂代太守之职，待事成之后，将功赎罪。钦此！

黄　香　万岁万岁万万岁！

王大人　这样看来，没有我们什么事了！

张大人　趁着洪水未到，走吧！

吴公公　等等！（唱）

　　　　皇上有旨给三公，
　　　　陪伴黄香来抗洪。
　　　　看他如何当太守，
　　　　回京复旨再论功！

王大人　哎呀！我的妈呀，还有这一招啊！

吴公公　（拍了拍黄香的肩膀）老弟，好自为之啊！（下）

黄　香　来人啊！

［众衙役上。

众衙役　太守吩咐！

黄　香　速将沙袋、木桩调往北门听用！

衙役甲　是！（下）

黄　香　速将府中能动之人通通调来！

衙役乙 是！（下）

　　　　［炸雷声声，闪电道道，狂风暴雨霎时袭来。

黄　香 速速转移城外百姓，不得有误！

衙役丙 是！（下）

黄　香 （大呼）人在堤在，不得惊慌！

　　　　［背麻袋、扛木头的百姓、士兵往返奔忙。

　　　　［打夯声、呼号声响成一片。

　　　　［黄香奋力背起一只麻袋，摇摇晃晃欲往前冲，终于不支，摔倒在地，李氏、老仆上前将他扶起。

李　氏 夫君！

老　仆 大人！

黄　香 （仰天长叹）苍天啊！黄香何罪？百姓何罪？为何如此相逼啊？

　　　　［一衙役跑上。

衙　役 禀太守大人，洪水太大，已漫过几处大堤！

黄　香 啊！赶快调人堵住！

衙　役 堵不住了，再过几个时辰，势必淹进城中，快让大家逃命去吧！

黄　香 不得惊慌，再想想办法！

　　　　［身披蓑衣的李大人匆匆而来。

李大人 黄大人可有退洪良策？

黄　香 对啦！李大人，你曾管过河工，有何良策，快快请讲！

李大人 （唱）　洪水凶猛不可拦，

　　　　　　　　泄洪城池方保全。

黄　香 （唱）　洪水泄往何处去？

　　　　　　　　泄住何方沟和坎？

李大人 依我多年经验，往两处泄洪，可把损失减到最小。

黄　香 （急切地）哪两处？

李大人 一是李家湾，一是国公苑！

黄　香 太好了！来人！

[一衙役上。

黄　香　速速派人，前往泄洪堤段，听我号令，即刻决堤分洪！
衙　役　是！（速下）
李　氏　（一脸焦急）夫君啊！（唱）
　　　　　　猛听闻泄洪要过李家湾，
　　　　　　我肝肠寸断心比冰雪寒！
黄　香　（唱）我知晓水过家园你心酸，
　　　　　　我会让乡亲转移保平安。
李　氏　（唱）莫忘了村后新坟有两座，
　　　　　　双亲尸骨该往何处搬？
黄　香　（惊）啊！（唱）
　　　　　　岳父母半年前撒手人寰，
　　　　　　视黄香如亲子恩重如山。
　　　　　　为了我忍辱负重，
　　　　　　为了我倾家荡产。
　　　　　　叹只叹十万火急在眼前，
　　　　　　黄香我如何决断难上难？
李　氏　（唱）爹娘啊！
　　　　　　都怪女儿瞎了眼，
　　　　　　女婿为何是个官？
　　　　　　生前未享女儿半天福，
　　　　　　到头来抛尸荒野太可怜。
　　　　　　女儿追随你们去，
　　　　　　免得爹娘太孤单！
[李氏哭着冲向江边。
黄　香　（断喝）来人！将她与我押回府中！
[老仆赶紧将李氏扶过一旁。
[黄香缓缓双膝跪下。

黄　香　岳父、岳母大人在上，小婿黄香为救魏郡百姓，只得不孝了。待到九泉之下，再给二老赔罪吧！

[空中一声霹雳，道道闪电。

黄　香　来人，听我号令！
王大人　等等！黄香，你可知国公苑是何地方？
黄　香　不知，莫非王大人家在此处？
王大人　大胆！那是皇族狩猎休闲的禁地，岂是你能随意冒犯的？
黄　香　这……
李大人　黄大人，此事非同小可，要不再……
黄　香　来不及了，来人！准备决堤泄洪！
张大人　（拦住）冲了皇家禁苑，那可是杀头的死罪！我看谁敢？

[一衙役急上。

衙　役　禀太守大人，江水狂涨，再不决堤，就来不及了！
黄　香　快！听我号令！
王大人　不能决堤！
黄　香　与我拿下，谁敢阻拦，格杀勿论！

[众士兵擒住王、张二人。

王　张　黄香，你……
黄　香　（高呼）传我号令，决堤泄洪！

[电闪雷鸣，风狂雨骤。
[黄香晕倒在大堤之上。
[切光。
[歌声壮怀激越：

　　梦泽好儿郎，
　　小手世无双。
　　温衾天下暖，
　　扇枕九州凉……

第六场

[东汉延光元年（122年）。

[距前场数日之后。

[黄香家中。简陋的摆设，使更漏显得十分醒目。

[黄香仍昏睡病榻之上，李氏一边悄悄抹泪一边为其持羹喂药。

黄　香　（悠悠醒来，挣扎欲起，恍惚中）快！扶我上堤！

李　氏　洪水已过，灾民都已安置，放心吧！

黄　香　死了多少人？

李　氏　听说不多，只是田地、房屋……冲毁不少。

黄　香　（想起李家湾泄洪）我……对不起你啊……（挣扎爬起）

李　氏　（按住）不要说了……

黄　香　夫人，帮我摆香。

李　氏　摆香为何？

黄　香　我要祭告天地！

[李氏焚香递与黄香。黄香跪祭祷天。

黄　香　苍天哪！（唱）

　　　　　　心香一炷祭苍天，
　　　　　　往事悠悠在眼前。
　　　　　　我本梦泽田舍郎，
　　　　　　扇枕温衾举孝廉。
　　　　　　两鬓飞霜老将至，
　　　　　　几多疑惑在心田——
　　　　　　如若是天人感应天有眼，
　　　　　　却为何人求天时处处难？
　　　　　　谁都想上慈下孝享天伦，

却不知孝有几重厚如山。

小孝于亲皆喻晓，

大孝煌煌哪是边？

[黄香缓缓站起，伫立东窗，泪流满面。

心如焚步踉跄问地问天，

问一问我与你小吏大员 ——

天下百姓皆父母，

你们为何自称父母官？

如若百姓是父母，

你的孝能否袒露在人前？

如若百姓是父母，

你的孝到底能值几文钱？

如若百姓是父母，

问你举扇是挥鞭？

如若百姓是父母，

问你真爱是假怜？

大孝于民是真孝，

大孝无痕天地间。

大孝有情天亦老，

大孝经天代代传！

[黄香步履踉跄，李氏赶紧扶他坐下。

[黄香为李氏拭泪。夫妻心有灵犀相互凝视。

[随着几声干咳，明显苍老的吴公公蹒跚而上。

吴公公 吔嘿，老两口恩爱得很啵！我没看见，我什么都没看见。

黄　香 老哥哥，你来了。

吴公公 （围着黄香转了几圈）瘦了，老了，憔悴了！

黄　香 是啊，这太守不好当啊！

吴公公 不好当就莫当算了！

黄　　香　这样讲来，我请罪的奏折皇上批了？

吴公公　唉，你这个人哪！公然收礼赈灾，还敢泄洪冲垮国丈的祖坟，胆子也太大了，这要是放到别人身上，早就该杀头了……

黄　　香　吴公公，痛快点，皇上怎么说的？

吴公公　（轻描淡写）功过抵消，准予辞官还乡。

李　　氏　好啊！太好了！我们总算可以回到家乡，回到梦泽去了。

吴公公　你还记得我们的家乡吗？

黄　　香　（心驰神往）怎么能够忘记啊！

　　　　（唱）少离梦泽走天涯，

　　　　　　　乡愁染白鬓边发。

吴公公　（唱）天天看见村门口，

李　　氏　（唱）转眼来到隔壁家。

黄　　香　（唱）似看见绿树掩映睡虎地，

　　　　　　　春在溪头油菜花。

吴公公　（唱）望得见祖宗坟头冒青烟，

李　　氏　（唱）桂花潭边树标芽。

三　　人　（唱）云台山下茅草屋，

　　　　　　　一钵清粥一杯茶。

黄　　香　（唱）夜枕虫鸣睡意酣，

李　　氏　（唱）天亮塘边捉青蛙。

黄　　香　（唱）春插青秧三五畦，

李　　氏　（唱）秋摘后园果与瓜。

　　　　[三人意惹神牵，似乎已走在回乡的路上。

吴公公　（仿佛回到童年）回家啰！

黄　　香　夫人，你看，前面是棵什么树啊？

　　　　[景随情移，一棵飞絮满天的柳树出现在他们的面前。

李　　氏　夫君，你看，这就是琼儿当年种下的那棵柳树！

黄　　香　长得好大，抱都抱不过来了！

[李大人等一干人送至柳岸。

[杏花母女等众百姓络绎而来。

众　人　黄大人，保重！

[黄香挥手与众人依依惜别。

[光渐暗。

[字幕配音：122年，东汉孝子名臣黄香，返回魂牵梦萦的故乡，江夏云梦……

[歌声悠然而起，情深意切：

　　梦泽好儿郎，

　　小手世无双。

　　温衾天下暖，

　　扇枕九州凉。

　　大孝传千古，

　　岁岁唱黄香……

（剧终）

（该剧创作于2017年，由湖北孝感云梦楚剧团演出。国家艺术基金扶持剧目）

现代粤剧

风雨骑楼

| 时 间 | 辛亥革命至北伐战争十年间。
| 地 点 | 百年前的梧州码头骑楼、商铺会馆、街巷河道。
| 人 物 | 梁盈盈 —— 商行女掌柜。出场时二十出头。
| | 王德昌 —— 货郎担出身的平码行老板。出场时二十多岁。
| | 梁又庭 —— 梧州富商,梁盈盈之父。出场时年近六十。
| | 莲　嫂 —— 划艇叫卖的寡妇。出场时年近三十。
| | 陈细龙 —— 莲嫂胞弟。出场时二十出头。
| | 杨帮办 —— 年龄不详的市井帮闲。
| | 桐油三 —— 专营桐油生意的西南客商。
| | 六堡六 —— 专销六堡茶的南洋客商。
| | 兰局长 —— 警察局局长,四十多岁,粤剧票友。
| | 何会长 —— 商会会长,五十多岁。
| | 小女孩 —— 卖龟苓膏的小女孩。
| | 阿　姆 —— 卖冰泉豆浆的阿姆。
| | 船老大、伙计、客商、警察、小贩、市民、苦力、船工各色人等。

第一场

［拂晓时分。三江口大码头。

［朦胧之中,苦力们正往船上搬运货物。号子声声震荡:硬顶上呀!鬼喊你穷啊!……

［号子吼出一轮旭日,道道霞光洒满江面。近处,密密麻麻泊着各类船只;远处,江中百舸争流往来穿梭。

［随着一阵叮叮当当的铁片敲击声,王德昌肩挑货郎担上。

王德昌　(唱) 夜半眠,五更忙,

　　　　　　人间最苦小货郎。

　　　　　　　追星星，攆月亮，
　　　　　　　风霜雪雨一肩扛！
　　　　[众货郎且歌且舞上。
众货郎（唱）三江口，看三江，
　　　　　　　世间冷暖天天尝。
　　　　　　　人家发财开商铺，
　　　　　　　我走村串乡日夜忙。
王德昌（唱）家传一副货郎担，
　　　　　　　到何日才能挑出大名堂？
　　　　[众货郎下。王德昌欲下，莲嫂上，拉住他的货郎担。
王德昌　哟，阿嫂，我本想今天卖完货就去家里看你和橹仔的。
莲　嫂　你忙了一天，不用去了。再讲……唉！
王德昌　我不怕！（唱）
　　　　　　　与大哥结金兰三江码头，
莲　嫂（唱）叹只叹恶龙滩将他命收。
王德昌（唱）兄长在我把你家当我家，
莲　嫂（唱）现如今少到我家少烦忧。
王德昌　这……就是你不愿见我的理由吗？
莲　嫂（叹气）唉……（唱）
　　　　　　　孤儿寡母好凄惶，
　　　　　　　娘家接连遭祸殃。
　　　　　　　寡妇门前是非多，
　　　　　　　流言似锥戳脊梁！
王德昌　我不怕！（唱）
　　　　　　　只要我有一口粮，
　　　　　　　不给你们饿肚肠。
　　　　　　　只要我有一尺布，
　　　　　　　你们就有新衣裳！

莲　嫂　（岔开话题，向内招手）阿弟，快过来！

［陈细龙肩挑一副货郎担摇摇晃晃上。

陈细龙　家姐。

王德昌　这是……哦，你就是小浮阿弟呀！你不是在广东番禺做生意吗？几时来的？

陈细龙　阿哥啊！一场大火，烧了全家，父母双亡，只好到家姐这里找口饭吃。

莲　嫂　就让他跟着你去当货郎吧！

王德昌　阿弟呀，当货郎要吃好多的苦头啵！你想好了吗？

陈细龙　挣了钱再当老板嘛！我早就听人讲，梧州遍地都是金元宝，人人都能发大财！

王德昌　哦？天下哪有这么好的地方？（指货郎担）你看，这副货郎担，我阿爸挑了几十年，我阿爸的阿爸又挑了几十年，现在轮到我，又挑了十几年，还是一个连老婆都讨不起的穷光蛋哪！

陈细龙　阿哥，你就收我当徒弟吧，我什么苦都能吃！

王德昌　那好，随我装货去吧！

［众货郎挑着货担颤悠悠、喜滋滋上，陈细龙亦步亦趋跟得欢。

王德昌　（唱）小扁担，三尺三，
众货郎　（唱）走街巷，过山川。
王德昌　（唱）紧赶慢赶脚不停，
众货郎　（唱）货真价实万家欢。
王德昌　（唱）牛角梳菱花镜西洋纽扣双飞剪，
众货郎　（唱）还有那姐妹们盼的胭脂水粉红丝线……
王德昌　（唱）晨装日杂百货千万件，
众货郎　（唱）夜归山珍土产一肩担！
　　　　（数）香菇木耳大蒜，
　　　　　　　八角茴香笋干……
　　　　　　眼花肩痛腰酸，

　　　　　　　赚钱赚钱赚钱！

王德昌　（唱）到那时平码行里当老板，

众货郎　（唱）为了它跑断双脚心也甘！

　　　　[桐油三、六堡六吆喝而上。

桐油三　桐油船招船工喽！待遇从优！

六堡六　六堡茶船招船工喽！工钱双倍！

桐油三　下南洋，赚大钱！

六堡六　茶船古道，票子好捞！

众货郎　去喽去喽！

　　　　[众货郎七嘴八舌簇拥桐油三、六堡六下。

陈细龙　阿哥，听讲，下南洋一个月，就比我们挑货郎担一年赚的钱还多！

王德昌　你想去？

陈细龙　赚够了钱，再去当我们的平码行老板吧！阿哥，看看去！

　　　　[王德昌欲下，梁盈盈跑上将他的货郎担一把拉住。

梁盈盈　王德昌，别人能下南洋，你不能去！

王德昌　哦，是梁大小姐呀！我不下南洋，我卖货去了！（欲下）

梁盈盈　（再拉）今天你不把话讲清楚，就不能走！

王德昌　话我早就讲清楚了。

梁盈盈　你这个人啊！（唱）

　　　　　　　想当年西江溺水蒙你救，

　　　　　　　为感恩天天巷口将你求。

　　　　　　　怜你货郎太辛苦，

　　　　　　　欲礼聘到我商行当副手。

陈细龙　（兴奋地）好事啊，太好了！

梁盈盈　没你的事，一边去！

　　　　[莲嫂将陈细龙拉过一旁，耳语着什么。

王德昌　梁小姐，救命之恩切莫再提，我们早就两清了。

梁盈盈　哼，能清得了吗？（唱）

　　　　　你煮菜不进盐和油，
　　　　　大男人却像个乌龟缩了头！
　　　　　今天咬牙把你拦，
　　　　　话不讲明不许走！
　　　　　你是嫌我门槛低，
　　　　　还是看我相貌丑？
　　　　　莫不是脑子搭错哪根筋，
　　　　　嫌我的银子咬你的手？

陈细龙　（回过身来）梁小姐，讲得太好了！

莲　嫂　（捂他的嘴）莫乱讲！

王德昌　阿弟，快走！（挑担欲下）

梁盈盈　（拦住）你要想走，除非把我推下西江！

　　　〔两人正纠缠不清时，锣鼓声、鞭炮声大作。桐油三、六堡六手捂头狼狈而上。

桐油三　革命了？皇帝没有了？

六堡六　天哪！连我的辫子也挨剪去了！

　　　〔杨帮办率一群已剪了"革命头"的男人且歌且舞：

　　　　　辫子摇摆在腰间，
　　　　　长长相伴几十年。
　　　　　咔嚓变成"革命头"，
　　　　　好比裤落好丢脸！

男商贩　（唱）要变随他变，
　　　　　　　照饮早茶照开店！

女商贩　（唱）他变我不变，
　　　　　　　一样讨人好喜欢！

小女孩　（唱）龟苓膏，苦又甜，
　　　　　　　买一碗，两文钱！

阿　姆　（唱）冰泉豆浆浓又香，

　　　　　　一滴入喉想十年！

　　　　　[桐油三拉着六堡六钻出人群,相互奇怪地端详着。

桐油三 （操西南官话）兄弟,看看你这鸟样,越看越想笑！

六堡六 （操粤味国语,摇头晃脑）你这个样子也很怪啦！

　　　　　[喧闹之中,人流逐渐散去。

梁盈盈 （搜寻）王德昌,你往哪里跑？我今天一定要找你讲个明白！（追下）

　　　　　[搬货物的苦力过场,号子震天:

　　　　　　鬼喊你穷呀！

　　　　　　硬顶上呀！……

第二场

　　　　　[一年之后。正午时分。

　　　　　[骑楼街一隅。"六堡茶""冰泉豆浆""纸包鸡"等招牌格外醒目。街市人流络绎不绝,各种叫卖声此起彼伏。推着小车的阿姆边走边吆喝:"冰泉豆浆,又浓又香！"肩挑龟苓膏担的小女孩叫卖着过场:"龟苓膏,两文钱,祛湿热,味道甜。"……

　　　　　[王德昌上。

王德昌 （唱）勒裤带省吃穿年年赚钱忙,

　　　　　　狠下心当祖屋开间小小平码行。

　　　　　　眼见圆梦在今天,

　　　　　　小货郎变成了老板王德昌！

　　　　　[陈细龙夹一块蒙了红布的牌匾喜冲冲上。

陈细龙 （唱）梧州没有遍地金,

　　　　　　却有天下最好的人。

　　　　　　商铺悠悠店铺连云码头大,

　　　　　　机缘到风生水起好前程！

王德昌　阿弟呀，过来掐我一下。

陈细龙　阿哥，我又不癫，掐你做什么？

王德昌　（自拧一把）哟！是真的！我真的开平码行了？我真的要当老板了？

陈细龙　（掀开红布一角）阿哥，你看！"永兴行"啵！从今天起，你就是经理，我就是……

王德昌　我是经理，听人家讲，二掌柜就是襄理了！

陈细龙　（试探地）王经理！

王德昌　（窃窃地）陈襄理！

王　陈　（陶醉地）是我……是你……嘻嘻嘻……

　　　　[梁盈盈内呼：王德昌——

王德昌　（大惊失色，拉陈细龙）快走呀！（二人匆匆跑下）

　　　　[梁盈盈上。

梁盈盈　王德昌，你等一下！唉，跑什么跑！（欲追）

　　　　[廊柱后转出一位老人，一把将她拉住。

梁盈盈　（回头，一惊）啊？阿爸，是你？

梁又庭　梁大小姐！你不在商行里管事，跑到大街上疯疯癫癫干什么？（唱）

　　　　　　你本是富商女大家闺秀，
　　　　　　却为何守候在十字街头？
　　　　　　眼睛里带着弯弯钩，
　　　　　　要钩那小货郎你羞也不羞？

梁盈盈　（顿足捂脸）你乱讲！（唱）

　　　　　　老阿爸太搞笑话无厘头，
　　　　　　冤得我无处辩双泪长流。
　　　　　　经商人岂能在家中独守？
　　　　　　卓文君她也要走下绣楼。
　　　　　　叹只叹儿的娘去世已久，
　　　　　　老阿爸从不管女儿忧愁。

　　　　　　你不问冷来不问寒，
　　　　　　你不管肥来不管瘦。
　　　　　　逼女经商苦中苦，
　　　　　　算盘珠子拨不休！
　　　　　　罢罢罢！
　　　　　　走走走！
　　　[梁盈盈从身上掏出一串钥匙，甩给其父。
　　　　　　这家商行还给你，
　　　　　　小女子无羁绊来去自由！
　　　[梁盈盈夸张地抹泪哭泣。

梁又庭　（无奈地）莫哭了、莫哭了，是阿爸发癫，错怪我的乖女儿了，到夜晚摆桌酒给你赔罪如何？纸包鸡怎么样？喜欢吗？

梁盈盈　（嗔）这还差不多！

梁又庭　好，那我去吩咐他们……（欲下）

梁盈盈　（一把搂住梁又庭）阿爸，我今天拦的不是小货郎，而是你！

梁又庭　为何拦我？

梁盈盈　阿爸，你看着我的眼睛，不许撒谎。

梁又庭　这又为何？

梁盈盈　你可知王德昌的平码行今天开张？

梁又庭　（故意地）是吗？那个走街串巷的小货郎要当老板了？

梁盈盈　你昨夜找房主抬价，收了他刚租准备开张的铺面？

梁又庭　你怎么晓得？

梁盈盈　（唱）你仗义疏财有名头，
　　　　　　却为何要把后生小辈当对手？
　　　　　　王德昌当货郎奔波行走，
　　　　　　开商行实不易一生难求。
　　　　　　你不帮忙也就罢，
　　　　　　百般阻挠是何由？

梁又庭　女儿呀！（唱）

　　　　　　　凤求凰，古今有，

　　　　　　　凰求凤，没来出。

　　　　　　　且不说门不当来户不对，

　　　　　　　他与那小寡妇拉拉扯扯流言蜚语满江洲……

梁盈盈　（无言以对）这……这就是你今天不让人家开张的理由吗？

梁又庭　难道这还不够吗？

梁盈盈　（气）你能摘下的牌子，我就能把它挂起来！（跑下）

梁又庭　这还得了！（欲追下）

　　　　[杨帮办匆匆上，将他拉住。

梁又庭　哦，杨帮办呀！今天有何大事呀？

杨帮办　（夸张地）大事情，大事情呀！

　　　　[桐油三、六堡六二人上。

杨帮办　（对众人）来得正好！你们一起听听！刚才几多人拦着我问，我都舍不得告诉他们哪！

众　人　什么大事？

杨帮办　陆荣廷陆大帅到梧州来了，你们晓不得吧？

梁又庭　要来他就来，关我们什么事！

杨帮办　关我的事啵！大帅他，吃腻了狗肉鱼生，想起梧州的纸包鸡来了，这不是？要我去……

桐油三　（打断）帮办兄弟，这陆大帅这般威风，你是怎么和他拉上关系的？

杨帮办　嘿嘿，我们是拐弯亲戚，你晓得不？没有这一手，我能到英国领事馆当差？

六堡六　怎么我听人家讲，你在领事馆只看过两天大门，第三天就挨撵走了！"帮办"的名头就是这样得来的吧？

杨帮办　（气鼓鼓）什么世道？就是见不得人家好，就是见不得人家比他强！劣根性哪！

梁又庭　恕不奉陪了！（欲下）

桐油三 梁老板,等一等。

梁又庭 还有何事?

桐油三 我今天是专门为桐油的事来找你的。

六堡六 还有我呢!南洋那边连拍几封电报,又在催了!梁老板,我要的六堡茶,货备齐了吗?

梁又庭 走吧,到我的商行饮茶!

桐油三 前面就是大东酒家,纸包鸡,今天我做东!

六堡六 要去赶紧,去晚了,陆大帅全包了,我们就没戏了!

﹝众人看着杨帮办,哈哈大笑,扬长而去。

杨帮办 (着急)等等我呀,还有大事,边吃边讲嘛!(追下)

﹝天色向晚。王德昌垂头丧气上,陈细龙抱着牌匾沮丧随上,二人看匾,摩挲叹息。

王德昌 (唱) 手抚牌匾泪花涌,

　　　　　一场欢喜一场空。

　　　　　小货郎难当大老板,

　　　　　水中捞月都是梦……

陈细龙 阿哥,我们的平码行真的开不成了吗?那个梁老板怎么这么狠心呀?

王德昌 阿弟呀,你把这块牌子给我收好,总有一天,我要把它挂在这骑楼街上!就是死,也要把它挂上!

﹝光渐暗。

﹝水上船歌,一咏三叹:

　　　　　乜人出世着花衫,

　　　　　乜人出世挽花篮,

　　　　　乜人揾朝唔得晚,

　　　　　乜人杀嫂上梁山……

第三场

[码头一角。

[疍家渔船连成一片,水上民歌若隐若现……

[码头边,一群苦力、船工或蹲或坐,翘首以盼。

苦力甲 (抻长脖子)来啦!

船工乙 (踮起脚)是她!

[莲嫂轻吟水上民歌,划小舢板缓缓而来。

莲　嫂 (笑盈盈吆喝)牛腩粉炒河粉,艇仔粥香喷喷,松糕馒头鸡仔饼,凉茶一杯甜透心!

[苦力、船工蜂拥而上,争先恐后:"我来一碗!""我来两份!"

[梁盈盈悄然而上,无比感慨地看着这一切。

船老大 (轰人)开船了,快走快走!(催众人下)

梁盈盈 (来到莲嫂面前)莲嫂。

莲　嫂 (惊讶地)梁大小姐,你……找我?

梁盈盈 莲嫂,我们谈一笔生意如何?

莲　嫂 (淡定)我这点养家糊口的小买卖,你也看得上?

梁盈盈 我是看上了——看得上它的人!

莲　嫂 (一笑)你是讲王德昌吧?他是我亡夫的义弟。你一个大户人家千金小姐,能看得上一个小货郎,难得啊!

梁盈盈 但人家看不上我啊!你能不能帮帮我?

莲　嫂 帮你?这就是你要和我谈的生意吗?

梁盈盈 (点头)是的。

莲　嫂 (唱) 好一个真性情不掖不藏,
　　　　　　　爱是爱恨是恨分外爽朗。

梁盈盈 (唱) 好莲嫂明事理胸怀宽广,

倒叫我话到嘴边难开腔。

莲　嫂　讲吧！

梁盈盈　（犹豫）我……我……（唱）
　　　　他对你情痴意长，
　　　　他见我冷若冰霜。
　　　　欲掀醋缸又无奈，
　　　　没奈何求你嫂子帮大忙。

莲　嫂　（唱）他帮我孤儿寡母情义为上，
　　　　我怜他穷帮穷姐弟一场。
　　　　世间万般皆是缘，
　　　　我们是一头热来一头凉。
　　　　妹子真情情如火，
　　　　你与他本应是天人一双。
　　　　嫂子自有嫂子样，
　　　　赠人玫瑰手余香。

梁盈盈　（万分激动跪在莲嫂面前）嫂子啊！

莲　嫂　（扶）快起来。（唱）
　　　　姐妹齐心将他劝，

梁盈盈
莲　嫂　（唱）劝那个油盐不进一根筋的小货郎！

[梁盈盈掏出一张银票欲递给莲嫂。

莲　嫂　（手一挡）大小姐，我不要钱。（唱）
　　　　一条小艇走三江，
　　　　又养娃仔又养娘。
　　　　自食其力苦作乐，
　　　　不怕半夜门板响。

梁盈盈　嫂子，我能帮你做些什么？

莲　嫂　什么都不要。生意成交了，放心走吧！我不陪了。

梁盈盈　（拉住船舷）好莲嫂，小妹真的不知说什么好了！

　　　　[陈细龙内呼："家姐！"边喊声边拉王德昌上。

莲　嫂　你们谈吧，我该回家了。（划船下）

陈细龙　家姐！我有事找你！（追下）

梁盈盈　王德昌，我就晓得，你会到这里来，跑呀！怎么不跑了？

王德昌　（冷笑）从今往后，见到你，我再也不会跑了！

梁盈盈　（一惊）啊？我晓得了，是我家对不起你。

王德昌　梁大小姐啊！（唱）

　　　　　　你梁家财大气粗门路广，

　　　　　　为何欺我小货郎？

　　　　　　你害我当了祖屋丢门面，

　　　　　　你害我商行未开就关张。

　　　　　　你害我重新挑起货郎担，

　　　　　　你害我一世的宏愿泡了汤！

　　　　　　问你还有何主意？

　　　　　　我不怕暗箭和明枪！

梁盈盈　（哭笑不得）天啊！（唱）

　　　　　　糊涂笔偏写糊涂账，

　　　　　　糊涂女偏遇糊涂郎，

　　　　　　糊涂爹偏做糊涂事，

　　　　　　老天爷呀！你为何偏做这糊涂文章？

　　　　[梁盈盈长叹不已，欲下。

王德昌　（拦住）且慢！请问梁大小姐，你梁家富甲一方，为何还要算计我这小小的平码行啊？

梁盈盈　此时此刻，讲什么，你都不会相信的！（又欲下）

王德昌　（再拦）平常都是你拦我，今天我也拦你一回！不讲清楚就不能走！

梁盈盈　（银牙一咬）好！我不走！王德昌，你听好了！如今的梧州商机虽多，倾轧剧烈，十天半月就有新的平码行挂牌开张，也有老的平

码行倒牌关张！这些，你都晓得吗？

王德昌 当然晓得，所以令尊大人才能轻而易举地把我谈好的铺面收了回去！

梁盈盈 王德昌哪！（唱）

　　挑货担卖苦力累死累活，

　　从货郎到老板一路蹉跎。

　　本小姐看在心眼好相帮，

　　谁知道你好似朽木一坨！

王德昌 （气得发抖）我是朽木？你……你……

梁盈盈 （拿出一张银票在王德昌面前挑逗地晃动）王德昌，你看，这是什么？

王德昌 （双目紧闭）是什么都与我无干！

梁盈盈 （挑逗）看一下嘛，怕什么？你最缺的不就是它吗？这是六千两银票，给你，要不要？

王德昌 （睁开眼睛）不要！

梁盈盈 再加一倍，要不要？

王德昌 梁大小姐，你到底想要怎样？

梁盈盈 送给你呀！就算我家对你的补偿。

王德昌 不义之财，岂能乱收？

梁盈盈 那好，就算借给你！

王德昌 我本小利小，只怕一生都还不起！

梁盈盈 （叹气）送你不要，借你也不要，那就算我入股，如何？

王德昌 入股？梁大小姐，好主意啊！（唱）

　　哎呀呀，天上掉下个大馅饼，

　　金元宝亮晃晃砸得死人。

　　你讲入股是陷阱，

　　到头来我是你手中挣不脱的纸风筝！

梁盈盈 （仰天长笑）哈哈……

王德昌 恕不奉陪！（欲下）

梁盈盈　（脸色一变）站住！王德昌，你这个不知好歹的东西！我晓得，这几天，你看了几家铺面，租金一直谈不下来；我还晓得，你这十几年挑货郎担赚得的钱，在骑楼街连一间像样的门面都租不起！

王德昌　（大惊）你是怎么晓得的？

梁盈盈　（步步进逼）我晓得的还多得很呢！你连老家的房子都抵押出去了，一旦开业，你拿什么来进货？拿什么来周转？拿什么来实现你一生的梦想？！

王德昌　啊？（跌坐于地）

梁盈盈　站起来！我告诉你，我的股份只占百分之四十九，控股人还是你。

王德昌　此话当真？

梁盈盈　君子一言，驷马难追！三天为限，逾期不候！

[梁盈盈背手哼曲，迈方步下。王德昌定定地看着她的背影。

[光渐暗。

[黑暗中，电闪雷鸣，暴雨倾盆。苦力号子轰然而起：

　　硬顶上呀！

　　鬼喊你穷啊……

第四场

[入夜时分。泡在水中的骑楼城。

[灯火阑珊，童谣声声：

　　落大雨，水浸街，

　　阿哥担柴上街卖，

　　阿嫂出街着花鞋，

　　花鞋花袜花腰带……

[各种商号的牌匾或明或暗。"永兴商号"赫然在目。

[骑楼廊柱的铁环上，拴着各式小舢板。桨声、涛声和各种叫卖声络绎不绝，生意照常，夜市依旧。波光潋滟，月色迷蒙。一群划着小舢板的船家女荡桨轻歌而来。一艘艘小艇穿梭于骑楼之间，一声声吆喝兜售着各种食品，一只只小竹篮从骑楼窗口垂下……

[王德昌内唱：惊涛奔涌三江口……

[王德昌与陈细龙划小舢板上。

王德昌 （唱）大水年年泡梧州。

陈细龙 （唱）水上街市世罕有，

　　　　　　　　小船当车上骑楼。

王德昌 （唱）任你大水涨上天，

陈细龙 （唱）男女老少不发愁。

王德昌 （唱）茶照饮，牌局依旧，

陈细龙 （唱）店照开，银钱照收。

王德昌 （唱）遇惊不惊惊自走，

陈细龙 （唱）气定神闲意悠悠。

王德昌　　　老龙王，眉莫皱，
　　　　　（唱）
陈细龙　　　梧州人就是这样牛！

[二人将小船划到窗前，陈细龙在铁环上拴好小船，王德昌从二楼窗子爬进商行。

王德昌 （从窗口探出头来）小浮，快上来。

陈细龙 阿哥，这半年来，你上云贵、下广东，一天都没歇过。我们的平码行正红火，照这个势头，过两年就不得了啦！小弟我到现在还做不成一摊像样的生意，我这个襄理心中有愧呀！

王德昌 急不得的，上来吧！

陈细龙 有个大老板约我夜茶，倾谈大生意。

王德昌 大老板？那个人你了解吗？阿弟啊，商场水深，千万当心！

陈细龙 阿哥啊，你就放心吧！走了！（划船下）

[莲嫂划着小舢板来到王德昌永兴商号楼下，轻轻叩击铁环。王德

昌推开窗子。

王德昌 （惊喜地）嫂子，我等了好久，你总算来了！

莲　嫂 （递上一只竹篮）小浮呢？这是你俩的晚饭，快拿上去，趁热吃吧！

王德昌 （接过竹篮放下，又伸手）阿弟谈生意去了。阿嫂，快上来！

莲　嫂 我东西没有卖完，就不上去了。

王德昌 （一脸失望）我有好多的话要对你讲啊！（唱）

　　　　　几年来饺子放进茶壶煮，
　　　　　心里有话倒不出。

莲　嫂 （唱）几年来我像哑巴吃汤圆，
　　　　　心中有数不糊涂。

王德昌 （唱）代兄关照你一生，

莲　嫂 （唱）孤儿寡母已知足。

王德昌 （唱）心随小船荡悠悠，

莲　嫂 （唱）走火入魔不是福。

王德昌 （唱）几年来你对我不冷又不热，

莲　嫂 （唱）几年来为你好我不亲又不疏。

王德昌 （唱）不见你我茶不思来饭不想，

莲　嫂 （唱）今日里我把话和盘托出——

王德昌 请讲！

莲　嫂 梁小姐大家闺秀，有大恩于你，你可不能辜负啊！

王德昌 她……

莲　嫂 她……她呀！（唱）

　　　　　世间奇女子，
　　　　　可遇不可求。
　　　　　她敢恨敢爱世少有，
　　　　　她痴情一片更娇羞。
　　　　　她知恩图报人品淳，
　　　　　她襟怀坦荡有宏谋。

　　　　　她巾帼不把须眉让,

　　　　　她助你平生壮志酬。

　　　　　谁料你有眼不识金镶玉,

　　　　　谁料你灯盏无芯空添油。

　　　　　谁料你不顾名声无大志,

　　　　　谁料你寡妇门前缠不休!

　　　　　阿弟呀,莫怪阿嫂心肠硬,

　　　　　来世的情缘今生谁能看得透?

　　　　　阿弟呀,快挥慧剑斩心魔,

　　　　　你和她冰释前嫌早结凤凰俦!

王德昌 （如雷灌顶）天哪!（双手抱头,两肩抽搐,痛苦不已）

　　　　〔莲嫂举手慈爱地抚摸着王德昌的头,而后解缆荡舟而去。

　　　　〔王德昌泪眼蒙眬望着小船渐行渐远,无力瘫坐在窗下。

　　　　〔哗啦哗啦的麻将声中,另一扇窗内人影绰绰,声声喧闹。

女　声 水又涨了,怎么办?

男　声 怕什么?桌子下垫块砖头就得了。出牌,出牌!

女　声 和了!自摸,清一色!

　　　　〔另一扇窗子骤然灯亮。梁盈盈推开窗户伫立窗前。

梁盈盈 （感慨万端,唱）

　　　　　窗外苦情戏一场,

　　　　　疑团难解更哀伤。

　　　　　莲嫂啊,好阿姐!

　　　　　我敬你污泥难染莲花样,

　　　　　我敬你出身卑微情高尚。

　　　　　小冤家,王德昌!

　　　　　我恨你心海无波不起浪,

　　　　　我恨你只认死理撞南墙!

　　　　〔梁盈盈悄然抹泪,梁又庭悄然来到她的身后。

梁又庭　咦，敢作敢为的梁大小姐，怎么又哭了？

梁盈盈　（回过头来，娇嗔地）阿爸！是江上风大，吹到眼睛了。

梁又庭　满街大水，你不在家里待着，跑到商行来干什么？

梁盈盈　事情多嘛！

梁又庭　你告诉我，账上有一笔钱，半年前你拿去何用？

梁盈盈　（轻描淡写）哦，我是拿去和人家合股做生意去了，还来不及告诉阿爸。

梁又庭　那人是谁？是不是那个刚当上老板的小货郎？

梁盈盈　阿爸，他是我的救命恩人！

梁又庭　当年我已经给了他几摊生意，本想给更多的报答，人家不要呀！傲气十足，我有什么办法？

梁盈盈　我看中的正是这点傲气。

梁又庭　我看你是看上他了。

梁盈盈　我正和他合伙做生意。

梁又庭　好啊，在商言商，一切按规矩办！

梁盈盈　阿爸，这样讲来，你同意了？

梁又庭　哼，我同意了？（唱）

　　　　　半年来耳朵边飞短流长，
　　　　　富家女偏爱上了小货郎。
　　　　　更无媒妁父母命，
　　　　　户不对来门不当！
　　　　　老夫我，脸无光，
　　　　　胡子翘，忙阻挡，
　　　　　抬价强收旺铺面，
　　　　　不给他开平码行。
　　　　　谁料想女儿大了不中留，
　　　　　出了个家贼防不胜防！

梁盈盈　阿爸，你……要我怎样？

梁又庭　把账算清，一刀两断！
梁盈盈　不！
梁又庭　你如不听，那我就让他的永兴行再次关张！
梁盈盈　（浑身颤抖）你……哪里像我的阿爸？
　　　　[光渐暗。
　　　　[水上民歌奇趣横生：
　　　　　　乜花开在头顶尖，
　　　　　　乜花开在头发边，
　　　　　　乜花开时不着地，
　　　　　　乜花开时不见天？

第五场

[正午时分。
[热闹非凡的骑楼街一角。永兴行门前，各色商贩进进出出，川流不息。
[陈细龙一脸春风走出店门。
陈细龙　（唱）永兴行生意旺名头渐响，
　　　　　　　做生意离不开朋友帮忙。
　　　　　　　大哥在外我把家当，
　　　　　　　二掌柜当仁不让好风光！
　　　　[一伙计上，悄悄拉住他的衣袖。
伙　计　（小声地）二掌柜，这摊生意实在有点玄，吃不准，是不是等王老板回来再定？
陈细龙　（不快地）商机转眼即逝，难道我就不能做主？（拂袖而下）
伙　计　（急切地）唉！（追下）

［杨帮办兴冲冲上。

杨帮办 （异常夸张，大呼小叫）大事情！好事情！你们晓得咩？

［桐油三、六堡六等商人聚拢过来。

桐油三 杨帮办，你是捡得金元宝，还是刚讨小老婆？高兴成这个鸟样？

杨帮办 （指着街人）你们这些人哪，就会做点小生意，庸俗！

（振振有词）孙大总统的《建国方略》你们懂吗？何为西江黄金水道？什么是茶船古道？你们晓不晓得？

［众人被唬得面面相觑，半晌说不出话。

六堡六 （回过神来）哦，哪个不晓得！梧州当然不得了！（越说越快）广西第一家工厂、第一家银行、第一家自来水厂、第一家电影院、第一家……

桐油三 （抢过话头）桐油销量中国第一！船过广东下南洋，全是九州外国，人人都是高鼻子红头发，牛×吧？

六堡六 帮办先生，我们还要到永兴行谈点生意，不陪了！（众下）

杨帮办 天下悠悠，何以为大？闲来无事，找市政厅长喝早茶算了……（下）

［梁盈盈上。凝视着永兴行的牌匾，不胜感慨。

梁盈盈 （唱）永兴行开了一年多，
　　　　　哄老父苦搪塞我一拖再拖。
　　　　　恨只恨王德昌不冷不热，
　　　　　好比是隔靴抓痒没奈何！
　　　　　斩又斩不断，
　　　　　摸又摸不着。
　　　　　刻骨铭心时，
　　　　　夜夜泪婆娑……

［梁又庭上。

梁又庭 你和小货郎的事，何时了结？

梁盈盈 阿爸，我……今天就是来找他算账的。

梁又庭　你们的糊涂账何时才能算清？

梁盈盈　阿爸，我们家银子照样赚，不吃亏呀！

梁又庭　闲话少讲！给你一个最后期限，一个月内，必须账目两清，再无瓜葛！否则啊，就怪不得阿爸我了！

梁盈盈　（哀求）阿爸，多给点时间吧！

梁又庭　（一把拉住）随我回家！

［梁又庭拉梁盈盈下，梁盈盈无奈一步一回头。

［王德昌风尘仆仆上。

王德昌　（唱）披星戴月路八千，

　　　　　　忙生意辗转云贵近百天。

　　　　　　心急如焚把家还，

　　　　　　怕的是阿弟年少惹祸端。

　　　　　　商行红火他浮躁现，

　　　　　　一门心思急功近利赚大钱。

　　　　　　临别恳谈不欢散，

　　　　　　话不投机心生嫌。

［一伙计捧账本上。一见王德昌，大喜过望。

伙　计　王老板，你总算回来了！

王德昌　二掌柜呢？这一段生意可好？

伙　计　二掌柜生意签了一摊又一摊，可是……

王德昌　怎么样了？

伙　计　（递上账本）老板，你自己看吧！

王德昌　（翻看账本，面色凝重）这……这笔货全是次品，我早已封存，怎么发了出去？

伙　计　二掌柜要我们掺进好货一并发出，我等无奈呀！

王德昌　快快追回，退货赔款，在所不惜！

伙　计　是！（下）

王德昌　（再看账本，一脸严峻）这……这可如何是好？（匆匆入内）

[陈细龙志得意满上。

陈细龙　（唱）　茶浓酒酣生意旺，
　　　　　　　　陈襄理回到平码行。
　　　　　　　　二掌柜终还是在人之下，
　　　　　　　　到哪天我也把老板当当！
　　　　好啊，船已起航，货已发出。阿哥啊，你就等着回来数钱吧！
　　　　[梁盈盈拉着莲嫂匆匆上。

梁盈盈　陈细龙，你怎么如此胆大妄为？
陈细龙　怎么了？生意做得好好的。阿哥他不搭理你，也怨不得我啊！
莲　嫂　混账！住口！不是梁小姐，我还蒙在鼓里！
陈细龙　（委屈地）我做了什么？不就是签了几摊生意吗？
莲　嫂　你德昌阿哥不在家，你签的大合同怎么不和梁小姐商量？你不晓得她是这家商行的大股东吗？
陈细龙　（语塞）这……
莲　嫂　（唱）　看起来我的话水过鸭背，
　　　　　　　　看起来你的眼蒙了石灰。
　　　　　　　　看起来是我把德昌连累，
　　　　　　　　看起来永兴行生意要亏。
陈细龙　家姐，哪有这么严重！
梁盈盈　恐怕还不是生意亏点哦。
陈细龙　（急）我就不信，难道还会死人？天塌下来，我来顶！
　　　　[兰局长哼着粤曲带两警员上。
兰局长　（旦角腔）来此可是永兴行？
陈细龙　正是。
兰局长　（兰花指）与我封了——
　　　　[两警员用封条封门。
梁盈盈　为何要封商行？
兰局长　我还要抓人呢！

莲　嫂　（大惊）啊！

兰局长　谁是这家老板？

陈细龙　（慌）眼下，是我管事……

兰局长　（晃着手铐）与我铐了——

陈细龙　我犯了何罪？

兰局长　（拿出一纸）自个看来——

梁盈盈　（接过念）山货夹带鸦片，西南五省重案，船上人赃俱获，押往大牢待判！

[警员欲铐陈细龙，王德昌从内而出。

王德昌　等等，我才是这家商行的老板。

陈细龙　（扑上）阿哥啊……

莲　嫂　（拉过陈细龙，狠狠一记耳光）孽种！

王德昌　（伸出双手）此事与他们无关，我跟你们走。

[光渐暗。

[水上民歌怆然飘荡：

　　　观音出世着花衫，
　　　蓝采和出世挽花篮，
　　　蒙正搵朝唔得晚，
　　　武松杀嫂上梁山……

第六场

[数日之后。

[骑楼街粤东会馆。

[清晨的会馆大堂，梁又庭独自品茗凝思。

梁又庭　（唱）数日来货郎入狱风云卷，

　　　　　　女儿她苦苦哀求泪涟涟。
　　　　　　说情的商号数十家，
　　　　　　还有那街坊邻里数不完。
　　　　　　人人都摆货郎好，
　　　　　　个个把他夸上天。
　　　　　　没奈何粤东会馆请早茶，
　　　　　　棘手事求众人踌躇再三。
　　　　[梁盈盈悄无声息地来到父亲身旁，默默跪下。

梁又庭　（叹）唉！家里跪，会馆也跪，成何体统？起来吧！
梁盈盈　阿爸若是不答应，女儿跪死也不起！
梁又庭　（无奈扶起）坐下，喝口茶吧！你都三天水米不进了。
梁盈盈　你不救王德昌，我宁可渴死、饿死！
梁又庭　（长叹）唉，孽债难偿啊！为了这个小货郎，你就什么都不顾了？
　　　　连阿爸也不要了？
梁盈盈　阿爸啊！（唱）
　　　　　　莫怪女儿太任性，
　　　　　　心中唯有他一人。
　　　　　　自从见他第一面，
　　　　　　情根深种在心中。
梁又庭　（唱）奇男儿处处有玉树临风，
　　　　　　你只认小货郎太过邪门！
梁盈盈　阿爸啊！（唱）
　　　　　　小货郎磊磊落落出寒门，
　　　　　　小货郎屡遭磨难勤打拼。
　　　　　　小货郎扶弱济困有担当，
　　　　　　小货郎诚信为本重品行。
　　　　　　小货郎不声不响行善事，
　　　　　　小货郎不卑不亢神气清。

> 小货郎不慌不忙入险境，
> 小货郎不掖不藏大胸襟。

梁又庭　（哭笑不得）女儿啊，小货郎真有你讲的这么神？

梁盈盈　阿爸，女儿一辈子就求你这一回了！

梁又庭　（长叹）唉！（唱）

> 世间最亲骨肉情，
> 阿爸岂能不懂女儿心？
> 几年来，他在做我在看，
> 几年来，他在说我在听。
> 一件件，一桩桩，
> 看得清，听得明。
> 奈何是他犯死罪下大牢，
> 要救他难杀我这老父亲！

梁盈盈　（再跪）阿爸，莫怪女儿不孝，王德昌若是救不出来，他赴黄泉之日，也就是你我父女永别之时了……

［梁盈盈抱着父亲的双腿失声痛哭。

［兰局长、何会长、桐油三、六堡六、杨帮办及众商家相继而上。

兰局长　（兰花指一跷）哟，这唱的是哪一出呀……

［梁又庭与梁盈盈一阵耳语，梁盈盈下。

何会长　梁老板，你把我等邀来，还要联名上书，为的就是那个犯事下牢的王德昌吗？

梁又庭　正是。这两天，我访了又访，犯事的人不是他。而是有人栽赃！

桐油三　是啊，王老板不是那样的人！

杨帮办　（痛心疾首状）公理何在呀？

兰局长　（跷指比画）梁老板，你家财万贯，店铺连云，为这个穷小子如此折腾，何苦来哉？

何会长　是啊，算了吧！

梁又庭　不！（唱）

　　　　　　老夫我虽经过大风大浪，

　　　　　　不如我小女儿更有眼光。

　　　　诸位，王德昌何等样人，你们知晓吗？

　　　[众人议论纷纷。

梁又庭　你们听好了！（接唱）

　　　　　　王家小子像个样，

　　　　　　不是老夫谬夸奖。

　　　　　　那小子品行端庄有志向，

　　　　　　那小子吃苦耐劳会经商。

　　　　　　那小子童叟不欺讲诚信，

　　　　　　那小子行事谦恭多主张。

　　　　　　这样的人商海茫茫有几个？

　　　　　　岂能让他蒙冤受屈下牢房？

　　　[梁盈盈拿一沓东西上，见状热泪盈眶。

梁盈盈　阿爸！

梁又庭　诸位，这是我的房产契约、商号账本，我的全部家当！（唱）

　　　　　　神明有眼苍天在上，

　　　　　　求诸位帮帮我的忙。

　　　　　　金银散尽我不惜，

　　　　　　跑断脚筋我不慌。

　　　　　　不信东风唤不回，

　　　　　　不信正义不伸张！

　　　　　　梁又庭倾家荡产当乞丐，

　　　　　　也要救出那个小货郎！

　　　[众人纷纷呼应。

六堡六　王老板，大好人！

众　人　放人！放人！放人！

何会长　兰局长，你就放了王德昌如何？（从梁又庭手中拿过两份契约往

兰局长面前轻轻一推）

兰局长 （跷指一伸）去去去，将王德昌与我带过来！

[二警员匆匆下。

梁盈盈 阿爸，你太好啦！

梁又庭 阿爸不好，王德昌才好啊！

何会长 梁兄，你如此下力，不惜血本救他，究竟是为何啊？

梁又庭 （唱）　我救他是在救秤砣轻重，

　　　　　　　　我救他是在救买卖公平。

　　　　　　　　我救他是在救商家信誉，

　　　　　　　　我救他是在救城市良心！

众　人 讲得好！

[莲嫂、陈细龙扶着伤痕累累的王德昌上。

兰局长 王德昌，还不快谢过梁老板？

何会长 你死里逃生，是梁家用万贯家财换来的！

王德昌 这……梁老前辈呀！（唱）

　　　　　　　你为我四下奔走心更累，

　　　　　　　你为我低声下气实可悲。

　　　　　　　你为我散尽家财不值当，

　　　　　　　你为我父女反目情难悔。

　　　　　　　德昌愧对老前辈，

　　　　　　　身陷囹圄志不摧。

　　　　　　　愿把牢底来坐穿，

　　　　　　　愿含奇冤成雄鬼。

　　　　　　　我不愿知恩难报心不安，

　　　　　　　我不愿连累他人愧难追！

梁又庭 （惊讶地）什么？他人？（拉过梁盈盈）小货郎，我要你娶她为妻，我要你善待她一生！

王德昌 啊？！（茫然四顾）如此盛情，德昌担当不起！把我送回监狱吧！

众　人　啊？！（一片惊愕）

　　　　[梁盈盈昏厥于地。

　　　　[切光。

　　　　[水上民歌波涛滚滚，一咏三叹：

　　　　　　罗帕花开头顶尖，

　　　　　　银簪花开头发边。

　　　　　　蜡烛开花不着地，

　　　　　　灯盏开花不见天……

第七场

　　　　[数月之后。龙母庙前码头。

　　　　[号子声声在拂晓震荡：硬顶上呀！鬼喊你穷啊……

　　　　[船老大率众船工膜拜上香，龙母像前香烟缭绕。

船老大　龙母保佑！

众船工　顺水顺风！

　　　　[天色渐亮，可见桅杆高耸，或远或近，逶迤排列。

　　　　[桐油三、六堡六等登船，莲嫂领陈细龙上。

莲　嫂　阿弟，当了船工，不比过去，江上凶险，处处小心哪！

陈细龙　（为难地）家姐，我怕见德昌阿哥，听说他……也在船上。

莲　嫂　他不会恨你，会像以前一样对你好的。上船吧！

　　　　[莲嫂目送着陈细龙的背影，心潮起伏。

莲　嫂　（唱）人生漂泊不定，

　　　　　　　　心如江中浮萍。

　　　　[王德昌上。

王德昌　（唱）茶中最醇数六堡，

　　　　　　　世间最是嫂子亲！

莲　嫂　（为王德昌抻了抻衣服）衣服都带够了吗？

王德昌　嫂子，不都是你帮我收拾的吗？

莲　嫂　你去看过梁老板了？

王德昌　人家不愿见我。

莲　嫂　也难怪，你太伤他们父女的心了！

王德昌　有些事当时想不到啊！

莲　嫂　阿弟啊，你千万不能错过梁小姐，否则，你会后悔一辈子的。

王德昌　我……

莲　嫂　你看，人家来了。（下）

　　　　[号子声隐约可闻。

　　　　[梁盈盈默默来到王德昌身边，遥看江天。

梁盈盈　（唱）　看江天云舒云卷，

　　　　　　　　恰似我心中万语千言。

　　　　　　　　曾发誓今生不再相见，

　　　　　　　　怎奈何脚随心牵……

王德昌　（唱）　云舒云卷看江天，

　　　　　　　　心中有话对谁言？

　　　　　　　　面对世间奇女子，

　　　　　　　　万般愧疚涌心间……

　　　　[二人回头一视，赶紧尴尬地背过身去。

梁盈盈　（唱）　说不见，又想见，

王德昌　（唱）　相见难，别更难……

梁盈盈　（唱）　这就是天残地缺情难断，
王德昌　　　　 这就是九转回肠未了缘……

　　　　[激越的号子声阵阵传来。

梁盈盈　（背身幽幽地）王德昌，这趟船你一定要亲自押送吗？

王德昌　（长叹）我欠你家的太多，不知今生能否偿还？

梁盈盈　废话少说！（转过身）王德昌，你这一去，几时才回？
王德昌　不晓得，商行成败在此一举，不敢懈怠呀！
梁盈盈　莫要忘记，我还有账要跟你算啵！
王德昌　梁小姐，我带点什么回来给你？
梁盈盈　带一个大活人回来就好！
　　　　[船老大上。
船老大　王老板，时辰已到。
王德昌　开船！
　　　　[汽笛、号子，声声震耳；月光、灯光，光影交织。
　　　　[景转江上夜航。船舷边伫立着王德昌和船老大。
船老大　瞪大眼睛，小心暗礁！
　　　　[江险流急，众船工稳舵把桨，桅杆上红灯闪烁，映亮江天。
船老大　硬顶上啰！
众船工　鬼喊你穷啰……
　　　　[王德昌、众客商与船工们协力划桨。陈细龙格外卖力。
　　　　[船过险滩，江阔浪平。王德昌与陈细龙在船舷边不期而遇。陈细龙欲避，被王德昌一把拉住。
陈细龙　老板，有何吩咐？
王德昌　（诧异）老板？平时你不是都喊我阿哥吗？
陈细龙　往日不知天高地厚，如今再也不敢了！（唱）
　　　　　　　今方知阿哥二字好金贵，
　　　　　　　心想喊口难张悔愧难追！
王德昌　（唱）是个人食五谷孰能无过？
　　　　　　　何必天天来把罪名背！
陈细龙　（唱）自惩自罚来洗罪，
　　　　　　　心中时时响惊雷！
　　　　　　　今日起死守住做人底线，
　　　　　　　不枉世间走一回！

船老大　　前面就是恶龙滩，各就各位，万分当心哪！

[风狂雨骤，月黑浪高。船上众人被吹得东倒西歪。

船老大　　（吼）硬顶上呀！

众船工　　鬼喊你穷啊！

[大船颠簸剧烈，船老大、众船工竭力稳舵扳桨。

船老大　　硬顶上呀！

众　人　　鬼喊你穷啊！

[闪电霹雳瞬间亮如白昼，一根折断的桅杆向船老大砸下，王德昌扑上，推开船老大，却被桅杆砸中。

众　人　　（惊呼）王老板——！

[炸雷声声，天崩地陷，一片漆黑。号子声声，撼人心扉……

[涛声依旧，曙色一片。

陈细龙　　（抱着躺在血泊中的王德昌）阿哥，你醒醒哪！

船老大　　王老板，顶住，到了码头就有医院了。

王德昌　　（悠悠醒来）损失大吗？

船老大　　不大。船舱进了点水，六堡茶不怕……我给你找药去。（下）

陈细龙　　阿哥，你要忍痛……

王德昌　　好，又喊我阿哥了……

陈细龙　　是我对不起你……

王德昌　　知错能改，善莫大焉……平码行挂牌那天，还记得吗？

陈细龙　　记得……（哭音）王经理……

王德昌　　（笑）陈……襄理……

陈细龙　　阿哥，莫讲了，我晓得，你想听挑货郎担时你教我唱的，我唱给你听，听了它，就没有那么痛了。（边哭边唱）

　　　　　　牛角梳菱花镜西洋纽扣双飞剪，

　　　　　　还有那姐妹们盼的胭脂水粉红丝线……

[王德昌在歌声中缓缓闭上眼睛。

陈细龙　　（撕心裂肺）阿哥啊——！

[切光。

[涛声裂岸。号子声铺天盖地：

  鬼喊你穷啊！

  硬顶上啊……

第八场

[清晨。骑楼街。
[韵味十足的吆喝声、叫卖声在街市飘荡。
[刹那间，锣鼓声、鞭炮声动地而来。空中徐徐垂下德昌行的金字牌匾。
[庆贺的宾客络绎不绝。何会长、桐油三、六堡六、杨帮办拿贺礼上。向陈细龙作揖："恭喜！""恭喜！"

桐油三 （仰视）德昌行！了不起，了不起！陈老板，恭喜你了！

陈细龙 这家商行的老板，永远是他（指匾）——我的德昌阿哥！

六堡六 德昌老板九泉有知，一定高兴！

杨帮办 今天刚好是孙大总统北伐誓师出征，双喜临门哪！

陈细龙 诸位，后堂奉茶，请！

[伙计领众宾客下。
[陈细龙神情肃穆地仰望着牌匾，心潮奔涌。

陈细龙 阿哥啊！（唱）

  生死两茫茫，

  天人各一方。

  含泪声声问阿哥，

  几时才回德昌行？

[货郎担叮当的铁片声隐约可闻。

陈细龙　（侧耳倾听）阿哥，是你吗？你在哪里呀？（寻觅而下）

[挑着货郎担的王德昌与划着小艇的莲嫂擦肩而过。

王德昌　（唱）叮叮当、叮叮当，
　　　　　　　路上来了小货郎。

莲　嫂　（唱）橹儿摇、桨儿荡，
　　　　　　　一条小船走三江。

王德昌　（唱）悲欢聚散本无定，

莲　嫂　（唱）今生欠债来世偿。

王　莲　（合）行路难，硬顶上，
　　　　　　　苦当乐，心欢畅。
　　　　　　　莫叹世间万种情，
　　　　　　　情到深处日月长！

[王德昌与莲嫂擦身而过，渐行渐远。

[身穿北伐军装的梁盈盈寻觅而来。她时而侧耳倾听，时而抬头凝视牌匾。

梁盈盈　（唱）蒙眬抬眼望，
　　　　　　　魂断德昌行。
　　　　　　　骑楼虽在，看不见冤家模样，
　　　　　　　叫卖声声，缺了那韵味悠长。
　　　　　　　少你商埠少了魂，
　　　　　　　少你日月也无光。
　　　　　　　今生有幸将你缠，
　　　　　　　不知来世你在何方？
　　　　　　　曾经沧海难为水，
　　　　　　　世间再无小货郎……
　　　　　　　忍悲别老父，
　　　　　　　锦衣换戎装。
　　　　　　　商家窈窕女，

　　　　　　　拼杀在疆场。
　　　　　　　铁马金戈百战死,
　　　　　　　芳魂一缕回故乡。
　　　　　　　愿故园商埠兴隆天天都兴旺,
　　　　　　　愿亲人祛灾添福一生都安康!
　　　　[随着货郎担的叮当声,王德昌悠然而上。
梁盈盈　(定定看着)哦,王德昌!你不是当大老板了吗?怎么还是小货郎的模样啊?
王德昌　(笑笑)这才是我本来的样子。梁大小姐,你为何成了这副模样?
梁盈盈　(撒娇地拉住王德昌)小货郎,我这个样子可爱吗?
王德昌　(挠头一笑)这……
梁盈盈　(一戳王德昌额头)你这个傻瓜呀!你晓得我阿爸叫你什么吗?
王德昌　他喊我做小货郎啊!
梁盈盈　王德昌,你这货郎担挑到几时才算完呀?
王德昌　难讲,一辈子都不一定哪!(唱)
　　　　　　　看世间熙熙攘攘你来我往,
　　　　　　　今天买明天卖各自各忙。
　　　　　　　货如人人如货都有生命,
　　　　　　　离不开五谷杂粮雨露阳光!
梁盈盈　(唱)　有的货在肩头,
　　　　　　　有的货在心上。
　　　　　　　有些货秤来称,
　　　　　　　有些货心来量。
王德昌　明白了?
梁盈盈　嘻嘻,明白了。
王德昌　(唱)　小货郎就是大老板,
梁盈盈　　　　大老板也是小货郎!
　　　　[王德昌定定地看着梁盈盈。

梁盈盈　（一戳王德昌额头）傻瓜，看什么看？

王德昌　我早就该这样看了。

梁盈盈　（粉指再戳王德昌额头）你这个小冤家啊！（唱）

　　　　我爱那不知好歹的小货郎，

　　　　第一眼直到死终身不忘！

王德昌　（唱）　千年不见千年等，
梁盈盈　　　　哪怕地老天也荒！

　　　　等老红颜（到白头）还要等，

　　　　这辈子我就是你的新嫁娘（老新郎）！

[王德昌扔下货郎担，扑上去抓住梁盈盈的手。

王德昌　盈盈呀，我的妻！

梁盈盈　王德昌，我的郎！

[二人忘情相拥。

[锣鼓声、鞭炮声、军乐声中，景转三江口码头。

[江面上百舸争流，码头上人头攒动，市民们正在欢送北伐军挥师北上……

[梁盈盈的身旁簇拥着欢送的亲友。

梁又庭　（从身上拿出一块玉）女儿啊，你什么也不要，就把这块玉当作护身符吧！

陈细龙　（看着梁盈盈）梁大老板，你放心去革命吧，我帮你守好商行，多多赚钱支援前线！

莲　嫂　（递过一只竹篮）妹子，路上吃……

梁盈盈　阿姐，保重！

[身着军装的船老大上。

船老大　梁小姐，上船吧！（二人走下码头）

[光渐暗。

[锣鼓声、鞭炮声中，号子声荡人心魄：

鬼喊你穷啊，

硬顶上啊……

（剧终）

（该剧创作于 2017 年，由梧州市粤剧团演出。国家艺术基金扶持剧目，获广西政府"铜鼓奖"）

现代琼剧

秋菊姨母

时　间　新中国成立前。

地　点　海南乡村，红树林，深山。

人　物　刘秋菊——中共琼崖特委委员，人称"秋菊姨母"。

　　　　林茂松——"琼崖五虎将"之一，刘秋菊丈夫。

　　　　符椰胡——爱拉椰胡的保长。

　　　　黄头目——敌顽头目。

　　　　隔壁婶——村妇。

　　　　怀　月——村姑。

　　　　众乡亲、众战友、众敌顽。

第一场

　　　　[拂晓时分。村头树下。

　　　　[符椰胡愁绪满怀拉着椰胡。

符椰胡　（唱）白皮红心样子丑，

　　　　　　　　像只萝卜圆溜溜……

　　　　[椰胡声声，拉开了小渔村的黎明；椰树摇曳，海天壮阔。

　　　　[一汉子背网捎橹上。

符椰胡　六叔，出海呀？

汉　子　我不当保长，没得赏钱，不出海拿什么来养家糊口？（轻蔑地扫他一眼，匆匆下）

　　　　[一阿婆挽竹篮上。

符椰胡　（笑嘻嘻地）三婆，早，赶海呀？

阿　婆　呸！（不屑地下）

符椰胡　（无奈地拿起椰胡，边唱边下）

　　　　　　　　人人嫌我是条狗，

     日子何时熬到头……

   [众村妇叽叽喳喳上。

隔壁婶 昨晚，隔壁村枪声响了一夜，你们听见了吗？

众村妇 听见了！

隔壁婶 （唱）各位姐妹站稳当，

      讲个故事你莫慌。

众村妇 快讲、快讲！

   [一个担着畚箕、把斗笠戴得低低、身穿黑衣的女子悄然而上，在一旁听着。

隔壁婶 （唱）琼崖英豪一女将，

      百步穿杨耍双枪。

众村妇 哦，秋菊姨母！

隔壁婶 （唱）敌人围她在空房，

      只等收网在天光。

众村妇 （焦急地）天光了怎么办？

隔壁婶 敌人冲进屋里……

众村妇 （迫不及待）怎么样？

隔壁婶 （唱）秋菊姨母无踪影，

      瓦房一间空荡荡。

      狗咬尿脬空欢喜，

      敌人气得头撞墙。

村妇甲 （唱）秋菊姨母神通广，

村妇乙 （唱）飞檐走壁艺高强。

众村妇 （唱）天涯海角传美名，

      双枪飞侠响当当！

   [一旁黑衣女子缓缓摘下斗笠，笑眯眯看着大家。

众村妇 （惊呼）啊？秋菊姨母！

刘秋菊 乡亲们，我哪有这么神啰！（唱）

　　　　　我生在琼州海边小渔村，
　　　　　无名字的小妚二孤苦伶仃。
　　　　　随姐姐挖野菜赶海充饥，
　　　　　贫寒女生活在人间底层。
　　　　　平地一声春雷起，
　　　　　穷苦人闹革命水起风生。
　　　　　共产党给了我人的尊严，
　　　　　共产党给了我秋菊之名。
　　　　　从此后，
　　　　　风里雨里脚不停，
　　　　　刀口舔血心不惊。
　　　　　从此后，
　　　　　砍头只当椰子落，
　　　　　秤砣下肚铁了心！
　　　[刘秋菊拿出一包中药，递给隔壁婶。

刘秋菊　隔壁婶，听讲你儿媳妇好多年都怀不上，我找了个祖传秘方，这些药，你拿给她，看看管不管用？

隔壁婶　（热泪盈眶）秋菊姨母，敌人天天抓你，连我家这点小事，你都还挂在心上……

刘秋菊　（将一件新衣递给阿婆）三婆，天要凉了，我帮你做了一件夹衣，你看合不合适？

三　婆　（接衣抹泪）你真像我的女儿啊！

刘秋菊　妚月，这是你的小镜子……

　　　[众村妇簇拥着刘秋菊，七嘴八舌问个不停。

隔壁婶　秋菊姨母，你忙得脚后跟不着地，还天天念着我们……（抹泪）

刘秋菊　乡亲们哪！（唱）
　　　　　我是老阿妈的大女儿，
　　　　　一早一晚把家回。

　　　　　　我是大阿姐的小阿妹，
　　　　　　日头落山沿路归。
　　　　　　我是村前屋的姑表亲，
　　　　　　逢年过节把门推。
　　　　　　我是对门家的亲姨母，
　　　　　　外甥侄女影相随。
　　　　　　共产党原本就是老百姓，
　　　　　　鱼水情刀割不断拢一堆。
　　　　　　是你们拼死将我来庇护，
　　　　　　才有那信仰如山志难摧！
　　　　［不远处枪声大作。符椰胡匆忙跑上。

符椰胡　秋菊姨母，敌人把村子围住了，快跟我走！（拉起刘秋菊就走）

刘秋菊　来得好快呀！

符椰胡　他们定会挨家挨户搜查，怎么办？

　　　　［婴儿哭声阵阵传来。

刘秋菊　你去应付他们，我自有办法！

　　　　［符椰胡下。几位哼着童谣的妇女在树下哺乳。
　　　　［刘秋菊从一位抱着双胞胎的村妇手中接过一个婴儿，背身解襟喂起奶来。
　　　　［黄头目上。

黄头目　你们听好了！刘秋菊就在这个村里，你们给我睁大眼睛守好路口！

　　　　［内应：是！
　　　　［黄头目盯着众村妇，逐个察看。

刘秋菊　老总，女人喂奶，有什么好看的？

黄头目　我就不信，煮熟的鸭子还飞得脱！

刘秋菊　哦，原来老总是想买鸭子呀，田里有的是，等我喂完奶就帮你们抓嘛。

黄头目　（唱）　这位阿嫂面好善，

　　　　　　　好像与人不一般。

刘秋菊 （唱）去年老总把鸭撵，
　　　　　　　帮你捉鸭下水田。
众村妇 （唱）老总总爱吃白食，
　　　　　　　今天莫非想赖钱？

　　［众村妇缠住黄头目，喋喋不休讨要鸭钱。刘秋菊不知何时悄然而去。

　　［符椰胡冲上，拉住黄头目。

符椰胡 （急切地）黄队长，有人看见刘秋菊往那边跑了！
黄头目 （咬牙跺脚）追！（圆场，数）
　　　　　　　船上打老婆，
　　　　　　　看你飞上舵？（追下）

　　［身穿蓝衣的刘秋菊圆场过场。

　　［黄头目追上。

黄头目 抓住她！抓住那个穿蓝衣的女人！（追下）

　　［阵阵山歌飘荡而来：
　　　　　　惊蛰过了是春分，
　　　　　　块块水田白生生。
　　　　　　阿哥抛秧给妹插，
　　　　　　看妹手白口水吞。

　　［妚月与一群挑秧女子婀娜而上。

　　［枪声渐近，刘秋菊匆匆来到秧田边。

妚　月 （紧张地）他们是在追你吧？
刘秋菊 是啊。
妚　月 你还不快跑？
刘秋菊 四面围堵，能往哪里跑？
妚　月 这……怎么办呢？

　　［内呼渐近：抓住穿蓝衣服的女人！

怀　月　有了！姐妹们，换衣！

[眼花缭乱之中，众女子迅速变成一群蓝衣女。

[黄头目上，四下一看，顿时傻了眼。

刘秋菊　姐妹们，我们比一比，看看哪个插得又快又好！

怀　月　姐妹们，插起来呀！（唱）

　　　　　　手中秧苗把把青，

　　　　　　姐妹插秧比输赢。

众姐妹　（唱）　山歌不断手不停，

　　　　　　回家老公把嘴亲！

黄头目　（哭笑不得）这衣服说黑就黑，说蓝就蓝，刘秋菊，你到底穿的是什么衣服？

[姐妹们且歌且舞，黄头目在人群中穿梭察看。

刘秋菊　（唱）　妹在田中手不停，

　　　　　　狗在田埂瞪眼睛。

众姐妹　（唱）　田头有丛猫爪刺，

　　　　　　看你钻进哪一蓬？

[怀月捡起一坨泥巴砸向姐妹，众姐妹会意，打起泥水仗，故意将泥巴砸到黄头目身上，黄头目且退且避，且退且远。

[天色向晚。众姐妹累得瘫成一团。

怀　月　（起身察看）狗走远了。

刘秋菊　姐妹们，你们怎么也穿蓝衣呀？

怀　月　往后啊，秋菊姨母穿黑衣，我们就穿黑衣，秋菊姨母穿蓝衣，我们也穿蓝衣，秋菊姨母穿几件衣，我们就穿几件衣。

姑娘甲　秋菊姨母，到我家煮番薯粥吃吧！

刘秋菊　天色不早了，你们赶紧回家吧，免得你们的男人要找我要人了。我还有事哩。

怀　月　姐妹们，走吧！（与众姐妹下）

[刘秋菊从地下挑起一对畚箕，捡一顶斗笠戴在头上。欲下。

[符椰胡上。

符椰胡　秋菊姨母，总算找到你了！上级派了一个姓林的同志来找你，讲有要紧的事情。

刘秋菊　姓林的？会是谁呢？

符椰胡　我带你去找他。

刘秋菊　快走！（二人下）

[切光。

第二场

[海边红树林一角。

[身着黎族服装的林茂松手执弓弩，正在射着盘旋在红树林上空的鸟儿。弹无虚发，只只鸟儿应声而落。

[刘秋菊内喝："住手！"担畚箕匆匆而上。

刘秋菊　这么大个男人，打几个鸟儿，算什么本事？

林茂松　（一愣）这位阿姐，这鸟儿为何不能打？

刘秋菊　这年头，该杀的是残害老百姓的坏人，你年纪轻轻，一身本事，用错地方了！

林茂松　（不由得另眼相看）看不出，你一个足不出村的乡下女人，还是蛮有点见识的啵！

刘秋菊　哼，乡下女人？教训你几句，有何不可？

林茂松　阿姐教训得好，你是这村上的吗？

刘秋菊　乡下女人没空和你闲聊。（欲下）

林茂松　（拉住刘秋菊畚箕）我还没有谢你哩。

刘秋菊　（呵斥）放手，拉什么拉？

[争执之中，符椰胡匆匆追上，一把拉住刘秋菊。

符椰胡　且慢且慢！秋菊姨母，这就是冯白驹司令员派来的林茂松同志。（又拉住林茂松的手）这就是刘秋菊书记。

刘秋菊　（一愣）啊？

林茂松　（大惊）啊？

符椰胡　你们谈正事，我去那边给你们看着。（匆匆下）

〔刘秋菊、林茂松四目相对，林茂松尴尬地低下头去。

刘秋菊　（唱）　这就是威震敌胆琼崖五虎将？
　　　　　　　　　果然是身手不凡好俊朗。

林茂松　（唱）　只怪我有眼无珠太莽撞，
　　　　　　　　　得罪了秋菊书记好彷徨。

刘秋菊　（爽朗一笑）你就是冯司令的警卫员？你就是敌人又怕又恨的林茂松同志？（伸出手）来，我们认识一下。

林茂松　（一愣，缩手，赶紧敬礼）刘书记，刚才多有得罪，请你多多批评！

刘秋菊　你讲得对嘛，我本来就是个不起眼的乡下女人嘛！

林茂松　不，你是我心中的大英雄！（递信）冯司令派我给你送来一封信。

刘秋菊　（接信，看）你转告冯司令，我保证按时完成任务！我们后天中午在下湾村码头会合。

林茂松　（敬礼）是！（欲下）

刘秋菊　等等。茂松同志，我记得你不是黎族同胞呀，怎么这身装束？

林茂松　（傻笑）嘿嘿，还不是跟你学的？

刘秋菊　你这射弩的手艺，蛮精到的，差不多赶上你的枪法了。

林茂松　射弩我是跟黎族同胞学的，枪法要跟你相比，差远了。

刘秋菊　（抓住林茂松的手）我们今天就算是认识了，往后，我们就是不分彼此的战友了！

林茂松　不，你是领导……

刘秋菊　你呀！（唱）
　　　　　　　　　腥风血雨乱纷纷，
　　　　　　　　　战友相逢格外亲。

林茂松 （挠头）格外亲……嘿嘿……这……（唱）
　　　　　你是领导我是兵，
　　　　　领导士兵要分明。
刘秋菊 好了好了，你快走吧！看你急得汗都冒了！
[林茂松敬礼下。刘秋菊若有所思望着林茂松的背影。
刘秋菊 （自语）三个军礼敬得好标准，这个人哪，还是蛮有点意思的……
[符椰胡上。
符椰胡 秋菊姨母，我……（欲言又止）
刘秋菊 你想讲什么？
符椰胡 我……我想加入你们的党，得不得啊？
刘秋菊 符保长，你要想好啵，这是随时要坐牢杀头的呀！
符椰胡 你们不怕，我也不怕！
刘秋菊 符保长啊，这事情急不得！这年头。白皮红心最难得啊！
符椰胡 （一声长叹）唉！（唱）
　　　　　我不愿当个保长腰难挺，
　　　　　更不愿奴颜婢膝对敌人。
　　　　　乡亲见我一声"呸"，
　　　　　家中老少担骂名。
　　　　　白日里人不人来鬼不鬼，
　　　　　到夜半风吹门环心也惊。
　　　　　我好想真刀真枪上战场，
　　　　　拼将热血洒椰林！
刘秋菊 椰胡啊，你的心思我都明白，可是现在，我们需要你这样的保长啊！
符椰胡 （无奈）这……这时候也只能听你的了！下一步我该怎么做？
刘秋菊 护送电台过关卡！
符椰胡 （大惊）啊？这……村村设防，路路关卡，该怎么过啊？
刘秋菊 主意我已想好了。（附在符椰胡耳边交代着什么）
符椰胡 （一拍大腿）妙！（转而一想）好是好了，这新郎谁来当呢？总不会是我吧？

刘秋菊 你就划你的船吧！这个人我已经找好了。

［符椰胡一脸困惑。

［光渐暗。

［椰胡声声，委婉激越……

［景转河汊码头。

［林茂松驻足远眺，心潮起伏。

林茂松（唱） 河汊弯弯水流长，

波光潋滟南渡江。

今天要接新任务，

不知船儿去何方？

刘书记，有主张，

妙计迭出加锦囊。

随她护送电台去，

冲关过卡心不慌。

心儿怦怦跳，

忐忑满胸膛。

［符椰胡捧衣上。

林茂松（急切地）符保长，你总算来了，刘书记呢？

符椰胡（笑）你先换衣服，她随后就到。（递过衣服，将一顶新郎帽扣在林茂松头上）

林茂松（看帽观衣，困惑地）这……这不是新郎官的衣服吗？给我干什么？

［刘秋菊一身新娘打扮，款款而上。

刘秋菊 今天，你就是新郎官。

林茂松（惊诧地打量刘秋菊）你……怎么会……

刘秋菊（笑意盈盈）怎么，我不像个乡下女人？还是不像你的新娘啊？

林茂松 像……你像，我……我不像……

刘秋菊 快换衣服吧，换了衣服就像了。

林茂松 （几乎要哭）不……不换……还是……换人吧……

刘秋菊 换谁？换符保长？他比你更像新郎？

符椰胡 我像新郎的爸！

刘秋菊 闲话少说，时间紧急，林茂松同志，我命令你——换衣服！

　　[刘秋菊和符椰胡强行为林茂松换上新郎装。

符椰胡 好帅的新郎官哪！

刘秋菊 （轻叹）可惜新娘老了点。上船！

　　[三人上船。

刘秋菊 符保长，电台可否藏妥？

符椰胡 放心吧，打鱼人藏的东西，敌人是很难搜到的。

　　[符椰胡划船，小舟荡开。

　　[重声伴唱：

　　　　帽儿（嫁衣）鲜又光，

　　　　做个小新郎（新嫁娘）。

　　　　船儿晃呀晃，

　　　　爹娘牵肚肠。

　　　　桨儿摇呀摇，

　　　　娘家在远方……

林茂松 （唱）尴尬事平生第一桩，

　　　　稀里糊涂就当了新郎，

　　　　刘书记站立船头稳稳当当，

　　　　我这边浑身发痒汗湿衣裳。

刘秋菊 （唱）荒唐年荒唐月事不荒唐，

　　　　不留意做了一回新嫁娘。

　　　　荡小舟过关卡与敌周旋，

　　　　假夫妻回娘家演戏一场。

符椰胡 （唱）头一回当艄公南渡江上，

　　　　好一出《双下山》再加《秋江》，

　　　　　　假作真时真亦假，

　　　　　　盼只盼顺风顺水回家乡。

　　　　[刘秋菊递给林茂松一方手帕。

刘秋菊　茂松，看你热得满头大汗，快擦擦。

林茂松　刘书记，不是热，是冷汗……

刘秋菊　（严肃地）你叫我什么？

林茂松　（吞吞吐吐）刘……啊……

刘秋菊　（挽起林茂松的手，腔调一换，风情万种）阿松哥，我的夫啊……

林茂松　（带哭腔）菊大姐……我的妻啊……

符椰胡　坐稳了，前面就是哨卡了。

　　　　[黄头目站在岸边。

黄头目　（大声呵斥）过来过来！靠岸检查！

符椰胡　黄队长，辛苦了，抽支烟吧！（递烟）

黄头目　（拨开）符保长，怎么又是你？

符椰胡　今天，我是送侄儿他们小两口回娘家去的。

黄头目　搜！

　　　　[跳到船上四下察看，一脸失望。

黄头目　打开船舱！

　　　　[符椰胡打开船舱，黄头目伸手四下摸索，一无所获，直甩手上的水珠。

符椰胡　（递上两块光洋）黄队长，给兄弟们买瓶酒喝吧！时间不早，我们要赶路了。

黄头目　（推开）莫来这套！（一把抓住林茂松的手，端详）嗯，像个种田人的手。（继而盯着刘秋菊）这新娘好像年龄比新郎大了点啵！

符椰胡　嘿嘿，女大三，抱金砖嘛……

黄头目　不对！我们好像在哪里见过！

刘秋菊　见过、见过。老总啊！（唱）

　　　　　　寡妇在家命多薄，

　　　　　去年时曾为老总把鸭子捉。
　　　　　三只鸭钱你忘了付，
　　　　　留给老总把酒喝。
黄头目　原来如此！（眼睛一转）哦，寡妇？一定很会疼爱小丈夫的啦！来呀，亲个嘴，给老子看看！
林茂松　（双腿颤抖，看着刘秋菊，不知所措）这……
刘秋菊　老总，一定要看哪？
黄头目　怎么，你们还想不想走了？
刘秋菊　（笑笑）阿松哥，这种事，这几天你不是最爱做的吗？来吧，我们就给这位老总看看新鲜。
　　　　[刘秋菊一把抱住林茂松亲了起来……
　　　　[光急灭。
　　　　[船头上，符椰胡的椰胡拉得荡气回肠，别有韵味……

第三场

　　　　[夜。乡间。
　　　　[夜沉沉，虫鸣细。不时有小孩夜啼戛然而止，显然是被捂住了嘴。
　　　　[符椰胡忧心忡忡上。坐在村头大树下，幽幽地拉着椰胡。
符椰胡　（唱）月黑夜如麻，
　　　　　风高如刀刮。
　　　　　山中音信断，
　　　　　故人在何家？
　　　　[汉奸打扮的黄头目鬼魅般溜上，夺过椰胡，踩成两段。
符椰胡　黄……队长，你要干什么？
　　　　[黄头目拔枪顶住符椰胡，竖指嘘声。然后悄悄来到一家门前，轻

　　　　　轻敲门，毫无动静。

黄头目　（装女声）开门呀，我是秋菊姨母……

　　　　　[黄头目见没有反应，又跑到另一家敲门。

符椰胡　（上前拉住）黄队长，你莫折腾了。这时候，就是真的秋菊姨母来了，也没人敢开门呀！

　　　　　[黄头目一脚将符椰胡踹倒在地。

黄头目　（如法炮制）开门呀，我是秋菊姨母哪……（唱）

　　　　　秋菊想念众乡亲，

　　　　　数日不见泪淋淋。

　　　　　白天要把敌人躲，

　　　　　敲门只得到三更。

　　　　　[边唱边逐户敲门。

　　　　　我已两天未吃饭，

　　　　　肚皮贴到后背心。

　　　　　盼你能看往日面，

　　　　　给我秋菊开开门。

　　　　　[一家大门吱呀一声打开，一个男人刚探出头来，立刻被黄头目一把拎出推下。只听砰砰两声枪响，激起声声狗吠。

　　　　　[黄头目吹着枪口上。

黄头目　各家各户，听清楚了，窝藏共匪，诛灭九族！交出刘匪秋菊，悬赏大洋一千！（将告示贴在门板上，下）

　　　　　[符椰胡从地上爬起，拾起断成两截的椰胡，悲愤不已。

符椰胡　（仰天长啸）乡亲们哪！不见真佛莫烧香呀！（悲怆而下）

　　　　　[刘秋菊内唱：夜阑珊心如焚把亲人探望……

　　　　　[林茂松率二战士上，四下察看警戒。刘秋菊上。

刘秋菊　（接唱）一路上断垣颓壁好不凄凉。

　　　　　数月来，反扫荡，

　　　　　昼伏夜行转移忙。

　　　　　　叹只叹堡垒户凶多吉少，
　　　　　　战友们缺衣无药又断粮。
　　　　　　何日能冲开敌伪千重网，
　　　　　　迎来那艳阳天红旗飘扬！
战士甲 （拍门）老乡，开门哪，我们是琼崖总队的。
战士乙 （拍门）老乡，开门哪，我们是冯白驹司令的队伍。
　　　　[扇扇门扉皆无动静。
林茂松 （拍门）老同哥，开门哪，我是阿松啊！（见无反应，又到另一家门前）二叔公，开门哪，我是茂松侄儿！走了好远的路来看你们的！
　　　　[扇扇门扉紧闭，仍旧无任何反应。
林茂松 刘书记，乡亲们一定是被敌人吓怕了，怎么办？我们再到别的村看看吧！
刘秋菊 茂松啊！（唱）
　　　　　　过了一村又一村，
　　　　　　村村闭户又关门。
　　　　　　一朝被蛇咬，
　　　　　　十年怕草绳。
　　　　　　顽敌诡计多，
　　　　　　设套来骗人。
　　　　　　夜半装女嗓，
　　　　　　冒我秋菊名。
　　　　　　大门如心锁，
　　　　　　隔断鱼水情。
　　　　　　茂松啊，
　　　　　　战场上你百步穿杨枪法准，
　　　　　　遇难事发动群众尤其要耐心。
　　　　　　心钥匙，开心锁，
　　　　　　犹如打枪瞄准星。

　　　　　　根据地眼下发展遭困境，
　　　　　　岂能让敌顽诡计来得逞！
　　　　　　且看我用真情唤开这道道门扉，
　　　　　　抚慰那伤痕累累众乡亲。

林茂松 （疑惑地）刘书记，这些门，你真的能叫开？

刘秋菊 这些门，如果我叫不开，那这些年我们的工作就白做了。

　　　　[刘秋菊又来到一家门前，轻轻敲几声。

刘秋菊 （唱） 隔壁阿婶听我言，
　　　　　　媳妇坐月可平安？
　　　　　　姨母想看小外甥，
　　　　　　翻山越岭到门前。

　　　　[门缝里透出一丝亮光，隔壁婶站在门后紧张地朝门缝看着。

隔壁婶 （唱） 野狗野猫你莫烦，
　　　　　　屋檐晾有咸鱼干。
　　　　　　锅头冷饭剩两碗，
　　　　　　吃饱你就快上山。

刘秋菊 （唱） 秋菊肚饿犹能忍，
　　　　　　不见亲人泪水含。
　　　　　　好比羊崽不见娘，
　　　　　　咩咩叫得好心酸。

　　　　[刘秋菊转到另一家门前。

刘秋菊 （唱） 阿妹穿黑是穿蓝？
　　　　　　辫子是长还是弯？
　　　　　　送你一块小圆镜，
　　　　　　白天夜晚在枕边。

　　　　[屋里的妚月、屋外的刘秋菊，隔着门板，似乎听见各自的心跳。

妚　月 （唱） 油灯等你灯芯断，
　　　　　　茶壶等你水烧干。

　　　　　　　小路等你起青苔，

　　　　　　　阿妹等你眼望穿……

刘秋菊　（唱）　大路平平小路弯，

妚　月　（唱）　亲人隔水又隔山。

隔壁婶　（唱）　半夜想你半夜回，

　　　　　　　不怕钢刀把路拦！

　　［一扇门吱的一声轻轻打开，隔壁婶热泪盈眶看着刘秋菊。

　　［另一扇门吱呀一声打开，妚月情不自禁扑到刘秋菊怀中……

林茂松　（惊得目瞪口呆）神，太神了！

　　［一扇扇门打开，乡亲们纷纷拥出，激动不已，簇拥在刘秋菊身旁……

刘秋菊　（泪流满面）乡亲们，你们受苦了……

众乡亲　秋菊姨母！我们想你呀！

刘秋菊　（激动拭泪）乡亲们哪！（唱）

　　　　　　　共产党领导穷人闹革命，

　　　　　　　为的是千家万户享太平。

　　　　　　　红旗不倒年复年，

　　　　　　　靠的是知心贴肺众乡亲。

　　　　　　　山藏人，藏在林，

　　　　　　　人藏人，藏在心。

　　　　　　　山不藏人人藏人，

　　　　　　　刀砍不断是真情！

　　［乡亲们簇拥着刘秋菊。

妚　月　秋菊姨母，我要参军，跟你去打鬼子杀敌人！

男青年　我也要参军！

众青年　我们都要参军！

林茂松　欢迎、欢迎哪！

　　［光渐暗。

第四场

[海边红树林。潮落时分。

[几位琼崖战士正在红树林里摸鱼、抓蟹、拾鸟蛋。

战士甲　（唱）天当被，树当床，
　　　　　　　　潮涨潮落海风扬。

战士乙　（唱）捉鱼虾，当干粮，
　　　　　　　　火烤鸟蛋喷喷香。

众战士　（合）红树林，好屏障，
　　　　　　　　不怕敌顽逞凶狂！

[林茂松意绪踌躇上。

林茂松　（唱）红树林阻敌虽有方，
　　　　　　　　躲亲人该往何处藏？
　　　　　　　　一年来心绪乱如麻，
　　　　　　　　想见她怕见她乱了主张……

战士甲　林队长，秋菊姨母给我们送了好多吃的东西，她到处找你啵！

战士乙　看样子急得很，你看见她了吗？

林茂松　晓得了、晓得了！你们赶紧到那边布岗，严防敌人偷袭。

众战士　是！（下）

[林茂松回到椰叶搭成的寮棚里，掏枪慢慢擦拭。心烦意乱地将擦枪布扔过一旁，倒头就睡，烦躁地翻来覆去。

[刘秋菊端一椰碗悄然而上。

刘秋菊　茂松，我总算找到你了。快起来，我刚煮的鸡屎藤汤，还放了一点红糖，香得很啵！

[林茂松翻身背对刘秋菊。

刘秋菊　（放下椰碗）你病了？我看看。（伸手摸林茂松的额头）没有发烧啊。到底是哪里不舒服？（见林茂松缩成一团）一个大人家，有什么话不可以对人讲？

林茂松 （猛地坐了起来）我哪里都舒服。（指了指胸口）就是这里不舒服。

刘秋菊 （一怔）啊？原来是心病啊。这就难了，到哪里去找药医呀？（唱）
　　　　好一个堂堂琼崖五虎将，
　　　　患心病实在是太过窝囊。
　　　　枪林弹雨眼不眨，
　　　　杀敌如虎下山冈。
　　　　叹如今，
　　　　病猫一只歪在床。
　　　　可惜了，
　　　　我这碗香喷喷的鸡屎藤汤。

林茂松 （猛地坐了起来）哦？有鸡屎藤汤啊？（端椰碗）好香啊！（欲喝）

刘秋菊 （一把夺过）话不讲清楚，你不能喝！快讲，你为何变成这个样子？（唱）
　　　　有话莫往肚里藏，
　　　　我医心病有良方。
[刘秋菊抓过林茂松的手给他把脉。
　　　　我来给你把把脉，
　　　　原来心跳跳得慌。
[刘秋菊从床头找出新郎衣帽，笑着把新郎帽扣在林茂松头上，手拿新郎衣在林茂松面前抖动。

刘秋菊 哦，我找到病根了！（唱）
　　　　一定是男大当婚天天把那娇娥想，
　　　　一定是悄悄看中哪家小姑娘。
　　　　都怪我平时太粗心，
　　　　忘记了给你牵线搭桥当红娘。

林茂松 （羞得捂脸）不是的、不是的……秋菊同志，我……我还是喝汤吧！

刘秋菊　讲清楚再喝！

林茂松　（挠头）我实在讲不清楚啊！（掩饰地拆开驳壳枪零件）我……我要擦枪……

刘秋菊　擦枪？好啊，我来考考你这个神枪手。

林茂松　怎么考？

　　　　[刘秋菊掏出一条手帕将林茂松的眼睛蒙上。林茂松熟练地将枪装好，欲解手帕。

刘秋菊　不能解！你见了女人爱脸红，有些话蒙起眼睛来听，就不会脸红了。

林茂松　什么话？

刘秋菊　（戳林茂松额头）你这个人哪！（唱）
　　　　　　蒙上眼你不怕脸红胆也壮，

林茂松　（唱）你要骂你要打我端坐不藏。

刘秋菊　（唱）初相识红树林误会一场，

林茂松　（唱）几年来晃眼过聚短离长。

刘秋菊　（唱）死里逃生几多回，

林茂松　（唱）同船过渡几条江。

刘秋菊　（唱）一碗稀粥两人分，

林茂松　（唱）一块番薯两人尝。

林茂松　（唱）最是难忘扮夫妻，
　　　　　　头回试穿新郎装。
　　　　　　天惊石破一初吻，
　　　　　　至今唇畔还留香。

刘秋菊　（羞涩一戳林茂松额头）你这个人哪！这种事情也记在心上！

林茂松　（唱）世间万般犹可忘，
　　　　　　这一吻刻骨铭心房！

刘秋菊　（唱）假作真时真亦假，
　　　　　　可惜未曾拜花堂。

林茂松　拜花堂？这……

刘秋菊 茂松啊,你想和哪家女子拜花堂?讲给我听,阿姐给你说媒去。(又拿起新郎衣帽)到那时,我送给你的这些东西,就有大用场啰!

[林茂松支吾着,扯开蒙眼手帕,偷瞟刘秋菊一眼,赶紧再蒙上。

刘秋菊 要看就看,怕什么?你看中的女子到底是哪个?

林茂松 是……嗨呀,这又怎么讲得出口啰!

刘秋菊 讲,快讲!

林茂松 秋菊啊!(唱)

　　　　蒙眼才敢把话讲,

　　　　茂松心中好彷徨。

　　　　你是领导你是姐,

　　　　姨母美名扬八方。

刘秋菊 (唱) 莫非嫌我年纪长?

　　　　莫非嫌我貌不扬?

　　　　莫非你我不般配?

　　　　老大姐配不上你这英俊郎?

林茂松 (慌)不……不……不是的……

[伴唱:

　　　　爱你(他)在心口难张,

　　　　好比半夜嚼槟榔。

　　　　只隔这层窗户纸,

　　　　谁来捅破纸一张?

[刘秋菊一把扯下蒙眼手帕,掖进衣袋。

刘秋菊 还想蒙?有什么话,看着我讲!

[林茂松起身欲逃,刘秋菊拔枪绕桌追逐。

刘秋菊 (将枪顶住林茂松)哪里逃?今天你不把话讲清楚,我一枪就……

[林茂松取过刘秋菊手中的枪放在桌上。

林茂松 (唱) 叫声秋菊听我讲——

　　　　一棵芽,心间长,

一句话，肚里藏。
同生共死抗强敌，
金戈铁马在疆场。
白日里看见你偷瞄悄望，
到夜晚不由得情思悠长。
多少次梦里唤你千万回，
多少次人到眼前口难张。
虽说是姐是领导弟是兵，
没奈何想见怕见太神伤……
你的枪，
给我勇气壮我胆，
逼我对你诉衷肠。
今天不怕嘴笨拙，
哑巴情急也开腔：
你的枪撩破迷雾一重重，
给我豪情胆气扬。
今天竹筒倒豆子，
担忧顾虑全抛光！
秋菊啊——
我爱你刻骨铭心，
我爱你地久天长。
今生非你我不娶，
快快当我的新嫁娘！

[林茂松单膝跪地，痴痴地望着刘秋菊。

林茂松 菊大姐，你愿意嫁给我吗？

刘秋菊 （双泪长流）这是真的？真的吗？

林茂松 只要你愿意——

刘秋菊 这么多年，我等的就是这一句话……

［刘秋菊扶起林茂松，两人执手深情对视。

刘秋菊　（唱）　你是我前世冤家小新郎！
林茂松　（唱）　你是我终生难舍新嫁娘！
刘秋菊　（一把挽起林茂松）阿松哥，我的夫啊！
林茂松　（伸臂抱住刘秋菊）菊大姐，我的妻！
　　　［幕后童声合唱：

　　　　　　月光光，拜花堂，

　　　　　手牵手，进洞房……

　　　［林茂松端起桌上椰碗欲喝。

刘秋菊　（一把抢过）汤冷了，我给你热一下！
　　　［切光。
　　　［舞台一角，符椰胡的椰胡声中，缠绵凄婉的海南情歌如天籁般弥漫开来：

　　　　　红藤青藤一蔸生，

　　　　　青藤悠悠缠红藤。

　　　　　生前我俩共堆土，

　　　　　死后我俩同座坟……

第五场

　　　［大山深处，黎苗村寨。
　　　［薄暮时分。远山群峰逶迤，寨前水流潺潺。祠堂前，一群黎苗女子正忙着张灯结彩、剪贴大红喜字。

众女子　（唱）　银镯搔头银项圈，

　　　　　　五彩祥云花裙边。

　　　　　　山栏美酒香十里，

良辰美景在眼前。

[众战士和黎苗男青年踏歌而上。

男青年　（唱）黎家哥，苗家郎，

　　　　　　　兄弟上山打豺狼。

　　　　　　　脚踩日头回家转，

　　　　　　　顶着月亮进洞房！

[众男女载歌载舞下。身穿军装的妩月扶着椰树远眺。

妩　月　（唱）妩月我当兵已有三年整，

　　　　　　　觅得个黎家阿哥好夫君。

　　　　　　　今夜晚集体婚礼头一遭，

　　　　　　　秋菊姨母当主婚。

　　　　　　　对对新人翘首盼，

　　　　　　　只等那手牵红绳的大媒人。

　　　　　　　眼见得红日落山玉兔升，

　　　　　　　秋菊姨母几时才回村？

[几名战士用担架抬着刘秋菊上。

刘秋菊　到了，快放我下来！

战士甲　秋菊姨母，为筹军粮，你三天三夜没有合眼了，累倒在路边，我们还是送你到医院去吧！

刘秋菊　（从担架上翻身下来）好了，我歇一下就好了。今晚是根据地的集体婚礼，有史以来头一回，我这个主婚人怎能不参加？你们忙去吧！

战士甲　（犹豫地）这……

刘秋菊　这是命令！快去！

众战士　（敬礼）是！（下）

[妩月跑过来。

妩　月　秋菊姨母，你总算回来了。你怎么了？脸色这么难看。

刘秋菊　没事，没事。喝口水就好了。

妩　月　我去给你倒水。（下）

[几位手捧嫁衣的黎苗女子叽叽喳喳凑了上来。

女子甲 秋菊姨母,你看我的嫁衣漂不漂亮呀?

刘秋菊 漂亮,下面加一条红边就更漂亮了!

女子乙 秋菊姨母,等下你要给我梳妆啵!

刘秋菊 好的……

奵 月 (捧一椰碗上,递给刘秋菊)快喝吧,我加了点糖。姐妹们,秋菊姨母太累了,让她歇一下吧!

[奵月拉众女子下。刘秋菊疲惫不堪坐在石凳上。

刘秋菊 (唱) 走村寨筹军粮日夜奔忙,
　　　　一坐下不由得心驰远方。
　　　　茂松啊,
　　　　你外线作战抗顽敌,
　　　　一别数月两茫茫。
　　　　你的老伤可痊愈?
　　　　风寒莫忘添衣裳。
　　　　今夜晚对对新人拜花堂,
　　　　我好想有你能伴我身旁……

[符椰胡背着椰胡满脸悲戚上,怯怯地来到刘秋菊跟前。

刘秋菊 (站起身)哟,符保长,当了交通员是不一样,今天有什么好消息呀?

符椰胡 秋菊姨母……(欲言又止)

刘秋菊 怪了,往时你见了敌人都是笑嘻嘻的,今天怎么脸阴得像要下雨一样?是不是有什么事啊?

符椰胡 (顾左右而言他)秋菊姨母,我记得你对我的批评,时时严格要求自己,决不多吃多占,争取早日入党……

刘秋菊 打住!有什么坏消息,快讲!

符椰胡 (哽咽)冯司令……要你赶紧回去总部休息。

刘秋菊 我的工作正到紧要关头,怎么能擅离职守?(盯着符)是不是敌人又进山了?

符椰胡 (摇头)……

刘秋菊 是不是堡垒户又被敌人抓了?

符椰胡 (摇头)……

刘秋菊 那……是不是茂松他受伤了?

符椰胡 他……

刘秋菊 (一拍石桌)他到底怎么啦?

符椰胡 (哭)林茂松大队长他……他牺牲啦……

[刘秋菊如雷轰顶,跌坐石凳。

刘秋菊 不!这不是真的!

符椰胡 (号啕大哭)他为了掩护战友转移,身中数枪……

[刘秋菊伏在石桌上无声痛哭,双肩不停地抽搐。

符椰胡 你……你可要……跟我回总部去吧!

刘秋菊 (缓缓抬起头)军粮尚未筹齐,我不能离开,你转告冯司令,刘秋菊我顶得住!

符椰胡 秋菊姨母……

刘秋菊 走,你快走吧!

[符椰胡不胜唏嘘,边走边回头下。

刘秋菊 (泪珠滚滚)茂松啊!应该是我在那边等你,你……你急什么先走啊!(边擦眼泪边唱)

霎时间惊雷炸祸从天降,

昏惨惨雾茫茫日月无光。

闻噩耗不由得乱箭穿心,

血喷涌泪流干痛断肝肠。

那子弹本该是我为你挡,

黄泉路早约好结队成双……

别时笑声犹在耳,

谁知天人各一方。

　　　　我比你年长十余载，
　　　　你匆忙先走为哪桩？
　　　　茂松啊，我的夫，
　　　　茂松啊，我的郎！
　　　　早相约，
　　　　携手去看小女儿，
　　　　老家后园采槟榔。
　　　　早相约，
　　　　今生今世不分离，
　　　　度过严寒迎春光。
　　　　早相约，
　　　　不求同年同月同日生，
　　　　求只求奈何桥上携手并肩笑声扬……
　　　　叹如今，
　　　　我缝新衣谁来穿？
　　　　我煨番薯谁来尝？
　　　　谁和我西窗共擦枪？
　　　　谁和我踏歌小溪旁？
　　　　我好想，
　　　　再看一眼你的憨笑傻模样，
　　　　再为你熬一碗香喷喷的鸡屎藤汤……
　　[祠堂上空，一轮明月穿云而出。
　　[妡月戴着大红花上。
妡　月　秋菊姨母，你好些了吗？
刘秋菊　（背身擦泪）缓过来了。
妡　月　你怎么哭了？
刘秋菊　哦……今天是你们的好日子，是根据地难得的好日子，我高兴呗……

奵　月　哦，我晓得了，刚才你一定是想茂松大哥了，他今天能回来喝我们的喜酒吗？

刘秋菊　……

奵　月　秋菊姨母，结婚好不好耍？

刘秋菊　（挤出笑意）好耍，好耍得很。傻妹子，女人盼的就是这一天哪！

奵　月　婚礼就要开始了，大家都在等你。

[刘秋菊挣扎站起，摇晃欲跌。

刘秋菊　扶着我，看看姐妹们的妆画得怎么样？

[手持圆镜的黎苗女子和女战士婀娜而来，对镜梳妆。

刘秋菊　（强忍夺眶而出的泪水）姐妹们，这个妆马虎不得。女人今天一定要风风光光，体体面面！

[刘秋菊给奵月梳头。

[悠远的女声伴唱透出缕缕凄婉：

　　　　牛角梳，光溜溜，

　　　　一梳梳个盘龙鬏。

　　　　红丝线，桂花油，

　　　　梳个狮子滚绣球……

[刘秋菊泪水滴滴落在奵月头发上，奵月从小圆镜中看到了这一切。

奵　月　秋菊姨母，你怎么又哭了？

刘秋菊　（掩饰地）傻妹子，你好漂亮啊……

[红烛对对，喜乐大作，司仪率众乡亲操演着黎苗婚仪。

[泪眼蒙眬之中，刘秋菊似乎看到穿戴着新郎衣帽的林茂松向她走来。

林茂松　菊大姐，我来找你拜花堂了！你在哪里呀？

[刘秋菊一身新娘装飘然而出。

刘秋菊　茂松啊！我们也来拜花堂吧！（唱）

　　　　我俩今把花堂拜，

　　　　拜得雾散云也开。

戎马生涯悾偬过，

今生此刻最开怀。

林茂松 （唱） 此生无憾好精彩，

红烛喜泪一排排。

天上人间共此时，

嫦娥阿姐也看呆。

［幕后童声合唱：

月光光，拜花堂，

手牵手，进洞房……

［刘秋菊、林茂松拜堂。

刘秋菊 （扶起林茂松）茂松啊，我今生欠你的太多。

林茂松 （笑）菊大姐，那你什么时候还啊？

刘秋菊 （唱） 要还只能来世还，

来世还要把你缠。

还你父女双倍债，

做一个贤妻良母在人间——

清晨送女上学堂，

中午奉茶夫跟前。

夜来一桌团圆饭，

土酒香醇情更酣！

林茂松 菊大姐，到那时你还打双枪吗？

刘秋菊 不打了。我们都不打了。（唱）

闲来逛到隔壁家，

大人娃仔聚身边。

人人都把姨母喊，

声声脆来句句甜。

刘秋菊 （唱） 奔波劳碌为哪般？

林茂松 （唱） 为的是穷苦百姓把身翻。

刘秋菊　（唱）鞠躬尽瘁为哪般？
林茂松　（唱）为的是千家康乐万户欢。
刘秋菊　　　　出生入死为哪般？
林茂松　（唱）为的是山山水水展新颜。
　　　　　　　洒尽热血为哪般？
　　　　　　　为的是花好月圆乾坤朗朗海晏河清艳阳天！

[两人且歌且舞，隐于人群中。
[一队蒙着红盖头的新娘款款而上，一队戴着大红花的新郎挨在身旁。

司　仪　请主婚人秋菊姨母——！
[刘秋菊闪出。

刘秋菊　一拜天地爹娘——！
[众新娘、新郎叩拜。

刘秋菊　二拜恩人共产党——！
[众新娘、新郎朝北叩拜。

刘秋菊　夫妻对拜——！
[众新娘、新郎对拜。

刘秋菊　（气力将尽）送入……洞房！
[众人将新郎、新娘缓缓送下。
[刘秋菊终于支撑不住，昏厥倒地。
[众人回头惊呼：秋菊姨母——
[切光。

尾　声

["秋菊姨母"的呼唤穿越时空；

［刘秋菊生平字幕闪烁眼帘；

［风情万种的海南歌舞动地而来；

［剧中各色人等深情呼唤着向我们走来；

［林茂松深情无比地寻寻觅觅；

［戴斗笠、挑畚箕的刘秋菊远远而来；

［林茂松取下她的斗笠和畚箕；

［二人携手向我们走来……

（剧终）

（该剧创作于2018年，由海南省文化艺术学校青年琼剧团演出）

现代彩调剧

新刘三姐

时　间　当代。

地　点　壮乡。红水河畔月亮坡、太阳岭。

人　物　姐　美——月亮坡种桑养蚕女，刘三姐歌谣传人，二十出头。

　　　　阿　朗——太阳岭到城里打拼的流行歌手，二十多岁。

　　　　莫　非——城里来的电商达人，二十八九岁。

　　　　阿　奶——阿朗的阿奶，八十出头。

　　　　侬　二——姐美之父，六十岁。

　　　　阿　叠——阿朗的歌伴，二十多岁。

　　　　花　妍——姐美的歌伴，十八九岁。

　　　　胖老板——海外来的求婚人，三十多岁。

　　　　瘦老板——城里来的求婚人，三十多岁。

　　　　众乡亲、众先人及若干人等。

序

[姐美撑船穿行在秀丽的壮家山水之间。

[壮家山歌仿佛从岁月深处悠悠传来，穿越时空：

　　　藤缠树，树缠藤

　　　生缠死缠又一春。

　　　云伴雨，雨伴云，

　　　山歌悠悠一世情……

第一场

　　[山歌声化为撼人心魄的彩调长锣"一条龙"。
　　[太阳岭。阿奶家中张灯结彩。
　　[众后生扭着"中桩""矮桩"，踏歌而来——

众后生（唱）哥是云中一条龙，
　　[众姑娘舞着彩巾、彩扇，声声应和——

众姑娘（唱）妹是岭上花一蓬。
　　[青年男女且歌且舞——

众　人（唱）龙不翻身不落雨，
　　　　　　雨不浇花花不红！

花　妍（兴奋不已）定亲宴开始啰！

阿　奶（拉着侬二的手）等了六十年，总算等到这一天了！

阿　叠（课子）"古仔"一个好精彩，两个歌王摆擂台，输赢难分三昼夜，四方齐赞好歌才，五更打赌订婚约，六输七赢赌后代……

花　妍（唱）若还输家生了女，
　　　　　　嫁给赢家过门来。
　　　　　　若还输家生了崽，
　　　　　　隔代也要等花开！

阿　叠（唱）八面来风歌不断，
　　　　　　九曲红河龙头抬。
　　　　　　十月怀胎转眼过，
　　　　　　谁知输家生男孩……

花　妍（唱）这才有隔世姻缘又一代，

阿　叠（唱）这才有今宵喜庆摆歌台！

阿　奶　亲家呀！（唱）

　　　　　　前人对歌定姻缘，

　　　　　　隔代苦等六十年。

　　　　　　你家守诺情义重，

　　　　　　我家欢喜迎歌仙……

侬　二　酒来！（唱）

　　　　　　儿女长成遂心愿，

　　　　　　重阳窖酒年复年。

　　　　　　好酒开坛香百里，

　　　　　　敬天敬地敬祖先！

　　　[姑娘们簇拥着姐美款款而上。

众乡亲　（唱）当今三姐嫁小牛，

　　　　　　百年好合歌悠悠。

　　　　　　五色蚕丝织霞帔，

　　　　　　扯朵彩云当盖头！

　　　[阿奶将一件五彩霞帔递到姐美手中，姐美接过，仔细端详，脸上洋溢着无比的幸福感。

阿　奶　这件霞帔，我织了六十年，今天，终于披到你身上了……

姐　美　（缓缓披上霞帔，唱）

　　　　　　多谢了，

　　　　　　多谢阿奶情意深。

　　　　　　千针万线六十年，

　　　　　　它共彩霞耀眼明……

花　妍　阿朗，快来拜师啊！

青年甲　拜什么师啊？

花　妍　三年前太阳岭上摆歌台，阿朗输了本该把师拜！

青年甲　是啊，这定亲酒三年前就该喝了！

花　妍　（数）对歌输了无光彩，躲进城里不回来，不辞而别理不合，这个师啊，今天补拜该不该？

众　人　该！

青年甲　如今人家是城里走红的大歌星，摇滚王子，粉丝万千，名头大得很啵！哪样会拜？

花　妍　不拜师，哪有定亲酒喝呢？

青年甲　（咂嘴）这么香的重阳酒，等不及了！

花　妍　阿朗，摆什么谱呀，快出来！

　　〔众人四下顾盼，阿奶急得跺脚。

花　妍　（从人群中拧耳拖出阿叠）阿朗呢？

阿　叠　阿朗他……来……来……来不了了！

众　人　（一惊）啊？

阿　奶　他昨夜回家，刚刚还在换衣服呀！

阿　叠　阿朗……跑了！

　　〔姐美一震，身上霞帔缓缓脱落。

青年甲　新郎跑了，哪样定亲？

阿　叠　阿朗讲，这个亲，他不能定！

　　〔姐美呆立当场，珠泪滚滚。

众　人　（大惊）啊？

阿　奶　（悲呼）造孽啊！（摇摇欲坠）

　　〔姐美赶忙上前扶住。

阿　奶　（拉着姐美的手）是我把阿朗骗回来的，怪我、都怪我啊……

姐　美　老人家的心，我懂……

　　〔众乡人议论纷纷。

乡人甲　先人那块，哪样交代呢？

乡人乙　难啰、难啰……

侬　二　（悲愤不已，拉住姐美）走！回家！

姐　美　（挣脱）不，我不能走！

侬　二　你不怕人家笑话，三月三我哪样有脸去见老祖宗啊！走！（率月亮坡村民愤愤而下）

［阿奶目光呆滞，姐美思潮翻涌，捧着霞帔，欲还不能。片刻，缓缓将它递给阿奶。

阿　奶　（叹气）唉！妹啊，你回家去吧！（不接霞帔）这霞帔，喜欢就收下吧！

［先人的歌声若有若无阵阵飘来：

　　　　木棉叶落还有根，

　　　　等到六月又成荫。

　　　　云过山头风吹散，

　　　　今天落雨明天晴……

［姐美轻轻捶着阿奶的背，她似乎看到了天际的先人，似乎听到了他们遥远的歌声。

姐　美　阿公！阿妈！你们的歌，我听到了！（情不自禁、心驰神往跟着吟唱）

　　　　云过山头风吹散，

　　　　今天落雨明天晴……

阿　奶　唉！前几年，哪个不讲你们是天生的一对？天晓得，阿朗……会变成这个样子！

姐　美　（唱）管它天旋地又转，

　　　　　　　总有不变立人间。

　　　　　　　山歌在心情不改，

　　　　　　　唱到日出月又圆！

　　　（一番思索，斩钉截铁）阿奶，像六十年前两个阿公一样，今天，我也和你打个赌。

阿　奶　啊？赌哪样？

姐　美　（唱）山歌伴我去找人，

　　　　　　　霞帔催我脚不停。

　　　　　　　阿朗还家霞帔还，

　　　　　　　物归原主你家门！

阿　奶　要是找他不回呢？
姐　美　（接唱）他不归家我不走，
　　　　　　　一世唱歌给你听。
　　　　　　　不信东风唤不回，
　　　　　　　山歌能把海填平！
阿　奶　（紧紧抓住姐美的手）真的？
姐　美　（斩钉截铁）真的！（唱）
　　　　　　　口水落地变铁钉，
　　　　　　　壮家一诺贵过金。
　　　　　　　不信东风唤不回，
　　　　　　　山歌能把海填平。
　　　　［山歌哼鸣中，天际外的先人露出了欣慰的笑脸。
　　　　［光渐暗。

第二场

　　　　［紧接前场。
　　　　［傍晚时分，太阳岭下相思林。
　　　　［夕阳缕缕，射入林中；藤缠树绕，光影斑驳；溪流潺潺，鸟啾虫鸣。
　　　　［阿朗坐在古藤上拨弄吉他，摇滚爵士乐回荡林间……
阿　朗　（唱）相思林中惆怅添，
　　　　　　　酸甜苦辣涌心田：
　　　　　　　三年前，太阳岭上摆歌台，
　　　　　　　输了歌，心中酸楚脸无颜。
　　　　　　　发誓离乡远山歌，

　　　　　城中拼出一片天！
　　　　　天有眼，歌迷粉丝叫声尖，
　　　　　纵然是，颠沛流离心也甜。
　　　　　谁料想，逃脱了拜师定亲宴，
　　　　　逃不脱愧对亲人苦难言……
　　　[阿朗站起身来，踌躇再三。
　　　　　要奔向远方的召唤，
　　　　　难抛舍亲情的熬煎。
　　　　　走与留，两头难，
　　　　　挥利剑，斩俗缘。
　　　　　为了热血男儿的尊严，
　　　　　为了远方炫目的瞬间，
　　　　　忍痛擦干思乡泪，
　　　　　义无反顾别故园……
　　　[阿叠探头探脑上。

阿　朗　等你恁久，该回城了！
阿　叠　朗哥，姐美这么好，你不该……
阿　朗　（岔开）兄弟呀！（唱）
　　　　　大单合同催人返，
　　　　　时运冲天谁能拦？
　　　　　待到衣锦荣归时，
　　　　　阿朗我赔礼道歉桩桩件件把情还！
阿　叠　有搞？（手舞足蹈）有搞啦！
　　　[姐美的歌声隐隐传来，由远而近 ——
　　　　　唱山歌，
　　　　　这边开口哪边和？
　　　　　山歌好比鹭鸶鸟，
　　　　　随我下河把鱼捉。

阿　朗　快走！

　　　　[阿朗和阿叠隐入林中。

　　　　[姐美入随歌至。

姐　美　（呼唤）阿朗，出来吧！

　　　　[溪水潺潺鸟语鸣，不闻林间回歌声。

　　　　[树后的阿朗欲答不能。

姐　美　（接唱）上天入地把你寻，

　　　　　　　　林中阿哥仔细听。

　　　　　　　　纵然不认隔代缘，

　　　　　　　　该念儿时红豆情！

[相思林中，阿朗绕树逃遁，姐美缘藤追赶。姐美捡起阿朗掉落林中的吉他，几声弹拨。

[天边外，先人的哼鸣中飘出清亮的童谣，儿时的姐美和阿朗正在林中嬉戏。姐美情不自禁地随之哼吟：

　　　　　　　　红豆红，晶晶亮，

　　　　　　　　阿妹穿件花衣裳。

　　　　　　　　太阳哥哥月亮妹，

　　　　　　　　相思林里拜花堂……

姐　美　（凝神看着掌中红豆，珠泪滴落，唱）

　　　　　　　　童谣萦耳声声近，

　　　　　　　　掌中红豆颗颗真。

　　　　　　　　聚散有缘终要见，

　　　　　　　　只因同是唱歌人……

[阿朗无奈从树后挪出，一抹斜阳洒在二人身上，光斑耀动，溪水鸣溅，鸟语惊心……一对三年不见的儿时玩伴、两个纠缠不清的前世冤家四目相对，一时无语。

[幕后伴唱：

　　　　　　　　哥变妹变十八变，

　　　　　　红豆不变亮眼前。

　　　　　　儿时几回拜花堂，

　　　　　　如今对面难开言……

阿　朗　（无地自容）姐美，我……你……（唱）

　　　　　　你是千年不改山歌情，

　　　　　　我是离家别井唱红尘。

　　　　　　高速公路走牛车，

　　　　　　远近难得一路行。

姐　美　（唱）流行调，山歌声，

　　　　　　千曲百艺皆天成。

　　　　　　条条溪流都有源，

　　　　　　蔸蔸大树都有根。

　　　　你就是要走，也该先跟我回家，当着阿奶的面，把事情讲清楚！

阿　朗　不不不……我回不去了……更讲不清楚……（唱）

　　　　　　欲说还休理更乱，

　　　　　　旧事如麻缠一团。

　　　　　　要买火星游览票，

　　　　　　谁收古旧老铜钱？

姐　美　（唱）哥莫癫，

　　　　　　东西越老越值钱。

　　　　　　不信你到博物馆，

　　　　　　千金难买一古砖！

阿　朗　（语塞）我……我……总不能一辈子跟着牛屁股唱山歌吧？

　　　　[相思林里流水鸣溅，鸟语啁啾。

姐　美　看来我这个月亮坡下的养蚕女，高攀不起你这个城里的大歌星了。

阿　朗　也许……是我配不上你……

姐　美　你奔远方，我恋故乡，人各有志，无须一样！（唱）

　　　　　　哥的脚下是远方，

　　　　　　莫忘身后是故乡。
　　　　　　任你天涯千里远，
　　　　　　一样明月照西窗！
　　　你走得再远，还能一辈子不回来？阿奶一人在家，我可以陪……到了三月三，歌台上听不到你的歌声，先人的坟前看不见你的身影，你还是歌王的后人、壮家的子孙吗？

阿　朗　（浑身一震，羞愧地）我……（唱）
　　　　　　家乡只能在梦中遥望，
　　　　　　远方在脚下越走越长。
　　　　　　你曾是我心中的月亮，
　　　　　　我未必是你梦中的太阳……

[阿朗手机响，接手机。

阿　朗　好的、好的……我马上赶回去！（看着姐美，为难地）我们的婚约……

姐　美　解除了，是吗？

阿　朗　这……就算是吧……

姐　美　既然留不住你，（喟然长叹）那……你就走吧……

阿　朗　欠你的太多，我……（唱）
　　　　　　我愧对家乡的月亮，
　　　　　　我愧对儿时的新娘。
　　　　　　我难挡远方的诱惑，
　　　　　　我且把他乡作故乡……

[姐美背过身去。阿朗欲走不能。

[幕后伴唱：
　　　　　　船在江心路在岸，
　　　　　　留心更比留人难。
　　　　　　分手也许是永别，
　　　　　　诺言落空心怎安？

姐　美　（回过身来）你走吧！

　　　　［先人的歌声在姐美的耳畔回荡：

　　　　　　喝酒莫忘老酒饼，

　　　　　　吃饭莫忘晒谷坪。

　　　　　　过河莫要丢拐棍，

　　　　　　做人莫忘老祖宗！

　　　　［阿朗欲下。

姐　美　等等。

　　　　［阿朗驻足回身。

姐　美　阿朗，刚才，我和阿奶打了个赌，现在我也和你打个赌！

阿　朗　（惊诧）啊？赌哪样？

姐　美　我赌你，一定会回来！

阿　朗　（一震）这……

姐　美　看在红豆的分上，看在同是歌王后代的分上，我，送你一程！

　　　　（唱）　山顶花开山脚香，

　　　　　　　　桥底水流桥面凉。

　　　　　　　　哥到远方把诗找，

　　　　　　　　妹在诗中找远方……

　　　　［山水间回荡着"哥到远方把诗找，妹在诗中找远方"的悠长韵味……

　　　　［姐美、阿朗各怀心事，且行且远……

　　　　［幕后伴唱：

　　　　　　送哥送过十八湾，

　　　　　　湾湾都有急水滩。

　　　　　　望哥莫给云遮眼，

　　　　　　山外青山天外天！

　　　　［光渐暗。

第三场

[不久之后。正午时分。

[太阳岭上。梯田层层绿,碧水绕桑园。姐美领众姐妹边唱山歌边采桑——

  绿水青山金银山,

  风光无限天地宽。

  壮家姑娘采桑忙,

  山歌飞上白云端。

[太阳岭下劳作的众后生跃跃欲试。

众后生　（唱）　山对山来崖对崖,

  太阳岭上起歌台。

  有心邀姐唱几句,

  不知金口开不开?

姐　美　（唱）　心想唱歌就唱歌,

  心想撑船就下河。

  只要心中山歌在,

  哪怕人间忧愁多!

[戴着眼镜的莫非衣着时尚,脚踏新潮平衡车上,吸引了众姑娘的目光。

花　妍　（惊叹地）哟!小莫老板,不在月亮坡开网店,跑到这块做哪样?

莫　非　从三塘湾找到相思林,从月亮坡爬到太阳岭,我是来拜师的。

花　妍　拜哪个为师呀?

莫　非　当然是当今的刘三姐啦!姐美老师,"三姐新歌"在网上粉丝如云,点赞万千!

花　妍　（一把拉起）想拜师呀?哪有那么容易?

莫　非　姐美老师，就先试一下？请！
姐　美　（唱）什么方方又扁扁？
　　　　　　　什么时时不得闲？
众姑娘　（唱）什么店铺无柜台？
　　　　　　　什么网开罩天边？
莫　非　（唱）手机方方又扁扁，
　　　　　　　时时在手不得闲。
众后生　（唱）微信开店无柜台，
　　　　　　　网络一张罩天边！
花　妍　吔，难他不倒啵！
众姑娘　来点狠的！
姐　美　（唱）什么深深深海潜？
　　　　　　　什么高高高上天？
众姑娘　（唱）龙王送了什么礼？
　　　　　　　吴刚什么赐人间？
莫　非　（唱）蛟龙神器海底潜，
　　　　　　　嫦娥探月上九天。
众后生　（唱）龙王赠我可燃冰，
　　　　　　　吴刚捧土赐人间。
花　妍　吔！三年前走了一个阿牛哥，如今来了个莫老板，好歌才啵！
姐　美　（唱）什么天天也不变？
　　　　　　　什么重重重如山？
　　　　　　　什么刀割割不断？
　　　　　　　什么时时在嘴边？
莫　非　（一时答不上来）这……这是什么？
姐　美　（唱）真心千年永不变，
　　　　　　　诺言重重重如山。
众　人　（合）情义刀割割不断，

山歌时时在嘴边！

莫　非　高！实在是高！壮家山歌博大精深，匪夷所思，令我心旌摇荡。这个师，非拜不可了！（欲单膝下跪）

姐　美　（阻止）小莫老板，等到村村网店都开遍，等到"三姐新歌"天下传，等到家家户户的五色蚕丝织出了五彩霞帔，再拜不迟。

[侬二怒气冲冲上，一把拉过姐美。

侬　二　（急得直跺脚）拜什么拜？阿朗跑得鬼影都不见了，还不回家，像什么话？

姐　美　阿爸，我在太阳岭还有好多事情，阿奶的织锦手艺，姐妹们还没有学会……

侬　二　（打断）够了、够了！惹了那么多麻烦，你还嫌不够？

花　妍　阿伯，什么麻烦呀？

侬　二　（唱）听闻姐美解婚约，
　　　　　　　来客挤满月亮坡。
　　　　　　　家中门槛都踩断，
　　　　　　　泡茶喝干一条河！

花　妍　都是什么人呀？

侬　二　人人有头有脸，个个牛气冲天！

花　妍　哟，都是高富帅啵！

莫　非　（急了）这还了得？我去教教他们，先学做人，再做生意！阿叔，走！（拉侬二下）

花　妍　嘻嘻，我也去看看，有没有走了眼相中我的！（欲下）

姐　美　（拉住）闹什么闹，姐妹们，采桑去！

众姐妹　（唱）天上彩霞壮家锦，
　　　　　　　五色蚕丝五彩云。
　　　　　　　待到霞帔织成时，
　　　　　　　姐妹靓丽梦成真！

[胖瘦两老板夺路而上，捧着各色彩礼的跟班紧随其后，穿行在采

桑的姐妹之中。

胖老板 （气喘如牛）谁……谁是姐美？

众跟班 谁是姐美？

瘦老板 （两眼发直）姐……姐美是谁？

众跟班 姐美是谁？

众姐妹 （唱） 想吃米粉去三街，
要喝洋酒进吧台。
老板莫要走错路，
翻山爬岭桑园来。

胖老板 （拉过一采桑女）你是姐美？

采桑女 （甩开）嘻嘻，下辈子先！

瘦老板 （拉过花妍）你是姐美？

花 妍 （逗）你看像咩？嘻嘻……

姐 美 二位先生，我是姐美，你们找我？

胖老板 （呆立当场，如痴如醉）啊？

瘦老板 （目不转睛，呆若木鸡）哦？

胖老板 （唱） 神光闪过青山外，

瘦老板 （唱） 九天歌仙下凡来！

胖老板
瘦老板 （唱） 百闻不如见一面，
风华绝代好人才！

众跟班 （唱） 实在是好人才！
吔子哪嗬了嗨……

胖老板 （凑到姐美身旁）一听你解除婚约的消息，我立马从国外赶了回来！

众跟班 赶了回来！

瘦老板 （推开胖老板）一听你有了爱情的自由，我的心都要跳了出来！

众跟班 跳了出来！

胖老板 （唱） 我家公司在海外，
跨国商号排对排。

　　　　　　　　歌仙随我出国去，
　　　　　　　　立马当个洋总裁！
　　　　　　[众跟班学舌喝彩。
姐　美　（唱）鸟有翅膀雀有毛，
　　　　　　　　黄瓜茄子赤条条。
　　　　　　　　姐我没有总裁命，
　　　　　　　　哥家钥匙莫乱交。
瘦老板　（将胖老板扒过一边）庸俗！
众跟班　庸俗！
瘦老板　（唱）高端科技汇英才，
　　　　　　　　红毯铺路等你来。
　　　　　　　　强强联手惊天下，
　　　　　　　　打造宇宙新品牌！
　　　　　　[众跟班喝彩学舌。
姐　美　（唱）猛虎离山威不在，
　　　　　　　　蛟龙离海头难抬。
　　　　　　　　山歌离山变了味，
　　　　　　　　歌仙也会变蠢材！
　　　　　　[胖瘦老板应答不上，目瞪口呆，众跟班汗雨纷飞翻看手机，寻找对答山歌。
姐　美　（盈盈一笑，唱）
　　　　　　　　罢了罢，
　　　　　　　　石板栽花花不发。
　　　　　　　　今生情缘姐已定，
　　　　　　　　山歌悠悠伴桑麻！
胖老板　亲亲！没有商量的余地了吗？
瘦老板　亲耳听到你的歌，不虚此生了！
姐　美　（唱）柴在青山砍不完，

水在龙潭挑不干。

二位真把山歌爱，

待到来年三月三。

胖老板
瘦老板 每年三月三，我们一定来……

花　妍 二位老板，山高路远，漂洋过海，慢慢走啵！

众　人 慢慢走啵！

[辽远的壮歌声中，先人们情绪复杂地看着世间百态。

众先人 （唱） 人生在世一枝花，

不讲风流讲什么？

只有塘干出嫩草，

哪有年老转十八？

[切光。

第四场

[许久之后。三月三前夜。

[月亮坡。江畔船影依稀可见。

[阿朗竹笠遮颜，撑船而上。

阿　朗 （唱） 又是一年三月三，

夜幕遮颜把乡还。

为的是，明天坟前拜阿公，

多少话，要和阿爸阿妈谈。

未进门，阿奶见我眼冒火，

挥竹棒，怒打不肖过屋檐。

想见怕见姐美面，

　　　　　　归来时难别更难……

[幕后伴唱：

　　夜了天，

　　月亮躲进云中间。

　　月儿如钩钩旧事，

　　别梦依稀乌篷船……

阿　朗　（唱）几年来兴衰荣辱都尝遍，

　　　　　　名利场鲜花砖头交替翻。

　　　　　　厌倦了假情假意假言假语假爱恋，

　　　　　　更思念真情真意真言真语真爱怜。

　　　　　　看惯了冷眼冷面冷心冷血冷肚肠，

　　　　　　倍惦记父老乡亲古道热肠暖心田！

　　　　　　不闻山歌调，

　　　　　　夜夜难入眠。

　　　　　　亲人未入梦，

　　　　　　孤寂到晓天。

　　（唤）阿公、阿爸、阿妈！你们到我的梦里来一回吧，哪怕是一回啊！

　　　　　　原以为，斩断俗缘无挂牵，

　　　　　　谁料想，离乡更把乡愁添。

　　　　　　我是无根的浮萍随波荡，

　　　　　　我是无舵的船儿浪里颠……

[姐美的歌声隐隐传来：

　　夜了天，

　　鸟儿归林虫儿眠。

　　月摇竹影影朦胧，

　　歌声落在哪条船？

[阿朗闻声划船躲过一边，姐美撑船上。

[不远处,另一只船儿划来,披蓑戴笠的莫非隐约可见。

莫　非　（唱）夜了天,
　　　　　　　　月在江心歌在船。
　　　　　　　　地球也成流浪汉,
　　　　　　　　我荡小舟找家园……

[从另一侧逃下的阿朗又被莫非堵住,只好拉下竹笠遮住容颜。

姐　美　（扑哧一笑）那边是小莫老板吧?怎么有此雅兴?

莫　非　明天就是三月三了,也是你五彩霞坡隆重推出的好日子,为了它,你承受了多少的痛苦……我,为你高兴,我的拜师梦眼看就要实现了!（笑）嘻嘻……

姐　美　哎,你怎么追到这里来了?

莫　非　（脱帽鞠躬,复又戴上）拜师心切,老师走到哪儿,学生就追到哪儿!（唱）
　　　　　　　　山歌一学上了瘾,
　　　　　　　　虔诚拜倒石榴裙。
　　　　　　　　眼前都是姐身影,
　　　　　　　　耳边都是姐歌声。

姐　美　（唱）冬瓜西瓜瓜是瓜,
　　　　　　　　牡丹芙蓉花非花。
　　　　　　　　山歌如诗慢慢品,
　　　　　　　　像水像酒更像茶!

莫　非　（唱）一棵大树枝繁茂,
　　　　　　　　老枝败了新枝抽。
　　　　　　　　自从听了姐的歌,
　　　　　　　　马鹿夜夜撞心头。

姐　美　哎,唱拐了!

[堵在中间,无路可走的阿朗实在听不下去了。

阿　朗　实在是太拐了!（唱）

　　　　　　　豆腐滚烫难入喉，
　　　　　　　夜半心急把师投。
　　　　　　　马鹿只吃林中草，
　　　　　　　哪会跑进人心头？

莫　非　咂，莫不是当年输歌出走的阿牛哥，如今城里的大红歌星阿朗？
阿　朗　咦，莫不是当年莫大老爷的贤后人，如今的电商大咖小莫老板？
莫　非　非也非也，莫老爷那个莫，跟我一毛钱关系也没有！
阿　朗　（看一眼莫非）你不是急于拜师吗？先试两招怎么样？
莫　非　（脱帽示意阿朗）大歌星，请！
阿　朗　（唱）　遮颜避雨戴竹帽，
　　　　　　　　哥你莫学这一招。
　　　　　　　　山中有只旱鸭仔，
　　　　　　　　也敢江海去弄潮？
莫　非　（唱）　山高难爬莫怨坳，
　　　　　　　　河宽难过莫怨桥。
　　　　　　　　你唱摇滚我经商，
　　　　　　　　客走他乡叹路遥。
阿　朗　（唱）　矮马不怨骆驼高，
　　　　　　　　乌鸦不插孔雀毛。
　　　　　　　　家有老秤十六两，
　　　　　　　　分量自知不用教！
　　　　[眼见二人剑拔弩张，姐美过来圆场。
姐　美　（唱）　高高山上一凉亭，
　　　　　　　　你挡雨来我遮阴。
　　　　　　　　有缘同在亭中歇，
　　　　　　　　莫做无情陌路人！
莫　非　（见台阶就下）姐美老师，我在想，明天，该如何拜师？
阿　朗　真的要拜？

莫　非　要拜。
阿　朗　一定要拜？
莫　非　时不我待！
阿　朗　那好，明天你在村头等我，不见不散，不分输赢不散！
莫　非　呔！（绅士般一鞠躬，下）
　　　　〔姐美、阿朗四目相对，阿朗惭愧地避开。
姐　美　你这次回来，是要拜山吧！
阿　朗　（低头叹气）唉，阿奶又打又骂，讲是阿公不愿见我，阿爸、阿妈也不愿见我……（唱）
　　　　　　想养狮子变成狗，
　　　　　　想熬甜酒饭又馊。
　　　　　　有心回家家何在？
　　　　　　江河难洗满面羞……
姐　美　（唱）哥莫忧，
　　　　　　红薯收了有芋头。
　　　　　　秧苗遇着倒春寒，
　　　　　　秋来南瓜堆满楼！
姐　美　（唱）火烧竹筒炭一堆，
　　　　　　阿哥有志心不灰。
阿　朗　（唱）我是家传老铜鼓，
　　　　　　敲了千年还要擂！
姐　美　阿朗啊！（唱）
　　　　　　壮家悠悠天籁声，
　　　　　　千年歌圩唱到今。
　　　　　　我与你由歌结缘缘难定，
　　　　　　我与你对歌输赢恩怨生。
　　　　　　担骂名装笑颜强留你家村，
　　　　　　游旧地黯伤神泪洒相思林……

　　　　　　　十八湾相送湾湾都是怨，

　　　　　　　百千声呼唤声声意难平！

　　　　　　　你在城中红与紫，

　　　　　　　却不知姐美我为你赌青春。

　　　　　　　你到远方把诗找，

　　　　　　　却不知丢了山歌丢了魂！

　　　　　　　你辜负日出月落太阳岭，

　　　　　　　你愧对岁岁红豆印泪痕……

阿　朗　（无地自容）我……我不该呀！（唱）

　　　　　　　心无敬畏忘根本，

　　　　　　　丢了山歌丢了魂！

　　　　　　　忘了壮家诺言重，

　　　　　　　愧对日月红豆情……

　　　　　　[先人的壮歌哼鸣委婉揪心：

　　　　　　　实难变，

　　　　　　　沙洲几时变良田？

　　　　　　　哥想变只燕子鸟，

　　　　　　　早晚进出妹屋檐……

阿　朗　（如醉如痴）我看见了，我看见阿公了！阿公——阿爸、阿妈——

姐　美　（唱）红豆错生榕树脚，

　　　　　　　小米错撒竹子坡。

　　　　　　　三月看花不见花，

　　　　　　　九月收禾不见禾。

阿　朗　（唱）鸟儿高飞更恋窝，

　　　　　　　秤杆一生不离砣。

姐　美　（唱）歌魂漂泊根何在？

阿　朗　　　　三姐门前那条河……

阿　朗　（从悠思中抬起泪眼，唱）

　　　　　　　风吹云动天也动，
　　　　　　　水推船移岸无垠。
　　　　　　　山变水变日月变，
　　　　　　　世上真有不变人？
姐　美（唱）风吹云动天不动，
　　　　　　　水推船移岸在心。
　　　　　　　任它沧海变桑田，
　　　　　　　歌传代代未了情！

　　[切光。

第五场

　　[三月三。午后。
　　[太阳岭上，你家村头。
　　[新开的网店门前，莫非和乡亲们正与快递小哥发货。
莫　非（唱）电商网络天下通，
众姑娘（唱）日子越过越火红。
莫　非（唱）歌飞四海千万家，
　　　　　　　福送东西南北中！
花　妍　新网店开张了！主打的五彩霞帔订单如云，火得不得了！
莫　非（喜不自禁）嘻嘻，我就要拜师啦！哒——！（唱）
　　　　　　　喜事连连遂心愿，
　　　　　　　拜师盛典在眼前！
众　人　恭喜恭喜！（唱）
　　　　　　　日新月异新时代，
　　　　　　　一天胜过一百年！

[清亮激越的山歌由远渐近：未曾下雨先打雷，未曾喝酒先摆杯……

女青年甲 阿朗哥回来了！

花　妍 太阳岭歌王的后代回来了！

[阿朗人随歌到，阿叠等伙伴随上。

阿　朗（接唱）未曾见妹心先想，

　　　　一夜梦见好几回……

花　妍 小莫老板，当今的阿牛哥来找莫老爷的后人对歌了啵！

莫　非（有点怯场）瞎扯！

花　妍 小莫老板，上，我们帮你！

阿　朗 小莫老板，你听好了！（唱）

　　　　摇船过海卖灯芯，

　　　　正好撞见挑油人。

　　　　灯草遇着桐油桶，

　　　　你倒油来我点灯！

莫　非（唱）你的山歌有点旧，

　　　　哪家点灯还用油？

　　　　网络时代日月新，

　　　　赶紧上网搜一搜！

[花妍率众姑娘舞动着手机为莫非助威。

众姑娘（唱）天南地北在哥手，

　　　　电商老板雄赳赳。

　　　　刚把快递小哥送，

　　　　手机又把订单收！

阿　朗（唱）煮菜要放盐和油，

　　　　山歌最讲情意稠。

　　　　菜无油盐味寡淡，

　　　　歌无真情要卡喉！

众伙伴（唱）菜无油盐丢丢丢，
　　　　　　歌无真情休休休。
　　　　　　山歌最讲打比方，
　　　　　　没得高招莫忽悠！

莫　非　打比方？晓得！（唱）
　　　　　　高高山上药一蔸，
　　　　　　今早挖来润歌喉。
　　　　　　三年练成金嗓子，
　　　　　　任你从春唱到秋！

阿　朗（唱）山歌用心不用药，
　　　　　　情到深处歌成河。
　　　　　　莫学老枪二十响，
　　　　　　想扣扳机又卡壳！

众　人　好！
　　　　［莫非正在思索应对，姐美身披五彩霞帔上。

姐　美（唱）槟榔越嚼味越鲜，
　　　　　　黄连越品嘴越甜。
　　　　　　人生五味都尝遍，
　　　　　　苦尽甘来年复年。
　　　　［一群身着霞帔的姑娘翩然而上。霎时间，五彩缤纷、祥云朵朵。

花　妍　阿姐，这么漂亮的霞帔，几时轮到我披呀？
　　　　［姐美默默将霞帔递给花妍。

姐　美　快了，快了……

阿　朗（冲了过来）姐美，我……有话要和你讲！

莫　非（见势不妙，赶上前来）我……也有话要和你讲！

姐　美（一笑，唱）
　　　　　　高山打鼓哥有名，
　　　　　　十月芥菜哥有心。

　　　　　　　阿妹只有一张嘴，

　　　　　　　先会哪路唱歌人？

莫　非　我先讲！

阿　朗　我先来！

阿　叠　朗哥，让不得的啵！

姐　美　（笑笑）阿朗，人家是客，该让就让吧！

　　　　［阿朗闪过一旁。

姐　美　小莫老板，讲啊！

莫　非　（四顾）这……这么多人，商业秘密，怎么好讲呢？

姐　美　小莫老板，有时候，你真的很可爱。

莫　非　（惊喜）啊？什么时候？

姐　美　开网店、忙生意、兑现合同的时候，学唱山歌、共同探讨"三姐歌台"的时候，是你最可爱的时候……

莫　非　（急切地）那……别的时候呢？（唱）

　　　　　　　想妹想成一身痧，

　　　　　　　三魂七魄落你家。

　　　　　　　夜夜床上睡不着，

　　　　　　　好比心头挨猫抓！

姐　美　（唱）成痧赶紧找人刮，

　　　　　　　落魄招魂引回家。

　　　　　　　夜晚莫想烦心事，

　　　　　　　鼾声响过吹喇叭！

莫　非　这……如何对呀？

姐　美　（悠悠长叹）唉！这两个人，如果能合成一个人，该有多好！

　　　　（唱）樟木楠木都是材，

　　　　　　　千年檀香云中栽。

　　　　　　　刀凿锯筛问鲁班，

　　　　　　　哪张是我梳妆台？

莫　非　姐美老师，品出味道来了。我还有机会，对吗？

　　　　［姐美淡然一笑。

阿　朗　（急不可待冲到姐美面前，单膝跪下）姐美，今天，阿朗回来，就是要正式拜你为师！

姐　美　（扶起阿朗）阿朗啊！（唱）

　　　　　　　心回无论身远近，

　　　　　　　天涯不绝是乡音。

　　　　　　　游子归家歌一曲，

　　　　　　　九霄先人侧耳听……

阿　朗　我看见了……

姐　美　（接唱）我伴阿奶学织锦，

　　　　　　　不舍昼夜晨与昏。

　　　　　　　五色蚕丝随梭走，

　　　　　　　泪染丝线一针针。

　　　　　　　姐美我身无婚皈心无憾，

　　　　　　　为的是装扮对对双双天下有情人！

阿　朗　（拭泪，唱）竹子不舍向阳坡，

　　　　　　　鲤鱼难离清水河。

　　　　　　　天涯回首家何在？

　　　　　　　今生唯有是山歌！

　　　　　　　兄弟们，那我们就唱起来啊！

　　　　　　　唱山歌咧——

　　　　［众伙伴声声应和：

　　　　　　　这边唱来那边和。

　　　　　　　山歌好比春江水，

　　　　　　　不怕险滩湾又多！

阿　朗　酒歌盘歌拦路歌喜歌苦歌哭嫁歌三天赶墟歌十月怀胎歌打鱼浪花歌种田插秧歌春歌秋歌四季歌壮家天天都是歌！

[姐美击节和韵，莫非情不自禁加入 Rap 行列。
[姐美、阿朗和众伙伴歌酣舞劲：

　　山歌千年情为本，

　　山歌传我壮家魂！

　　唱得荒漠变绿洲，

　　唱得枯木又逢春！

　　唱到阿奶转十八，

　　唱到阿公成后生。

　　唱到海枯石也烂，

　　山歌万年不断音！

莫　非　壮家 Rap，真正的天籁地声！（紧握阿朗的手）兄弟呀！

姐　美　（万分感慨地）回来了，该回来的回来了；该走的，也要走了……

阿　朗　（一愣）走？

姐　美　我和阿奶有约在先。

阿　朗　（惊）啊？

姐　美　（唱）阿朗归家霞陂还，

　　　　　　　物归原主你家门……

[姐美飘然而去。阿朗呆立当场。
[众人惊诧地看着姐美的背影，侬二、阿朗、莫非先后追下……
[先人的壮语哼鸣，绕梁锥心——

先　人　（唱）难舍难分五更头，

　　　　　　　点完灯草熬完油。

　　　　　　　哥扯眉毛作灯草，

　　　　　　　妹滴眼泪当灯油……

[收光。

第六场

[紧接前场。

[村前江畔渡口,红水河湾。

[雾岚氤氲,阿朗扶着颤巍巍、手捧霞帔老泪纵横的阿奶追上……

阿　奶　(唱)　几时见,

几时再会小歌仙?

无你龙肉也无味,

有你无蜜水也甜……

[江面上,姐美回眸深情答歌——

天天见,

歌声留在你屋檐。

屋檐滴水水滴沙,

姐美就在你面前……

莫　非　(冲上)姐美!姐美老师——!(追下)

阿　奶　(猛推阿朗)哈崽,还不快追?

[阿朗急切冲下。

[红水河蜿蜒盘旋,两岸奇峰耸立,两块奇石犹如牛郎、织女,遥遥相望……姐美划着竹排在江上穿行,阿朗、莫非撑排奋力追赶。

阿　朗　(唱)　亏了亏,

哥入宝山空手回。

世间珍奇擦肩过,

有眼无珠悔难追!

姐　美　(唱)　哥莫悔,

桃李谢了采杨梅。

座座青山都是宝,

			错过铜筷有玉杯。
阿 朗	（唱）	红豆放在枕头旁，
		今早标芽三寸长。
		相思泪水落江中，
		随浪打湿妹衣裳……
姐 美	（唱）	隔代姻缘随风荡，
		故事另起又一行。
		岁月悠悠多珍重，
		酒自醇来茶自香……
莫 非	（唱）	拜师不成心发慌，
		马鹿陷进烂泥塘。
		韭菜割了叶更密，
		莲藕拗断丝更长！
姐 美	（唱）	哥莫慌，
		花开花落本寻常。
		龙眼摘了荔枝红，
		寒冬更有蜡梅香。
阿 朗	（唱）	姐是蜡梅傲雪霜，
莫 非	（唱）	姐是丹桂满庭芳。
阿 朗 莫 非	（唱）	我拿竹篙你划桨， 随姐撑过千条江！

〔江流缓处，江岸上的奇石渐渐拢近，两只竹排近在咫尺，却无法靠拢。江岸上的奇石神奇拢近，酷似一对情人深情对视。

姐 美	（唱）	江边插柳柳成行，
		路旁种草草芬芳。
		远远近近都有诗，
		莫负追梦好时光！
莫 非	（捂嘴远呼）我等着拜师的那一天——！

阿　朗　（醍醐灌顶，长啸惊天）诗在故乡，何必远方！在山歌中丢掉的一切，我一定从山歌中把它找回来！找——回——来！

莫　非　找回来——找回来——

[江流回转，岸上两块奇石竟绝妙地贴在一起，恰似一对历经磨难的恋人深情拥吻……

[姐美撑排飘然而去……

["找回来"的呼唤，在云水间飘荡……

[幕后伴唱：

　　　千江水，万里云，

　　　浪卷云飞总是情。

　　　天荒地老日月老，

　　　不老壮家唱歌人……

尾　声

[先人的壮语哼鸣铺天盖地，几十年前、百千年前的壮家先人踏歌而来：

　　　远远见妹远远来，

　　　不高不矮好人才。

　　　不高不矮人才好，

　　　十分伶俐九分乖……

[剧中的各色人等款款而来……

莫　非　（唱）我家村，你家村，

　　　　　　客在异乡他家村。

阿　朗　（唱）别前村，奔后村，

　　　　　　处处无村处处村。

姐　美（唱）云遮村，雾罩村，
　　　　　　柳暗花明又一村！
姐　美
阿　朗（唱）歌的村，梦的村，
莫　非　　　人人心中有个村！
众　人（合）千家村，万户村，
　　　　　　问哥（妹）你在哪家村？
[姐美深情放声而歌，众人齐声而和：
　　　多谢了，
　　　多谢四方众乡亲。
　　　我家有了好茶饭，
　　　更有山歌敬亲人！
[光渐暗。

（剧终）

（该剧创作于 2019 年，由广西戏剧院彩调剧团演出，获文旅部"文华大奖"、中宣部"五个一工程奖"）

民族歌剧

柳柳州

| 时 间 | 唐元和十年至十四年（815年至819年）。
| 地 点 | 东安东郊、柳州城内外、峒氓一带。
| 人 物 | 柳宗元——四十三至四十七岁，字子厚，世称柳河东，亦称柳柳州，唐代杰出的诗人、文学家、思想家，时任柳州刺史。

唐　月——三十出头，柳宗元的侍妾。

刘禹锡——出场时四十四岁，字梦得，唐代著名诗人，时任连州刺史。

裴行立——五十多岁，时任桂管观察使。

螺蛳妹——十七八岁，被柳宗元解除奴婢身份的峒氓少女。

峒　佬——六十多岁，百越峒氓峒主。

桂　姑——约四十岁，厨娘。

卢　遵——三十五六岁，柳宗元表弟。

侬　咧——二十多岁，峒氓男青年。

游吟文士、柳州百姓、顽孩学童、峒氓男女、祭神巫师、随从衙役、莘莘学子、各色人等。

一章　无情最是灞桥柳

[暮春。长安东郊灞桥边。

[曙色朦胧，风雨如晦。游吟文士凄声倾诉：

　　中唐风雨夜如磐，

　　万马齐喑百花残。

　　永贞革新众才俊，

　　十年蹉跎返长安。

　　长安望月月暗淡，

　　再贬荒蛮山外山。

　　　　　　　　风雨飘摇灞桥柳，

　　　　　　　　问君此去几时还？

　　　　[游吟文士且吟且远。只留下孤寂的柳宗元。

柳宗元　（唱）十年憔悴到秦京，

　　　　　　　谁料翻为岭外行。

　　　　　　　鬓角犹带湘南雪，

　　　　　　　马蹄又踏桂北云……

　　　　[马蹄声声，刘禹锡上。

刘禹锡　（唱）寒江独钓蓑笠翁，

　　　　　　　天涯逆旅断肠人。

　　　　　　　玄都观中桃千树，

　　　　　　　为谁凋零为谁红？

刘禹锡　子厚！

柳宗元　梦得！

柳宗元　梦得兄，伯母可安好？

刘禹锡　安歇车中，正待赶路。子厚兄啊，多亏你上书朝廷，要将你的柳州与我的播州互换，家母才不至于八十高龄西去夜郎，否则凶险莫测啊！

柳宗元　梦得兄啊，"以柳易播"已是笑谈，我仍去我的柳州，你也改任连州了，这一去啊……

柳宗元　　　风雨断肠声，
刘禹锡（唱）杨柳未了情。
　　　　　　山重水穷处，
　　　　　　行行复行行……

刘禹锡　（唱）只怕是宏愿东流不复再。

柳宗元　不、不！（唱）回来回来你我都要回来……

柳宗元
刘禹锡　（唱）回到长安来！

　　　　　[唐月身背古琴上，默默上前将披风给柳宗元披上。

柳宗元　快快见过刘大人！

唐　月　（敛衽）大人！

刘禹锡　唐姑娘，何时让我尊一声"子厚夫人"？子厚兄，该给人家名分了。

柳宗元　名分？（苦笑）此事免谈！

刘禹锡　你我此等处境，此时此生，还有何顾忌？

柳宗元　纵然是来路归途扑朔迷离，北望长安，此情不改！

　　　　　[唐月知趣闪过一旁。卢遵上。

卢　遵　（来到柳宗元面前）表兄，诸事准备停当。

柳宗元　（看看唐月，又看看卢遵）你们已跟我受了十年的苦，于心何忍哪！（唱）此一去岭南苦等春消息，

刘禹锡　（唱）此一去山高水长风波险。

唐　月
卢　遵　（唱）随 大人／表兄 去天涯无悔无怨！

柳宗元
刘禹锡
唐　月　（唱）问苍天明月几时照人还？
卢　遵

刘禹锡　（四顾怅然）子厚兄，往后，长安的月亮可知晓，世间两个最孤独的男人夜夜望着它吗？

柳宗元　梦得兄啊，虽是相距遥遥，仍可时时神交。

刘禹锡　（抓住柳宗元的手长笑）神交，神交！哈哈……

柳宗元
　　　　（唱）　二十年来万事同，
刘禹锡
　　　　　　　今朝歧路忽西东。
　　　　　　　皇恩若使归田去，
　　　　　　　晚岁当为邻舍翁。

　　　　　[风雨中，柳宗元、刘禹锡折柳互赠，携手步过灞桥。

柳宗元　见柳如见刘梦得！

刘禹锡　见柳如见柳子厚！
柳宗元　（唱）无情最是灞桥柳，
刘禹锡　（唱）千丝烦忧万缕愁。
柳宗元
刘禹锡
唐　月　（唱）从此长安十分月，
卢　遵

柳宗元　　　　　无奈
刘禹锡　　　　　踌躇
　　　（唱）三分　　　在柳州……
唐　月　　　　　缠绵
卢　遵　　　　　徘徊

[灞桥柳铺天盖地，掩没了一切。
[伴随着风声雨声、漫天飞雪、孤舟独钓，游吟文士心中的《江雪》绝唱横空出世：

　　　千山鸟飞绝，
　　　万径人踪灭。
　　　孤舟蓑笠翁，
　　　独钓寒江雪……

二章　歌从心出天籁音

[黑暗中，悠远的百越山歌渐渐清亮激越，牵出天边朝霞。
[初夏。柳江河畔，一弯残桥。柳宗元一行驻足小憩。
[小河汊里银浪飞溅，一群文身的峒氓青年男女边摸螺蛳边唱山歌。俏丽的螺蛳妹活泼异常，频频向侬咧庠水。

众男女　（欢呼）抖啰——！

螺蛳妹 （唱）日头爬上半山坡，

　　　　　　　　哥捉泥鳅妹摸螺。

侬　咧 （唱）哥愿河里变螺蛳，

　　　　　　　　天天留给妹手摸……

柳宗元 （目瞪口呆、如醉如痴）天籁之音哪！

　　　　[唐月情不自禁地学着哼唱山歌："天天留给妹手摸……"

螺蛳妹 （唱）口唱山歌手摸螺，

　　　　　　　　螺蛳几多歌几多。

　　　　　　　　等到螺蛳摸完了，

　　　　　　　　妹手才把哥来摸。

侬　咧 （唱）哥家有锅没得灶，

　　　　　　　　妹家有灶没得锅。

　　　　　　　　几时锅灶配成双，

　　　　　　　　螺蛳熬汤慢慢喝。

峒氓男女（唱）　日子长长慢慢过，

　　　　　　　　　心有山歌经得磨。

　　　　　　　　　天冷它是一盆火，

　　　　　　　　　肚饿它是饭一锅！

螺蛳妹 （唱）簸箕扁扁月亮圆，

　　　　　　　　妹捧簸箕哥望天。

　　　　　　　　簸箕月月簸十五，

　　　　　　　　哥望月圆到哪年？

侬　咧 （唱）鸭嘴不比鸡嘴尖，

　　　　　　　　我歌怎比妹歌甜？

　　　　　　　　隔天听妹唱一句，

　　　　　　　　煮菜不用放油盐。

峒氓男女（唱）　塘边蚂拐叫连连，

　　　　　　　　　哥想讨嫂没得钱。

　　　　　　　　拿张板凳排妈坐，

　　　　　　　　妈哄一年又一年……

　　　　　　[峒氓青年男女相互嬉戏追逐，柳宗元情不自禁跟随而去，唐月、卢遵紧随。

　　　　　　[裴行立带人上。

裴行立　（唱）柳子厚道德文章我景仰，

　　　　　　　　人遭贬密令传要将他严控暗防。

　　　　　　　　最是人间尴尬事，

　　　　　　　　两难偏要一肩扛。

　　　　　　桂姑，吩咐你的话，都记住了吗？

桂　姑　记得啦！给那么多的银子，哪敢忘记？

　　　　　　[衙役上。

衙　役　裴大人，柳刺史就在前面。

裴行立　跟上跟上！（急下。众人随下）

　　　　　　[柳宗元捋髯微笑上。

柳宗元　（唱）几曾见过这舒心的欢乐情景？

　　　　　　　　几曾听闻这美妙的天籁之音？

　　　　　　　　轻拂去旅途的劳顿，

　　　　　　　　暂驱走心头的愁云。

　　　　　（悠思遐想）你看这碧水青山似画卷，

　　　　　　　　怎背上千年荒蛮恶名声？

　　　　　　　　你看这天真烂漫小儿女，

　　　　　　　　真该有幸福美满好前程。

唐　月　（唱）山歌是药能祛病，

卢　遵　（唱）唤他们天天唱歌给你听！

柳宗元　（唱）浑然天成是本真，

柳宗元

唐　月　（唱）歌从心出天籁音！

卢　遵

[神色惊恐的螺蛳妹逃上，内传峒佬喝声："抓住她！"手拿绳索的壮汉追上："哪里跑？"几个顽童一路跟着起哄。

峒　佬　（唱）绑了！绑了！
　　　　　　　　大路无边你往哪里逃？

[壮汉绑螺蛳妹，小孩们向她吐口水、扔泥巴："唱歌妹，挨绳绹，拗脚蚂拐哪里跑？"

[柳宗元惊诧不已，将螺蛳妹拉到身后。

柳宗元　（呵斥）胡闹！岂能如此！全无家教！

众顽童　（指着柳宗元）胡须佬、胡须佬，眼睛鼓鼓要发飙！

[卢遵驱赶顽童。

柳宗元　（唱）放了！放了！
　　　　　　　　小姑娘怎能受如此煎熬？

峒　佬　（唱）她阿爸欠人钱九吊，
　　　　　　　　父债女还抵押为奴已三朝。

柳宗元　（唱）十吊钱就能把她终身买？
　　　　　　　　唐律哪有这一条？

[裴行立带人上，远远看着。

峒　佬　（唱）峒氓规矩千百年，
　　　　　　　　莫管闲事把祸招！

[柳宗元向唐月示意，唐月将一锭银子递给峒佬。

柳宗元　（唱）松绑赎身快放人，
　　　　　　　　从此还她自由身！

峒　佬　（恼羞成怒，唱）带走！

柳宗元
卢　遵　（拦住不放，唱）放人！

[双方剑拔弩张，眼看就要动手。内呼："住手！桂管观察使裴大人到！"

峒　佬　大人！

［裴行立示意峒佬离开，峒佬下。

裴行立 （疾步上前，急切地抓住柳宗元的手）子厚先生啊！（唱）

岁岁倾慕朝朝情，

夜夜吟诵你诗文。

天下不幸我独幸，

柳江河畔始逢君。

柳宗元 属下柳宗元见过裴大人！

裴行立 想煞我也！酒来！

柳宗元 （接酒）谢过裴大人！

［卢遵为螺蛳妹解开绳索。峒佬率众悻悻而去。

［螺蛳妹捧着一篓螺蛳来到柳宗元面前，双膝跪地奉上。

螺蛳妹 （唱） 手中螺蛳颗颗轻，

心里山歌字字真。

恩人若是不嫌弃，

送你下酒尝尝新。

柳宗元 快快请起！

［螺蛳妹将镰刀篓塞到柳宗元手中，转身跑下。

［柳宗元手捧镰刀篓，仔细端详，喟然长叹。

裴行立 （唱） 骆越规矩前人定，

父债子还古到今。

柳宗元 裴大人，这荒唐的规矩，为何不改？

裴行立 改？难哪……

柳宗元 孩童顽劣，峒佬骄横，礼教何在？

裴行立 （语塞）这……

柳宗元 此等荒蛮，岂能见由任之？

裴行立 治理荒蛮，何以为先，还望子厚先生赐教。

柳宗元 （唱） 以文化人是根本，

办学堂开启民智荒蛮之地礼义兴。

裴行立　好哇！想到一起来了！（唤过桂姑）快快见过柳大人！
柳宗元　（诧异地）这是……
裴行立　（唱）　我家厨娘擅羹汤，
　　　　　　　　煎炒烹煮皆在行。
　　　　　　　　遣柳府助君早把水土服，
　　　　　　　　祛病消灾身康体健造福一方。
柳宗元　（一愣）这……如何使得？
桂　姑　怎么使不得？（从柳宗元手中抢过螺蛳篓，边晃边数）冬吃萝卜夏吃姜，酸甜调味有名堂。今晚夜炒盘田螺来下酒——爽得你（唱）连汤喝得精打光！
柳宗元　（诧异）啊？哦，谢过裴大人！
裴行立　（携柳宗元手）府衙离此不远，柳刺史随我上任去吧！
　　　　［众人行走间，城外有人背着跌伤的汲水者匆匆而过。
柳宗元　（惊）裴大人，这是为何？
裴大人　城中不许凿井，江岸陡峭难行，时有汲水者摔死跌伤……
柳宗元　（大惊）啊？
　　　　［汲水者的山歌凄婉如诉：
　　　　　　难多多，
　　　　　　一张板凳三只脚。
　　　　　　有心请妹坐一下，
　　　　　　又怕跌倒腰扭着……

三章　北望长安梦未休

［城中一隅。
［锣声当当，一队衙役举告示牌过场。

众衙役 柳刺史谕：以工抵债，释放奴婢。唐律如山，违者必诛！

[柳宗元带卢遵上。

柳宗元 选址凿井，进展如何？

卢　遵 址已选好。不过，裴大人差使转告：凿井之事不能操之过急。

柳宗元 人命关天，岂能不急？（唱《贬官再贬也是官》）

数月来爬山涉水去探访，

看不完满目荆棘尽荒凉。

草窝走虫蛇，

村寨瘟疫狂。

茅舍多悲风，

家无隔夜粮。

衣衫褴褛众，

不见读书郎。

更可恨江岸路斧劈刀削，

有多少汲水人见了阎王……

揪心事，一桩桩，

柳子厚，暗神伤。

谁为我，解迷茫？

戴罪身，血偾张！

纵然是北望长安梦未休，

眼前事柳刺史该有担当！

贬官再贬也是官，

在位一天就要造福一方。

怀家国忧天下君子志向，

哀民生怜百姓甘苦共尝。

岂能容奇山秀水阴霾掩？

岂能让绝妙山歌哀声长？

卢　遵 大人，雷雨将至，回家吧！

柳宗元　公务压身，回衙！

　　［雷声隐隐、黑云压城，卢遵扶柳宗元下。

　　［后院门前，桂姑拿碗筷上。

桂　姑　唉！（边敲边数）柳大人，怪性情，夜夜写字到三更，写了撕，撕了写，哭笑还夹骂人声。他家女人长得靓，还会吟诗和弹琴，谁知男人心肠狠，不给人家夫人名。怪家怪人怪差事，偏偏落到我的身……唉！（唱）

　　　　天天胆战又心惊，
　　　　拿人银子睡不稳。

　　［一公差来到她身边，凑前耳语。桂姑从身上取一小竹筒递过，公差接过，抖出一地碎纸。

公　差　什么鬼东西呀？

桂　姑　大字黑麻麻，小字打疙瘩，它不认得我，我不认得它！（唱）让裴大人自己去看吧！（转身下）

　　［柳府后院，唐月抚琴幽歌。

唐　月　（唱《心有千千结》）

　　　　雨如注，夜无月，
　　　　心有千千结。
　　　　大人拂晓出门去，
　　　　拖病躯奔波在短巷长街。
　　　　听山歌，他暂解三日愁眉，
　　　　忙政务，数十天晨昏不歇。
　　　　误了汤误了药误了琴声伴入梦，
　　　　不能拦不敢劝唯有心相携……
　　　　想我卑微乐坊女，
　　　　自幼钦佩真才学。
　　　　是他给我新天地，
　　　　琴添雅韵叹三叠。

　　　　　　十余载我随他贬谪辗转，

　　　　　　看惯了风霜雪雨阴晴圆缺。

　　　　　　年复年我敬他如兄如父，

　　　　　　更有那别样情绵绵不绝。

　　　　　　心存敬畏酬知己，

　　　　　　不计名分杯与碟。

　　　　　　盼君北归梦成真，

　　　　　　早返长安朝天阙！

　　　　[卢遵扶疲惫不堪的柳宗元上。唐月迎上，卢遵下。

唐　月　（为柳宗元轻揉双肩）夜深了，大人，歇息去吧！

柳宗元　（坐书案前）西北平藩战事正紧，我要赶写奏章上呈朝廷。

　　　　[唐月铺纸研墨抚琴，柳宗元在悠悠琴声中奋笔疾书，不觉伏案而寐。

　　　　[马蹄声声，刘禹锡翩翩来到柳宗元梦境，看着书案净瓶中的灞桥柳。

刘禹锡　哟嗬，我的柳枝居然发芽了？

　　　　[柳宗元一骨碌爬起抓住刘禹锡的手。

柳宗元　梦得啊！（唱）衡阳泪别在扁舟，

刘禹锡　子厚兄！（唱）天各一方思念稠……

　　　　（拿起案上数份奏章翻阅）嗬，《献平淮夷雅表》，平藩讨贼的檄文，如黄钟大吕，字字千钧！（接唱）

　　　　　　永贞之痛痛未休，

　　　　　　九州兴衰担肩头。

　　　　　　这样的贬官世少有，

　　　　　　刘连州叹服柳柳州！

柳宗元　（唱）北望长安梦未休，

　　　　　　怎敢忘夙愿未偿意难酬？

刘禹锡　（喟然长叹）心忧家国，愧不如兄！

柳宗元　梦得新诗，精妙绝伦，杨柳竹枝，天下传唱……

刘禹锡　聊以自慰罢了！子厚兄，这长安，我们还回得去吗？

柳宗元　回！岂能不回？不过此时，你先随我来！

　　　　[柳宗元拉刘禹锡至学堂。书声琅琅。众孩童正襟危坐。

　　　　[唐月举着写有"人、天、地"的纸牌教字，众孩童伸手指跟随她比画吟唱。

唐　月　（唱）一撇一捺成个人，

　　　　　　　二人相加是个天。

　　　　　　　土也宽宽成了地，

　　　　　　　天地和人在眼前。

　　　　[众孩童比画跟诵。

柳宗元　（吟）子曰：弟子入则孝，出则悌，谨而信，泛爱众而亲仁……

孩　童　子曰：弟子入则孝，出则……（一时懵然，笑了起来）

刘禹锡　哈哈哈！子厚兄的学堂果然不俗！

柳宗元　（唱）荒蛮之根在愚顽，

刘禹锡　（唱）开启民智兄为先。

柳宗元　　　　要让那永贞之愿柳州现，
刘禹锡　（唱）好一个初心不改柳宗元！

刘禹锡　子厚兄，这就是你的北望长安哪！管子将育人曾有一比：十年树木……

柳宗元　（接）百年树人啊！

刘禹锡　（哈哈大笑）百年树人哪！如此一来，这长安你还回得去吗？

唐　月　回，终归要回，回去也一样育人啊！

刘禹锡　（看了看唐月，两手比画）琴瑟和鸣啊，只是……唉……（飘然随马蹄声而去）

　　　　[梦中惊醒的柳宗元伸手摸索："梦得、梦得！"卢遵上。

卢　遵　表兄！

柳宗元　啊？天已大亮！（拿起桌上奏章）速派快马，送往京城！

卢　遵　（犹豫）这……裴大人有谕：你所有送往京城的奏章，须由他先审后呈……

柳宗元　（一愣）啊？真是裴大人说的？

〔一衙役匆匆跑上。

衙　役　禀大人，凿井工程已被叫停！

柳宗元　（大惊）啊？是谁叫停？

衙　役　是……是裴大人。

柳宗元　（大惊）他？又是他！凿井工程绝不能停！我找他去！（急下，卢遵随下）

〔桂姑捧一冒着热气的大碗上。唐月随上。

桂　姑　来喽！螺蛳汤，柳州螺蛳汤……柳大人，趁热喝啊！

〔桂姑四下张望，无奈将碗递给唐月，唐月捧碗追下。

〔游吟文士的吟唱挂肚牵肠——

　　　　城上高楼接大荒，
　　　　海天愁思正茫茫。
　　　　惊风乱飐芙蓉水，
　　　　密雨斜侵薜荔墙。
　　　　岭树重遮千里目，
　　　　江流曲似九回肠。
　　　　共来百越文身地，
　　　　犹自音书滞一乡。

〔吟唱声中，渐渐加入峒氓祭祀音乐。

四章　"官为民役"才是真

〔江边峒氓村寨。桥畔祭坛。

[不时有抬着、背着的染病峒民过场。

[牛角号阴森低回，香烟缭绕，捧着各色祭品的峒民络绎不绝。众巫师手舞足蹈，呼神唤鬼。

众巫师（唱）天降祸，人发瘟，

　　　　　　江边祭坛拜大神。

峒　佬（唱）佑我峒氓一方土，

　　　　　　瘟神远离众乡亲。

[装进竹笼的螺蛳妹被带到祭坛前。侬咧带众青年冲上。

侬　咧　　螺蛳妹！（被人棍棒赶开）

螺蛳妹（唱）哥莫忧，

　　　　　　升天学歌逍遥游。

　　　　　　十七八年再转生，

　　　　　　唱到江河水倒流！

众巫师（舞得几近癫狂）时辰已到，沉江祭神！

[螺蛳妹被推至江边。幕后一声大喝："住手！"卢遵冲上阻拦。柳宗元率抬筐抬缸的众衙役随上。

峒　佬（有些心虚，喃喃自语）怎么又是他……

柳宗元（唱）祭神陋习几时休？

　　　　　　活人岂能江中投？

众巫师（唱）今年天神脾气蠢，

　　　　　　不收六畜收活人！

柳宗元（唱）此女已是自由身，

　　　　　　为何绑来祭大神？

众巫师（唱）天神看中螺蛳妹，

　　　　　　要和她对歌比输赢。

柳宗元（唱）瘟疫本是人传人，

　　　　　　药到何须把神求？

峒　佬（唱）若还大人不敬神，

　　　　　　　　只怕长贬在柳州！
卢　遵　（怒从中来）放肆！与我拿下！
　　　　[众衙役欲绑峒佬，双方对峙。
柳宗元　（对卢遵）不得鲁莽！（挥挥手，衙役退过一旁）
卢　遵　（不解地）这是为何？
柳宗元　（对峒佬作揖）多有冒犯，兄长见谅！
峒　佬　（茫然不知所措）兄长？你是在叫我？
柳宗元　兄长啊！（唱《岂能够不敬苍生敬鬼神》）

　　　　　　　论年纪我为弟来你为兄，
　　　　　　　讲品行你在峒氓得人心。
　　　　　　　行走江湖靠朋友，
　　　　　　　弟无儿女兄有孙。

（峒佬挠挠头：是啵……）

　　　　　　　兄请抬头望天空，
　　　　　　　不见神仙见白云。
　　　　　　　兄再俯身看江中，
　　　　　　　只有鱼儿浪里行。

（拉过螺蛳妹）

　　　　　　　她是峒氓百灵鸟，
　　　　　　　无她少了天籁声。
　　　　　　　含苞待放花一朵，
　　　　　　　怎能未开早凋零。

（峒佬看了看柳宗元：有点道理……）

　　　　　　　兄长啊！
　　　　　　　我虽遭贬是州官，
　　　　　　　你为峒佬担子沉。
　　　　　　　百姓冷暖比天大，
　　　　　　　何计荣辱重与轻？

　　　　　　当官大小皆人子，
　　　　　　岂能够不敬苍生敬鬼神？

峒　佬　（似信非信，唱）
　　　　　　倘若你能送瘟神，
　　　　　　算你本事有几分。
　　　　　　人若不死我感恩，
　　　　　　出了事你罪加一等世事无情！

柳宗元　好，就依兄长！快请病人服药。
　　　　［衙役端药递给众患者。

峒　佬　不能乱喝！
　　　　［柳宗元从缸中舀出两碗药汤，端一碗送到峒佬跟前。

柳宗元　此方乃医书所载，我邀药师采集调配而成。（举碗一饮而尽）乡亲们，请！
　　　　［众患者服药。

柳宗元　此药不但能治病，还可驱瘟祛邪。兄长，请！

峒　佬　（将碗重重放下）要喝你们喝！
　　　　［一些峒民服药，众人仿效。

峒　佬　（拂袖而去）柳大人，后会有期！
　　　　［峒佬挥挥手，率众峒民下。
　　　　［卢遵从竹笼里放出螺蛳妹。

螺蛳妹　（泪光莹莹给柳宗元作揖）柳大人啊！（唱）
　　　　　　天上有月月做证，
　　　　　　地下有河河出声。
　　　　　　从此三百六十夜，
　　　　　　天天唱歌给你听。

柳宗元　（仿效，唱）
　　　　　　你的山歌比药灵，
　　　　　　祛我心中病七分。

　　　　　　还留三分慢慢等，
　　　　　　等过黑夜是天明！

螺蛳妹
侬咧　　（唱）等过黑夜是天明！

卢　遵　啧啧，表兄厉害，不过年余，连山歌都会唱了……

众　人　蛮有味道！

　　[山歌声声，点亮峒氓干栏火塘。众文身青年男女席地而坐，嬉笑打闹，螺蛳妹竖指嘴边示意噤声。

　　[柳宗元手持戒尺上，唐月、卢遵随上。

　　[柳宗元将戒尺在竹桌上重重一拍，众男女一时惊呆。

柳宗元　（吟诵）孟子曰：民为贵，社稷次之……

众男女　（跟诵）民为贵，社稷次之……

唐　月　（吟诵）孟子曰：老吾老，以及人之老；幼吾幼，以及人之幼……

　　[众男女似懂非懂跟诵。峒佬探头窥视，一脸惶惑。

　　[螺蛳妹领吹地筒的女子、侬咧领捧着酒坛的壮汉欢歌而来，将柳宗元围在中央。

众男女　（唱）唱山歌，
　　　　　　山歌谢你官老哥。
　　　　　　日出唱到太阳落，
　　　　　　高山流水密密喝！

柳宗元　有好戏看，有好酒喝了！梦得快来！

　　[马蹄声起，刘禹锡上。螺蛳妹领着峒氓女子，将二人按坐竹凳，拧手踩脚，捏鼻扭耳，将竹杯杵在他们口边。

众女子　（唱）一碗美酒用心酿，
　　　　　　敬你远路到峒氓。
　　　　　[螺蛳妹一声呼哨，众女子将酒水徐徐灌入他俩口中……

刘禹锡　啊……好酒！

众女子　（边灌边唱）

　　　　　二碗美酒赛琼浆，

　　　　　祈福大人享安康。

　　（再灌再唱）

　　　　　碗碗美酒醉三江，

　　　　　天高地厚日月长！

刘禹锡　（挣扎着唱）此等敬酒世无双，

柳宗元　（唱）"高山流水"韵悠长——

刘禹锡　（唱）人生得此一碗酒，
柳宗元　　　　万般烦恼一扫光！

　　[刘、柳二人微醺。

螺蛳妹　（拉过唐月）哎哎哎……敬过大人敬夫人！

柳宗元　（一怔）这……不妥。

刘禹锡　哎……有何不妥？

唐　月　小女子不胜酒力，不敢添乱。（避过一边）

刘禹锡　唉！可怜可叹啊！子厚迂腐，不陪你玩了。（飘然而去）

　　[桂姑敲盘打碟闯进：柳大人，太窝囊，不识珍宝在身旁，你能释放千家奴，为何把自己来捆绑？怎忍心让那天下奇女子（唱）夜夜流泪湿衣裳……

　　[柳宗元醉意阑珊，茫然四顾，捋须咂嘴，似乎还在品味这似真似幻的情景滋味。

柳宗元　（唱《"官为民役"才是真》）

　　　　　北望长安梦未醒，

　　　　　高山流水耳际鸣。

　　　　　永贞宏愿成泡影，

　　　　　利安元元犹在心。

　　　　　男儿空怀报国志，

　　　　　千万孤独泪满襟……

　　　　　三湘八桂走一遭，

　　　　　　遍听民间疾苦声。
　　　　　　荒蛮地，情更醇，
　　　　　　苦与乐，细细品。
　　　　　　犹见那衣衫褴褛捕蛇者，
　　　　　　眼前是文身半裸峒氓人。
　　　　　　也曾怨苍天贬我路八千，
　　　　　　也曾愤乌云遮日夜深沉。
　　　　　　一回回边听山歌边思忖，
　　　　　　社稷重重不过天下众苍生。
　　　　　　一次次察访民情扪心问，
　　　　　　望长安望的是月为谁明？
　　　　　　天意民心一杆秤，
　　　　　　称出分量重与轻。
　　　　　　戴罪身虽无回天力，
　　　　　　四个字寥寥重千钧：
　　　　　　"官为民役"立根本，
　　　　　　"官为民役"才是真！
　　　　[裴行立上。
裴行立　（唱）好一声"官为民役"惊雷滚，
　　　　　　　　好一个爱民如子子厚君。
　　　　　　　　好一幕孔庙兴学开新宇，
　　　　　　　　好一出干栏教化化民心。
柳宗元　（作揖）裴大人！这些，你都知晓？
裴行立　一切我皆知晓……（欲掩失言）这……
柳宗元　这都是你我该为之事。裴大人，我的奏章《献平淮夷雅表》可有下落？
裴行立　（岔开）柳大人，桂姑的厨艺如何？螺蛳汤滋味可好？
柳宗元　蛮好蛮好……我的诸多奏章，朝中可有回复？

裴行立　子厚啊，你要是真想再回长安，就千祈莫要……

[随着一声巨响，惊叫呼喊连天："塌方了！救人啊！"众衙役灰头土脸上。

众衙役　（唱）塌方、塌方、井台塌方！

众　人　（唱）救人、救人、赶快救人！

[光急灭。

五章　听唱新翻杨柳枝

[城中一隅。

[游吟文士吟哦而上：

　　海畔尖山似剑铓，
　　秋来处处割愁肠。
　　若为化得身千亿，
　　散向峰头望故乡。

[锣声当当，游吟文士隐去。募捐人上。

募捐人　（吆喝）引泉凿井，募捐银两，

　　出钱出力，多少不论！

[柳宗元、卢遵上。柳宗元摸袋掏银，半天掏不出来，急得向卢遵招手讨要。

卢　遵　（无奈地双手一摊）大人啊！（唱）

　　你次次捐献不遑让，
　　修孔庙办新学刚捐半月饷。
　　似这般捐个无休止，
　　家中眼见要断粮！

柳宗元　（叹）捐款凿井，乃我首倡，岂能不身体力行？

[裴行立上。

裴行立　柳刺史，挖井塌方伤了人，这井，再挖下去，长安，你还能回得去吗？

柳宗元　裴大人哪！（唱）

　　　　北归中原情难禁，

　　　　眼下暂收一段心。

　　　　城中若无汲水井，

　　　　还要死伤多少人？

裴大人，城中凿井，乃民生大计，为何叫停？

裴行立　这……有人告你擅动土木，坏了风水。我是为你着想啊！

柳宗元　告我的人，向来不少，难道你裴大人也要为此上书朝廷？

裴行立　不不不，子厚啊！于你于今，重要的不是做了什么，而是不做什么……（唱）

　　　　苦读经年为功名，

　　　　宦海沉浮玄机深。

　　　　我劝你谨言慎行行得稳，

　　　　切莫要操之过急麻烦生。

柳宗元　裴大人哪！这样的"躺官"，不当也罢！（唱）

　　　　任他玄机比海深，

　　　　凿井工程不能停。

　　　　只要我还戴一天乌纱帽，

　　　　也要让满城百姓沐甘霖！

（取下顶上乌纱递过）裴大人，这玩意先寄放你处！（下）

裴行立　（摇头叹气）子厚先生……唉！（捧帽追下）

[桂姑手拿包袱上。

桂　姑　（数）卧底两年零，事事心底明。柳刺史，为百姓，实实在在大好人！这样的好官还挨贬，老天无眼昧良心！（唱）

　　　　糊涂的差事做不得，

　　　　　　赶紧回家抱外孙！

[桂姑四处张望，似见人来，急忙隐身。

[唐月上。至当铺前，抚着手中古琴，踌躇再三。

唐　月　（唱《古琴在手不忍看》）

　　　　　　古琴在手不忍看，

　　　　　　犹忆当年在长安。

　　　　　　豪门恶少苦相逼，

　　　　　　幸遇大人解危难。

　　　　　　慷慨倾囊赎我身，

　　　　　　乐坊前赐琴赠钗月正圆。

　　　　　　从此琴钗伴我行，

　　　　　　随他贬谪路八千。

　　　　　　云鬟轻绾春宵暖，

　　　　　　古琴长拨五更寒。

　　　　　　一灯如豆写华章，

　　　　　　陋室墨香红袖翻……

　　　　　　如今他身疲心累病来缠，

　　　　　　怎知家中快要断了餐。

　　　　　　没奈何当铺寻生计，

　　　　　　典了首饰典衣衫！

　　　　　　谁料想，前日金钗刚出手，

　　　　　　今又捧琴当铺前……

[当铺门开，一伙计出。

伙　计　（殷勤地）夫人，又是你啊！

[唐月捧上古琴，递到伙计手中，桂姑冲上，一把抢过，回手将唐月拉过一旁。

桂　姑　莫当了！不能再当了！

[桂姑把古琴还给唐月，用袖子拭去她腮边泪水。伙计摇头下。

桂　　姑　阿妹啊！（数）就算你把自己当，又能换钱挨几天？世上几多当官人，（唱）哪个像你柳家官？（从身上摸出两锭大银递给唐月）拿着！

唐　　月　这是何意？你上月的工钱我尚未支付……这……不能收！

桂　　姑　阿妹啊！（数）有人早早想到这一天，悄悄付我双倍钱。这是你家工钱两年半，（唱）快快拿去换油盐！

唐　　月　这……使不得！

桂　　姑　是你家的差我当不得！（将银子塞到唐月手中，欲下）

唐　　月　（一把拉住塞还银子）你走了，谁给大人煲螺蛳汤？

桂　　姑　人一定要走，这螺蛳汤嘛……我教你煲！

[桂姑下，唐月追下。

[柳府。柳宗元背手踱步。

[唐月上。扶柳宗元坐入椅中，为他轻揉双肩。

柳宗元　咦，怎么数日不见桂姑？

唐　　月　她走了，不回来了。

柳宗元　为甚？莫非你又拖欠了她的工钱？

唐　　月　我……她……（无言以对）

柳宗元　月妹，这螺蛳汤是你煲的吧？

唐　　月　但愿合大人胃口……

柳宗元　（定定看着唐月）唉！月妹，这些年，真是委屈你了……要不，你先回长安去吧！

唐　　月　（哭出声来）不……难道大人嫌弃我了吗？

柳宗元　月妹啊……（无言以对）

[螺蛳妹的山歌从院墙外悠悠传来：

　　　　唱山歌，

　　　　歌声送给姐和哥。

　　　　有病它是灵丹药，

　　　　烦闷靠它暖心窝！

唐　月　　大人，我陪你听山歌去吧！

柳宗元　　好！梦得新作《杨柳枝词》颇具民谣之风，此刻他若在此，一定能与这天籁之音唱和！

[刘禹锡领游吟文士翩然而至。

刘禹锡　　哈哈哈……与民谣唱和，岂能无我？（唱）

　　　　　　　塞北梅花羌笛吹，

　　　　　　　淮南桂树小山词。

　　　　　　　请君莫奏前朝曲，

　　　　　　　听唱新翻杨柳枝。

[螺蛳妹领峒氓女子应声而和：

　　　　　　　你歌哪比我歌多？

　　　　　　　不用吹笛风来和。

　　　　　　　等你笛子吹破了，

　　　　　　　山歌还有万千箩！

柳宗元　　梦得兄，百越山歌比你杨柳竹枝如何？

刘禹锡　　妙哉、妙哉！（唱）好一似玲珑剔透珍珠球，

柳宗元　　（唱）好一曲乐府风骨韵悠悠。

刘禹锡　　　　好一番真情率性撞心扉，
　　　　　（唱）
柳宗元　　　　好一个奇思妙想真风流！

[月白风清，你唱我和，天上地下，歌飘夜空。

柳宗元　　　　唱山歌，

刘禹锡　　　　南边唱来北边和。
　　　　　（唱）
螺蛳妹　　　　天上人间共一曲，

唐　月　　　　唱走忧愁欢乐多！

众　人　（唱）唱山歌，

　　　　　　　唱天唱地唱江河。

　　　　　　　唱到天荒地也老，

　　　　　　　再唱十万八千箩！

[百越野趣，唐风雅韵，南北交响，瑰丽恢宏……

六章　道是无晴却有晴

[城外柳江边，栽柳场景热火朝天。
[种柳百姓踏歌而来：

  柳州柳刺史，

  种柳柳江边。

  谈笑为故事，

  推移成昔年……

[歌声绵延不绝。峒佬上，望着那边热闹景象，探头探脑，欲前不能。

峒　佬　（唱）城中水井清波荡，

  江边岸柳一行行。

  山前种柑欢歌起，

  孔庙学堂书声扬。

  柳大人好事桩桩功德无量，

  一声"兄长"叫得我脸红心慌。

  想见他怕见他双脚难挪，

  心中有愧口难张……

[柳宗元荷锄上。一把抓住峒佬的双手。

柳宗元　老哥啊，你终于来了！

峒　佬　柳大人，告罪咯！我……我也栽柳去也！（下）

柳宗元　梦得快听，我们把你的《竹枝词》唱成柳州山歌了！

[峒氓男女踏歌而来：

  杨柳青青江水平，

　　　　　　闻郎江上唱歌声。
　　　　　　东边日出西边雨，
　　　　　　道是无晴却有晴……
　　[歌声牵来罗池湖畔一轮明月。
　　[已有身孕的唐月搀着拄拐的柳宗元湖畔赏月。
柳宗元　（指着天上月亮）月妹，好久都没有看过这样的月亮了……
唐　月　当年，你在长安把我救出来，月亮也和今夜一样圆……
柳宗元　（定定地端详着唐月）你跟我受了十几年的苦，却没有享过一天的福……
唐　月　大人哪，此生能陪伴着你，就是我最大的福！
柳宗元　（万般感慨涌上心间）月妹，我的妻啊！
唐　月　（心中一震）不不，大人……不能误了你的大事……
柳宗元　月妹，我的妻呀！（唱《满心愧疚叫声妻》）
　　　　　　满心愧疚叫声妻，
　　　　　　今夜还理理已迟。
　　　　　　满心愧疚叫声妻，
　　　　　　我的妻啊！
　　　　　　心头大憾怎消弭？
　　　　　　十余年你随我蹉跎江湖行，
　　　　　　晨昏相伴情不移。
　　　　　　家中诸事多操劳，
　　　　　　终日奔波青衫湿。
　　　　　　我昏昏然不知油盐柴米贵，
　　　　　　你默不语几年不添一件衣。
　　　　　　你为我吃尽苦中苦，
　　　　　　你为我解忧泪偷滴。
　　　　　　也曾想明媒正娶扶正室，
　　　　　　怎奈何门户不当非议声声又迟疑。

　　　　　　也曾想给你名分少遗憾，
　　　　　　怎奈何怕担污名仕途受阻多忧虑。
　　　　　　也曾想慰你红颜知己意，
　　　　　　怎奈何北望长安痴痴念难驱。
　　　　　　也曾想报你刻骨铭心情，
　　　　　　怎奈何白云苍狗人生苦短误了月落又日出！
　　　　　　满心愧疚叫声妻，
　　　　　　举头望月月无语。
　　　　　　满心愧疚叫声妻，
　　　　　　海枯石烂不分离！
　　　　[唐月泪流满面，将柳宗元扶坐在池边石凳。

唐　月　大人，我的夫君哪！（唱《月光是我新嫁衣》）
　　　　　　一个"妻"字惊天地，
　　　　　　今生遗憾化云泥。
　　　　　　夫君啊，今生虽无八抬轿，
　　　　　　月光是我新嫁衣。
　　　　　　你到天边我随你，
　　　　　　风雨相伴心相依。
　　　　　　名分本是身外物，
　　　　　　一声"妻"堪比世间最美的诗！

柳宗元　（感叹万分）妻呀！

唐　月　（拉柳宗元的手抚摸自己肚子）你给他起个名吧！

柳宗元　好！好！（掐指凝神）……就叫周七吧！

唐　月　夫君哪！（唱）
　　　　　　你为他取名周七有深意，
　　　　　　只为那世间道路太崎岖。
　　　　　　人生失意常八九，
　　　　　　吉祥数大当是七！

	小周七呀小周七，
	你侧耳凝神听清晰：
唐　月 柳宗元 （唱）	来日你，呱呱坠落百越地，
唐　月 柳宗元 （唱）	不为求官 赋新诗。 　　　平安长成
唐　月 柳宗元 （唱）	柳州养大 柳州 崽， 　　　　　　百姓
唐　月 柳宗元 （唱）	江岸看柳柳依依……

[柳宗元将唐月揽入怀中，月光下两人依偎的剪影……

[百越山歌悠悠袭来——

   阿妹等哥大江边，

   泪落江中波涟涟。

   鲤鱼喝了相思水，

   也想连双浪里癫！

七章　我的长安是柳州

[柳府后院。

[泥炉红炭正在煎药。唐月端药喂柳宗元服下。

柳宗元　（看着唐月）月妹，许久未闻琴声了……

唐　月　（一怔，放碗）夫君，这……

[裴行立领捧着古琴的桂姑上。

裴行立　子厚莫急，琴钗在此。

桂　姑　（将古琴置于案上）柳大人，我对不起你啊！（跪下，唱）奴家这厢赔罪了，赔罪了！

柳宗元　裴大人，这作何解？

裴行立　你家之事，皆我所为。今到贵府，一还琴钗，再送厨娘。

桂　姑　（将金钗插到唐月头上）阿妹，你还是把古琴当了。走，我们给大人煲螺蛳汤去。（二人下）

柳宗元　（不解地）裴大人，你这是……

裴行立　子厚啊！（唱《奉密旨来监控心中两难》）

　　　　　　四年前你遭贬我迎在柳江畔，
　　　　　　奉密旨来监控心中两难。
　　　　　　无奈何送厨娘卧底当暗探，
　　　　　　窥行踪密报你举止言谈。
　　　　　　一月三报不间断，
　　　　　　如不从要将我就地免官！

柳宗元　（从病榻上站起）啊？竟有此等事？

裴行立　（接唱）为保乌纱选屈从，
　　　　　　　　夜夜冷汗湿衣衫。

柳宗元　（唏嘘不已）难为裴大人了！我的那些奏章……

裴行立　（接唱）为保你北望长安一丝念，
　　　　　　　　把奏章件件压在箱底间。
　　　　　　　　细翻那字字珠玑忧国心，
　　　　　　　　羞得我无地自容实汗颜……
　　　　　　　　老夫为官数十载，
　　　　　　　　图自保无胆无识愧对苍天！
　　　　　　　　你为百姓百病缠，
　　　　　　　　你为苍生一命悬。
　　　　　　　　纵是铁人也落泪，
　　　　　　　　今宵致歉病榻前。
　　　　　　　　一赎琴钗算赔礼，

　　　　　　让世间真爱少遗憾。
　　　　　　再送厨娘柳家门，
　　　　　　煲汤烹茶不把那密探兼。
　　　　　　愿子厚驱病魔早日得康健，
　　　　　　盼子厚返帝阙宏图再展奏凯旋！
　　　[裴行立掏出一沓奏章放在柳宗元病榻前。
裴行立　君之奏章，老夫已誊抄呈送朝廷。只是……这些奏章到了朝廷，你的北望长安之念，恐要……
柳宗元　（打断）裴大人啊，我心中的长安，也许不再是那个长安了。
裴行立　此话怎讲？
柳宗元　（唱）　人人乡愁刻心头，
　　　　　　　　心心有梦复何求？
　　　　　　　　百转千回今始明，
　　　　　　　　我的长安是柳州！
裴行立　柳州之福！百姓之福啊！子厚珍重，老夫告辞了！（下）
　　　[唐月将柳宗元扶回病榻，下。
　　　[柳宗元拿起案头曾装柳枝的净瓶，望着满天飘飞的淅淅雨丝。
柳宗元　梦得的柳枝呢？哦，忘了，我把它种到柳江边去了……
　　　[琴声悠悠，山歌隐隐，刘禹锡翩然而至。
刘禹锡　种与不种，那枝柳，不都在你我心头吗？子厚兄，你的长安，今夜月亮可圆？
柳宗元　梦得兄啊！都说你则是我，我则是你，我的长安月亮圆否，你还不知晓吗？
刘禹锡　（大笑）哈哈哈！也许，我就是你心中另外一个子厚吧！
柳宗元　梦得啊！随我来！
　　　[柳宗元携刘禹锡持伞漫步于一简陋石桥。
柳宗元　（唱《真爱原来在眼前》）
刘禹锡　　　　北望长安年复年，

乌云顿开在今天。

柳宗元　（唱）叹什么山高皇帝远？
　　　　　　　　真爱原来在眼前。

刘禹锡　（唱）叹什么乌纱轻与重？
　　　　　　　　只有那百姓苦乐重如山！

柳宗元
刘禹锡　（唱）论什么功过大小是与非？
　　　　　　　　只有那百姓口碑世代传。
　　　　　　　　论什么魂归故里桑梓地，
　　　　　　　　哪一抔黄土不能掩埋忠骨芳草间？

[柳宗元掷伞于旁。

柳宗元　（唱）今生有幸到柳州，
　　　　　　　　忧愁尽去文采添。
　　　　　　　　山歌悠悠日月长，
　　　　　　　　杨柳依依亲情牵。
　　　　　　　　若要问此生归宿根何在？
　　　　　　　　正在这奇山秀水柳江边！

刘禹锡　山不在高，有仙则名；水不在深，有龙则灵！惭愧惭愧！寻根去也！（扔伞而去，马蹄声起）

[柳宗元茫然四顾。唐月、裴行立、卢遵、桂姑来到他身旁。

唐　月　夫君，你刚才见到了什么？

柳宗元　见了梦得，他问我，还想回长安吗？

唐　月　你怎么说？

柳宗元　（唱）柳江河水比酒醇，
　　　　　　　　九曲回肠总是真。
　　　　　　　　身去魂系柳江畔，

唐　月　有情有义，
桂　姑　有滋有味。

卢　遵　（唱）做一个有始有终的柳州人！

裴行立	有头有脸，
柳宗元	有模有样。

　　[柳宗元摘下一枝飘过身边的杨柳，深情凝视。

柳宗元　（唱）"利安元元"情不改，
　　　　　　　千万孤独究可哀。
　　　　　　　"官为民役"曲未终，
　　　　　　　我好想当一个好州官从头再来！

　　[柳宗元溘然长逝……
　　[光急灭。
　　[急促的马蹄声、幕内声——奉天承运，皇帝诏曰：大赦天下，柳宗元速返朝廷……

尾声　多情最是柳州柳

　　[柳宗元手捧折柳，凝望远山；唐月手捧包袱，深情遥望。《钓雪》歌声回荡在柳江两岸，万里云空。

柳宗元　（唱）　千山鸟飞绝，
　　　　　　　　万径人踪灭。
　　　　　　　　孤舟蓑笠翁，
　　　　　　　　独钓寒江雪。

柳宗元　
唐　月　（唱）　千山鸟飞绝，
　　　　　　　　万径人踪灭。
　　　　　　　　孤舟蓑笠翁，
　　　　　　　　独钓寒江雪。
　　　　　　　　江雪，江雪，
　　　　　　　　钓起了，

　　　　　　　　四海五湖一轮月。

　　　　　　　　江雪，江雪，

　　　　　　　　钓得那，

　　　　　　　　柳飞翠堤浪千叠。

　　　　　　　　行行复行行，

　　　　　　　　依依情不歇，

　　　　　　　　风雨天涯路，

　　　　　　　　且看雪映夕照粲如血！

　　　　[罗池庙前，柳江河岸。

　　　　[众百姓拆下门板，端上佳肴，排开蔚为大观百家宴。

众　人　（唱）　家家门板块连块，

　　　　　　　　佳肴美酒摆满台。

　　　　　　　　今天亲人出远门，

　　　　　　　　百家盛宴为他排！

　　　　[刹那间，一座古朴精巧、遮风避雨的风雨桥横空出世，遥遥通向天际。柳宗元登上岸边孤舟。

　　　　[众百姓举酒祈福。一叶孤舟从百家宴中穿过，柳宗元缓缓踏上风雨桥……

众　人　（唱）　人生步步风雨紧，

　　　　　　　　廊桥伴你慢慢行。

　　　　　　　　烦了耳边山歌起，

　　　　　　　　困了脚下有凉亭。

柳宗元　（唱）　耳边山歌起，

　　　　　　　　脚下有凉亭。

　　　　　　　　杨柳情依依，

　　　　　　　　行行复行行……

　　　　[满天柳丝飞舞，犹如绿绸万匹，盖地铺天。

众　人　（唱）　多情最是柳州柳，

春风吹绿映碧流。

江山从此不平庸,

千古一人柳柳州!

[天边的柳宗元回过身来,化为了一尊顶天立地的塑像。

（剧终）

（该剧创作于2022年,由广西歌舞剧院演出。文旅部年度扶持重点剧目,国家艺术基金扶持剧目）

现代锡剧

英雄儿女

(根据巴金小说《团圆》和电影《英雄儿女》改编)

时　间	抗美援朝期间。
地　点	朝鲜山村，河畔道旁，高地战场，驻地营房。
人　物	王　成——二十五六岁，志愿军战士。
	王　芳——二十岁，志愿军文工团员。
	王文清——年近五十，志愿军师政委，后任军政治部主任。
	王复标——六十出头，上海老工人。王成之父。
	张团长——年近四十，志愿军某团团长。
	大嘴朗——二十六七岁，志愿军战士。
	小无锡——二十出头，志愿军文工团员。
	金大爷——六十多岁，朝鲜支前民工。
	贞　子——十八九岁，朝鲜支前民工。
	小　刘——十八九岁，王文清警卫员。
	志愿军众战士、朝鲜众乡亲。

第一场

[拂晓。

[小河湾前、盘山道旁。

[带有鲜明时代印记的乐曲唱亮天边曙色……

[山道旁，王芳、小无锡和文工团员打着快板正在给急行军的战友们加油鼓劲：加把油，快步走！堵退路，把关口，关起门来好打狗！……

[雾岚氤氲中，一队队战士和扛弹药、抬担架的民工快速穿过。

[扛着担架的金大爷和头顶弹药箱的贞子来到王芳面前。

王　芳　您好，阿爸基！（拉着贞子的手）贞子，什么时候教我长鼓舞呀？
贞　子　打完这一仗吧！我还会《桔梗谣》呢。（比画哼唱）

金大爷　（摇晃着脑袋）我还会飘带舞呢！

王　芳　（拉过小无锡）小无锡，我们也演一出家乡戏——锡剧《双推磨》，怎么样？

小无锡　好呀，从无锡到朝鲜，久不推磨手发痒喽！（情不自禁哼起来）

［王芳与众人挥别。

王　芳　（唱）瞒过父母到朝鲜，

　　　　　　　炮火声中过半年。

　　　　　　　家中双亲已见谅，

　　　　　　　来信夸我是当今花木兰。

　　　　　　　两年前兄妹泪别暗立志，

　　　　　　　一定要保家卫国把军参。

　　　　　　　功夫不负有心人，

　　　　　　　终等来披征袍飞度关山。

　　　　　　　本以为像阿哥冲锋陷阵把敌杀，

　　　　　　　谁料想文工团里仍把戏装穿。

　　　　　　　虽说是平凡工作不平凡，

　　　　　　　要当英雄待何年？

　　　　　　　一场大战将打响，

　　　　　　　阿妹寻哥情更牵。

　　　　　　　阿哥啊，你在哪条江河岸？

　　　　　　　你在哪座高地和峰峦？

　　　　　　　阿哥啊，你可知淘气小阿妹，

　　　　　　　找你急得泪涟涟……

［天色放亮，敌机呼啸声、投弹爆炸声、战马嘶鸣声、匆匆脚步声交织在一起。

大嘴朗　（吆喝着急上）隐蔽！隐蔽！（一把将王芳拉入道旁山林）

［头部仍缠着绷带的王成蹚过小河上。

王　成　（唱）披星戴月把路赶，

过了一山又一山。

恶战在前追队伍，

满腔热血胸中翻！

两年前脱工装离别家园，

一回回血与火死神擦肩。

住院疗伤音讯断，

家中亲人可平安？

老父退休心不歇，

是否日夜还加班？

好惦记阿妈包的菜馄饨，

香得我流口水几时才得解解馋？

阿弟才把工厂进，

能否过得学徒关？

难缠最是阿芳妹，

铁了心要做当今花木兰。

盼她早日遂心愿，

新军装换下花布衫。

兄妹相逢硝烟里，

乡音飘飞上海滩……

思亲人念战友路短情长，

硝烟过又见那水绿天蓝！

[敌机声渐渐远去……

[张团长率二战士上。

王　成　（敬礼）报告团长，王成伤愈归队！（赶紧拉下帽檐，试图挡住绷带）

张团长　（一笑）伤愈？（掀开王成帽子）我看未必吧？

王　成　嘻嘻，医生都同意了……

张团长　哈哈！这一招你都用两次了，还来呀？（唱）

　　　　　　　这回休想把我哄，
　　　　　　　医院电话刚接通。
　　　　　　　你的伤口未痊愈，
　　　　　　　软泡硬磨白费工！

王　成　（悄悄从团长手中拿过帽子戴上，扯了扯团长衣角，嬉皮笑脸地）团长，就这一回嘛……

张团长　（板起脸）王成听令！立正！向后转！目标医院，快步走！

　　　　［王成哭丧着脸，原地踏步，并未动身。

张团长　还不快走？

王　成　（几乎要哭了）人家赶了三天两夜，这医院嘛，也不知搬到哪里去了……

　　　　［张团长又爱又气直摇头。

王　成　团长啊！（唱）
　　　　　　　贪生怕死是条虫，
　　　　　　　革命战士像条龙……

　　　　［王文清带小刘上。

王文清　好！讲得好！（接唱）
　　　　　　　真金不怕烈火炼，
　　　　　　　生死关头见英雄！

张团长　（敬礼）报告王政委，部队将按时到达目标！

王文清　你们的正面，有敌人的一个机械化师，这一仗不好打呀！

张团长　人在阵地在，坚决完成任务！

王文清　打完这一仗，我也该到军部报到了。（唱）
　　　　　　　这一仗十分惨烈万分凶，

张团长　（唱）守高地阻强敌使命光荣。

王　成　（唱）任凭它山崩地陷阵地在，

王文清

张团长　（唱）打败那野心狼气贯长虹！

王　成

王文清　（正了正王成的军帽）你就是那个枪声一响，冲在最前面的王成吧？（赞许）好样的！

王　成　（又扯张团长衣角）团长，你看，人家王政委都同意了……

张团长　（无奈地）赶紧归队，下不为例！

王　成　（敬礼）是！

王文清　整理行装，准备出发！

　　　　［王文清、张团长下。

　　　　［大嘴朗匆匆跑上，一把抱住王成。

大嘴朗　（山东口音）偷溜号，回来了？

王　成　（抓着大嘴朗的手亲热摇晃）大嘴朗，莫乱叫。

大嘴朗　亲兄弟，比低高，上次输给你，这回再过招！

王　成　你嘴巴大，讲不过你！战场上见！（欲下）

大嘴朗　（拉住）天下事，实在巧，有个姑娘把你找；逢人拉住声声问，声音好比画眉鸟……

王　成　谁呀？

大嘴朗　（指着河对岸）文工团里一枝花，你小子福气顶呱呱……（悄悄下）

　　　　［王成、王芳隔河对视。

王　成　（揉了揉眼睛）你……

王　芳　（定定地看着，摘下帽子挥舞）你是……

王　成　你是……阿芳？

王　芳　阿哥……是你吗？

王　成　（激动地）阿芳——！

王　芳　（惊喜地）阿哥——！

　　　　［兄妹俩踏浪而来，小河里银波飞溅。

王　成　（拥住王芳）阿芳，是你？真的是你！

王　芳　（抱住王成）阿哥，总算找到你了！

王　成　（唱）天天不见天天想，

王　芳　（唱）妹妹见哥泪汪汪。

王　成　（唱）数月未见家中信，

王　芳　（脱下王成军帽，摩挲着绷带，唱）

　　　　　　让我看看你的伤……

王　成　（挪开王芳的手）好了，早就好了！（唱）

　　　　　　妹穿军装真漂亮，

王　芳　（唱）兄妹相逢在战场。

王　成　　　　快快写信家中往，
　　　　（唱）
王　芳　　　　免得父母牵肚肠……

［王成拉王芳坐在河边石头上。

王　芳　（从挎包里掏出一封信）你看，这是阿爸上个月的来信！还有照片呢！

王　成　信归你，照片归我！

王　芳　（撒娇）不行不行，这是阿爸给我的……

王　成　给我看一下嘛！（抢过照片端详，冒出一句上海话）阿爸，不要太精神啰！

王　芳　（同看照片）上个月刚退休，还是显老了……

［"谁说我老了？"随着朗朗的笑声，王复标似乎从照片中飘然跃出，笑眯眯站在兄妹俩面前。

王复标　（唱）腰板直挺赛后生，

　　　　　　带徒加班好精神。

王　成　（似乎在对话）阿妈、阿弟呢？

王复标　（唱）小阿弟学哥姐闹着参军，

　　　　　　你阿妈忙炒面加班到五更……

王　成　阿爸，你的老寒腿，不能太累……

王　芳　阿爸，我给阿妈买的厚袜子藏在枕头底下……

王复标　（慈爱地看着兄妹俩）阿成、阿芳啊！（唱）

　　　　　　一个是爸妈贴身小棉袄，

　　　　　　一个是天地不怕傲气高。

　　　　　　兄妹并肩多关照，
　　　　　　烽火异国路途遥。
　　　　　　阿成改改犟脾气，
　　　　　　领导调教要记牢。
　　　　　　阿芳最喜白兔糖，
　　　　　　阿弟明天寄邮包……

王　芳　阿爸，我们都记住了！

王　成　（翻看照片）哟，照片后面还写有诗啊？

王复标　（唱）我儿抗美逞英豪，
　　　　　　爱女援朝志更高。
　　　　　　吾虽年迈力不衰，
　　　　　　为党为民不服老！

王　成　（唱）父训如金传天外，

王　芳　（唱）亲情缕缕暖心怀。

王复标　（唱）英勇杀敌莫恋家，

王复标　　　　等你们

王　芳　（唱）等我们立功喜报飞到浦江来！

王　成　　　　等我们

　　　　［幕后传来大嘴朗喊声：王成，出发啦！
　　　　［王成、王芳从悠思遐想中回过神来。

王　成　（将照片还给王芳）淘气鬼妹妹，照片还你，打完这一仗，我去看你！像小时候那样，再帮你梳一回小辫子。

王　芳　（把照片塞进王成口袋）小气鬼哥哥，打完这一仗，我唱一出新编的《双推磨》给你听……

王　成　《双推磨》？这不是你小时候的"摇篮曲"吗？不唱它，你还不睡觉呢！（拨拉一下王芳的辫子）走啦！
　　　　［王成随部队开拔。
　　　　［王芳捏着辫子，目送着他们的身影……
　　　　［切光。

第二场

[朝鲜小山村。志愿军驻地。

[远山硝烟弥漫,枪炮声隐隐传来。

[炊事员装束的王芳和小无锡正在排演新编《双推磨》。

王　芳 （唱）推呀拉呀转又转,
小无锡 　　　磨儿转得圆又圆……

小无锡 王芳,你的新词编得真有味道!

王　芳 别断,接戏!

小无锡 （唱）何宜度离家参军到朝鲜,

王　芳 （唱）苏小娥千里随夫心相连。

小无锡 （唱）双双分到炊事班,

王　芳 （唱）蒸煮煎炒手不闲。

小无锡 （唱）夜来一出《双推磨》,

王　芳 （唱）磨盘转转到晓天……

王　芳 （唱）上爿好像龙吞珠,
小无锡 　　　下爿好像白浪卷……

[王文清带警卫员上,在一边悄悄看着,情不自禁地跟着哼了起来。

小无锡 （看着入迷的王文清）首长,您……也会唱《双推磨》?

王文清 （回过神来,拍拍小无锡肩头）小鬼,你是无锡人吧?

小无锡 是的,首长。

王　芳 首长,我们在排祝捷大会的节目。（拉小无锡欲下）

[远处的枪炮声更为剧烈。王文清凝望远山,眉头紧锁。

王文清 （看了看王芳,若有所思）小同志,等一下。

王　芳 （驻足）首长,你叫我?

王文清 （一怔,端详王芳）你是哪里人啊?

小无锡	（抢）上海浦东。
王文清	一直住在浦东吗？
王　芳	听阿爸说，我们是从闸北搬过来的，好多年啦！
王文清	家里还有什么人？
王　芳	阿爸、阿妈、哥哥和弟弟……
王文清	（情不自禁）像，太像了！（唱）

恍若是她站眼前，

王　芳　（唱）首长唤我因何缘？

王文清　（唱）她与她音容笑貌一个样，

王　芳　（唱）他眼中饱含关切和爱怜……

王文清　你爸爸叫什么？

王　芳　王复标，是个工人。首长，你看，这是阿哥参军时，我们全家的合影。（从挎包中翻出一张照片递过去）

王文清　（接照片看）是他！真是他！

王　芳　（诧异地）首长，你认识我阿爸？

王文清　（强压内心激动）哦……不认识……

小无锡　王芳，要转移了！

王文清　（挥挥手）你们……去吧！

王　芳　首长再见！（与小无锡下）

王文清　（目送着王芳的背影，缓缓从口袋里掏出一张发黄的照片，捧在掌心，思绪万千，唱）

九死一生为革命，

妻亡女散任飘零。

平生磊落无憾事，

心中愧对两个人……

（摩挲着亡妻的照片，悄然抹泪）

我与她当年定情太湖滨，

常听她《双推磨》慢唱轻吟。

　　　　　　她离戏班伴随我赴汤蹈火，
　　　　　　生下了小女儿小家温馨。
　　　　　　小阿芳襁褓中夜夜哭闹，
　　　　　　唯有那《双推磨》能让她梦乡安宁。
　　　　　　世间最美摇篮曲，
　　　　　　刻骨铭心天籁音……
　　　　　　阿芳啊，父女痛别十八载，
　　　　　　夜夜梦回拭泪痕。
　　　　　　铁鞋踏破皆不见，
　　　　　　怎料想烽火连天遇至亲。
　　　　[张团长上。

张团长　老首长，你今天好像有些不一样？

王文清　风大，眼睛里进了沙子……（严肃地）张团长，无名高地战况如何？能守得住吗？

张团长　（沉重地）敌人炮火太猛，有的连排差不多打光了，部队只能轮番上阵……

王文清　彭总刚刚打来电话，这一仗事关整个战役的成败，你还有还什么招？有多大把握？

张团长　（唱）　兵来自有将来挡，
　　　　　　　援兵轮番上战场。
　　　　　　　无名高地不容失，
　　　　　　　血肉躯筑成那铁壁铜墙！

　　　　[脚步声声，一队战士列队肃立。

王　成　报告首长！我们都准备好了！

张团长　王成，你又来了？不是叫你在营地待命吗？

王　成　（唱）　好钢用在刀刃上，
　　　　　　　好马何惧征途长。
　　　　　　　腿上绑锣哔哔响，

　　　　　　　只待上阵杀豺狼！
张团长　（脱下王成的军帽细细察看）小子哎，这一次恐怕还轮不到你！
王　成　（拉着张团长的手）团长好不讲道理，你都要亲自上无名高地了，怎么还轮不到我？
王文清　了不得，学会将你们团长的军啦？
王　成　（过去拉着王文清的手）政委，你来评评理，我该不该上？
王文清　（情绪复杂地摸着王成的头）伤真好了？
王　成　早好啦！（唱）
　　　　　　　能吃能睡无伤疤，
　　　　　　　身强体壮赛铁塔。
　　　　　　　上阵杀敌如猛虎，
　　　　　　　不枉你平日把我夸！
王文清　（唱）　此时心中多少话，
　　　　　　　波涛澎湃怎开闸？
　　　　　　　勇士笑看生与死，
　　　　　　　豪情映红天边霞！
　　　　［王成和众战士给王文清敬礼。
王文清　（深情地看着众战士，为他们整理行装，拉着王成的手）我等着你们胜利归来！出发！
　　　　［众战士转身出发。
　　　　［张团长欲随下，被王文清一把拉住。
张团长　老首长，我……
王文清　有什么样的团长，就有什么样的兵！
　　　　［枪炮声大作。
　　　　［光急灭。

第三场

　　［紧接前场。

　　［舞台上，数个演区随时隐现，交相辉映……

　　［炮火声中，王成和战友们躲闪腾挪，向无名高地顶峰迂回疾进……

　　［半山腰上，金大爷和贞子抬伤员下山，军服被炸成布条状的大嘴朗一骨碌从担架上跳下，起身欲向山上奔去……

金大爷　（一把拉住）小同志，你受伤了！

大嘴朗　（唱）　炸弹炸晕睡一觉，

　　　　　　　　　皮毛小伤痒痒挠。

　　　　　　　　　我要杀回山上去，

　　　　　　　　　子弹打光拼刺刀！

贞　子　（给大嘴朗包扎伤口）伤口还在流血，包一下。

大嘴朗　（挣脱）多谢阿爸基、多谢小阿妹！（转身向山上跑去）

金大爷　（感叹地，唱）天降神兵狼烟扫，

贞　子　（唱）　烈火金刚真英豪。

金大爷　（唱）　待到英雄凯旋时，

贞　子
金大爷　（唱）　请你们到家吃打糕。

　　［前沿指挥所里，王文清举着望远镜扫向炮火闪闪、硝烟弥漫的远山。

王文清　好啊！又打退了敌人的一次进攻！（唱）

　　　　　　　　一场鏖战天地暗，

　　　　　　　　硝烟蔽日遮远山。

　　　　　　　　敌如浪潮退又涌，

　　　　　　　　无名高地坚如磐！

［电波声、报务员的呼唤声响成一片：八五幺、八五幺，我是延安、我是延安，听到请回答……

［高地的回应夹杂着炮声、枪声：延安、延安，我是八五幺……敌人攻势太猛，请求炮火支援！

王文清　速调炮火支援，狠狠打！

［高地上，炮声隆隆，地动山摇。

［敌人溃退之后，无名高地赢得了片刻的宁静。

［王成在战壕里搜集弹药，摆放手榴弹、爆破筒。

［王成来到身负重伤、昏厥过去的话务员跟前，耳机里传来了指挥所急促的呼唤。王成取下耳机戴上，与指挥所通话。

王　成　延安、延安！我是八五幺、我是八五幺！

［指挥所里，张团长从报务员手中抢过话筒。

张团长　八五幺、八五幺！请报告高地情况！

王　成　（对着话筒）已打退敌人九次进攻，战友们大多牺牲了，高地还在我们手上。我们拼死坚持到最后一刻！（对着话筒唱）

　　　　　山下顽敌蠢蠢动，
　　　　　硝烟漫卷杀气浓。
　　　　　身边战友唤不醒，
　　　　　血染战壕殷殷红。
　　　　　手拿话筒电波送，
　　　　　我向祖国吐心声——
　　　　　纵然只剩人一个，
　　　　　无名高地有王成！

［指挥所里，王文清对着地图凝视。

王　成　敌人又进攻了！

［山下敌人潮水般又展开一轮猛攻。

［王成端着机枪变换位置猛烈扫射，一边吼着一边将手雷扔向敌群……

[指挥所里,端着望远镜的王文清一脸严峻。

王文清 (回过身来)预备队到哪里了?

参 谋 炮火太猛,前进受阻。

王文清 命令他们,不惜一切代价,尽快赶到!

张团长 是!

[电波声、呼唤声此起彼伏:八五幺、八五幺,请报告坐标位置!请报告坐标位置!

[无名高地上,王成对着话筒:目标三八二,再转两四拐……打得好!打得好!

[炮火阻断的山道上,增援部队向无名高地猛扑。

[顽敌暂退。王成摸出父亲的照片,深情地再看一眼,放进身边的挎包,埋进脚下的焦土。

王 成 (唱)恶战刚歇硝烟轻,
　　　　　　冷月无声夜无垠。
　　　　　　天涯明月共此时,
　　　　　　望月思乡意殷殷……
　　　　　　似看见车间早班热气腾,
　　　　　　工友们七嘴八舌话王成。
　　　　　　我心随着机器转,
　　　　　　是你们手中那颗螺丝钉。
　　　　　　似听见儿时玩伴鼾声紧,
　　　　　　梦里串串嬉闹声。
　　　　　　莫怪当年恶作剧,
　　　　　　来世还做好街邻……
　　　　　　似看见战友潜伏的身影,
　　　　　　恨不相会待天明。
　　　　　　似听见首长教诲语意深,
　　　　　　效先贤"留取丹心照汗青"!

　　　　阿爸啊，儿好想为你再把黄酒温，
　　　　阿妈啊，儿好想为你捶背松松筋。
　　　　自古忠孝难两全，
　　　　叹只叹白发人送黑发人。
　　　　阿弟长成男子汉，
　　　　替哥尽孝奉双亲。
　　　　阿妹啊，莫怪阿哥不守约，
　　　　再梳小辫待来生。
　　　　九霄重听《双推磨》，
　　　　好戏文代代传唱古到今。
　　　　思念长寄天边月，
　　　　思念化作五彩云。
　　　　盼亲人一生平安皆如愿，
　　　　我就是守望你们天边最亮那颗星……

[天色放亮，山下敌人潮水般又展开一轮猛攻。
[王成端着机枪变换位置猛烈扫射，一边吼着一边将手雷扔向敌群……
[无名高地上，弹药已尽的王成端起块块石头朝敌群砸去。
[王成环顾四周，从泥土里拔出最后一支爆破筒，对着话筒大呼：敌人冲上来了，炮火近一点！近一点！再近一点！
[指挥所里，端着望远镜的王文清手在微微颤抖。
[无名高地，王成对着话筒：亲爱的首长……战友们，永别了！
[指挥所里，王文清手中的望远镜掉落地上。
[增援部队冲向无名高地。

王　成　（惊天一吼）为了胜利，向我开炮！！！（抱着爆破筒跃向敌群）
　　　　[天崩地陷的爆炸声之后，"向我开炮"的吼声在群山激荡……
　　　　[切光。

第四场

［数日之后。

［志愿军驻地小山村。

［夜空星光点点。月光、火把映得"祝捷大会"的横幅格外醒目。演出已近尾声。

［欢快的朝鲜乐曲飘洒夜空。王芳、贞子和众姑娘的长鼓舞将祝捷的气氛推向高潮。

［散场后的志愿军战士和朝鲜乡亲络绎过场。

［拄拐的大嘴朗在前急走，身着长鼓舞演出服的王芳在后面追赶。

王　芳　（唱）祝捷会后未卸妆，

　　　　　　　找完台下找营房。

　　　　　　　兄妹相约胜利见，

　　　　　　　妹不见哥急断肠……

　　　（拦住大嘴朗）你是我哥哥的战友，告诉我，快告诉我，我阿哥去哪儿了？

大嘴朗　（支支吾吾）这……

　　　　［小刘上。

小　刘　王芳同志，总算找到你啦！王主任请你。

　　　　［王芳只好随小刘下，还欲言又止地回头看了大嘴朗一眼。

大嘴朗　（泪流满面）兄弟呀……（唱）

　　　　　　　王成兄弟吼一嗓，

　　　　　　　千山回应日月长。

　　　　　　　"向我开炮"字千钧，

　　　　　　　今生永世刻心房！

　　　　［景转王文清驻地。

［小刘领王芳上。

王　芳　报告首长，王芳奉命来到。

王文清　（递过苹果）节目演得很好啊！

王　芳　（接过苹果，欲言又止）首长，我哥哥……

王文清　这……（背过身去）

王　芳　（唱）首长一改平日样，

　　　　　　　拐弯抹角费猜详。

　　　　　　　鼓起勇气上前问，

　　　　　　　阿哥如今在何方？

王文清　（岔开，扶王芳坐下）王芳，家里都好吗？

王　芳　都好。（唱）

　　　　　　　家在上海浦江东，

　　　　　　　窗外波涛涌江风。

　　　　　　　一家五口度春秋，

　　　　　　　日子虽苦乐融融。

　　　　　　　阿妈她天天给人洗衣裳，

　　　　　　　阿爸他夜夜加班忙做工。

　　　　　　　夜来围坐小饭桌，

　　　　　　　欢声笑语阵阵飘落大江中……

王文清　（百感交集）王大哥，好……好福气呀！

王　芳　（接唱）锅中只剩半碗饭，

　　　　　　　哥弟争递我手中。

　　　　　　　那年无钱上学堂，

　　　　　　　阿爸四处求人脚步匆。

　　　　　　　阿妈针挑浦江月，

　　　　　　　连夜为我把书包缝。

　　　　　　　阿哥为我攒学费，

　　　　　　　码头上扛麻包双肩血印殷殷红……

[王文清强抑内心激动。

王　芳　首长……

王文清　王芳，再给我说说你哥哥的故事吧！

[王芳从军用挎包里掏出一把牛角梳、一面小圆镜、一段红头绳……

王文清　这是……

王　芳　这是阿哥第一次领到工钱给我买的。（唱）

　　　　　　牛角梳，光又润，

　　　　　　小圆镜，耀眼明。

　　　　　　当年哥为妹梳辫，

　　　　　　最喜那根红头绳。

　　　　　　兄妹学演《双推磨》，

　　　　　　受苦的人儿情意真。

王文清　（擦泪）好……好阿哥啊！

王　芳　（不祥预感）首长，你就告诉我吧！我哥哥他……

[王文清从衣袋里拿出一张烧焦过半的照片，默默递了过去，而后背过身去……

王　芳　（接看照片，手中苹果掉落在地）阿爸的照片……（失声痛哭）哥哥啊……

王文清　这是从阵地上找到的你哥哥唯一的遗物……

[王芳伏在桌上不停抽泣。

王文清　你哥哥和他的战友们，用牺牲换来了我们的胜利。他是我军的英雄！（掏出手绢递给王芳）孩子，把眼泪擦干！

王　芳　（擦去泪水，唱）

　　　　　　不让泪水挂脸上，

　　　　　　伤悲如潮淌心房。

　　　　　　阿哥从小不爱哭，

　　　　　　妹妹学哥要坚强！

王文清　好样的！王芳同志，军党委决定：全体指战员要向英雄学习！为鼓舞斗志，夺取最后胜利，要创作歌颂英雄的节目，这个任务由你来完成。（拔下衣袋上的钢笔递过）这支钢笔，是你……是我的妻子送给我的，陪了我十几年，送给你，用它写出我们心中的英雄来！

王　芳　（接过钢笔，敬礼）是！坚决完成任务！

［切光。

第五场

［数日之后。

［夜。月朗星稀，远山迷蒙。

［王芳坐在窗前，手握钢笔，望着远山明月，陷入沉思……

王　芳　（唱）心随明月高地往，

　　　　　　　钢笔在手泪盈眶。

　　　　　　　字字如血和泪淌，

　　　　　　　阿哥如今在何方？

［披着硝烟和月光的王成跃入王芳的眼帘。

王　芳　（情不自禁地）阿哥、阿哥啊！

王　成　（唱）天涯明月共此时，

王　芳　　　　心心相印情意长……

王　成　（唱）硝烟掩月晚风凉，

　　　　　　　明月伴我回故乡……

王　芳　阿哥啊！（唱）

　　　　　　　弯弯老树窄窄巷，

　　　　　　　阿哥伴我度时光。

　　　　　　　蹒跚学步是你扶，

　　　　初学写字是你帮。

　　　　为了我夜晚不哭闹，

　　　　阿哥你学唱锡剧调和腔……

　　　　雨大哥是一把伞，

　　　　风狂哥是一堵墙。

　　　　寒冬哥是一盆火，

　　　　酷暑哥是清凉汤……

（拿出牛角梳、小圆镜和红头绳）阿哥啊，你讲好了打完这一仗，要为我梳小辫的！

[王成拿起牛角梳，王芳抖着红头绳，王成为王芳梳辫。幕后男女声伴唱：

　　　　小小圆镜映月光，

　　　　红绳悠悠三尺长。

　　　　天上人间情与共，

　　　　阿哥为妹来梳妆……

[王芳看着小圆镜，高兴得跳了起来。

王　芳　太好啦！阿哥，我们来唱《双推磨》吧！我演苏小娥，你演何宜度。

王　成　多年不唱，忘啦！

王　芳　（撒娇，缠住不放）来嘛！（唱）

　　　　白天送饭上前线，

王　成　（唱）夜来推磨灶房前。

王　芳　（唱）问声哥哥累不累？

王　成　（唱）不觉辛苦只觉甜……

王　芳　（唱）上爿好像龙吞珠，

王　成　　　 下爿好像白浪卷……

王　成　阿芳，你的《双推磨》越来越有味道了！

王　芳　（唱）十八年阿哥你顶天立地把英雄当，

　　　　十八年阿妹我难写英雄意绪彷徨……

| 王　成 | （唱） | 阿哥我从未想过把英雄当， |
| | | 守阵地为的是保护家中爹和娘。 |

王　芳　阿哥，明白了，我明白了！（唱）
英雄该往何处访？
原来就在我身旁。
他们是家中哥弟憨厚样，
他们是父母双亲笑慈祥。
他们是尘世滚滚你我他，
他们是人海茫茫皆寻常……
你教我多学年迈老阿爸，

王　成　（唱）不称英雄气自刚。
王　芳　（唱）你教我常思洗衣老阿妈，
王　成　（唱）终日劳碌为哪桩？
王　芳　（唱）你教我看看支前金大爷，
王　成　（唱）得失几曾在心上？
王　芳　（唱）你教我想想身边众战友，

| 王　芳 | （唱） | 英雄何曾要把英雄当？ |
| 王　成 | | 英雄何尝想过胸前那枚小勋章？ |

王　成　（唱）默默长眠在他乡……
王　芳　（唱）阿哥啊，诉真情笔端灵感淌，
　　　　　　　阿哥啊，拨迷雾脚下不彷徨。
　　　　　　　我学你弹雨横飞等闲听，
王　成　（唱）犹闻那夏日门前蝉声扬。
王　芳　（唱）我学你炮声隆隆不眨眼，
王　成　（唱）犹闻那浦江夜夜涛声长。
王　芳　（唱）我学你修筑工事放眼量，
王　成　（唱）似见那邻家堵堵矮土墙。
王　芳　（唱）我学你品味异国秋意浓，

王　成　（唱）似见那故园梧桐落叶黄……
王　芳　　　　此时方知家国重，
　　　　（唱）
王　成　　　　此时有了大担当！
王　芳　（唱）世间真情心头涌，
　　　　　　　诗情滚滚满胸腔。
　　　　　　　学英雄写英雄我把英雄唱，
　　　　　　　指间笔化为了哥哥手中枪！

王　成　（欣慰地）好啊！（飘然而去）
王　芳　（拭泪开声唱）
　　　　　　　风烟滚滚唱英雄，
　　　　　　　四面青山侧耳听。
　　　　　　　晴天响雷敲金鼓，
　　　　　　　大海扬波作和声。
　　　　　　　人民战士驱虎豹，
　　　　　　　舍生忘死保和平！

[幕后合唱：
　　　　　　　为什么战旗美如画？
　　　　　　　英雄的鲜血染红了它。
　　　　　　　为什么大地春常在？
　　　　　　　英雄的生命开鲜花……

[切光。

第六场

[严冬。窗外雪花飘飞。
[王文清坐在摆好的棋盘前。张团长上。

张团长　老首长，我来啦！
王文清　（将张团长按坐）臭棋篓子，来，杀一盘！
张团长　（笑）下不过你，饶了我吧！
王文清　来！（唱）让你先走架中炮，
张团长　嗨！（唱）只有跳马来支着。
王文清　（唱）卒子过河当车用，
张团长　（唱）划士飞象防卧槽。
王文清　哎，我的车呢？怎么不见了？
张团长　嘻嘻……我怎么知道？
王文清　肯定是你偷了，拿出来！
张团长　（递过棋子）下不过你嘛，只有这一招了。
王文清　（推枰站起）今天叫你来，是要告诉你，第三次战役打响之前，祖国将派来慰问团。名单上有王成父亲王复标的名字。
张团长　太好啦！
王文清　王复标同志要求到你们团去，看看王成的战友们。
张团长　我们一定隆重迎接英雄的父亲！这样一来，你们父女不就可以团圆了？好啊！（嗅嗅，四下打探，从墙角抱出一小坛酒）好久没闻到这味道了！打开吧？
王文清　别动，放回去。我好不容易才从洪司令那里讨来，要派大用场的。
张团长　哎呀，又没有我的份了！
　　　　[飞机轰鸣，雪花漫天。
　　　　[文工团冒着敌机的轰炸扫射，正在前沿阵地慰问演出。
王　芳　（唱）战友离乡路途遥，
小无锡　（唱）保家卫国志气高。
王　芳　（唱）今日唱曲家乡调，
小无锡　　　　乡音缕缕入云霄！
　　　　[幕后传来阵阵掌声、叫好声。
王　芳　（唱）双推磨，音袅袅，

　　　　　　　　家乡美景眼前飘。

小无锡　（唱）杀豺狼歼顽敌为把家乡保，
　　　　　　　洒热血勇争先人人称英豪……

王　芳　（唱）一推推到五更天将晓……

　　　[小无锡情不自禁地沉浸入戏，舞出隐蔽地带。

　　　[敌机俯冲的扫射声。

王　芳　（急切地）小无锡，卧倒！

小无锡　（不管不顾，倾情演唱）二推推到东山红云烧……

　　　[王芳奋不顾身扑在小无锡身上。

　　　[光急灭。

　　　[黑暗中，众人急呼：王芳——！

　　　[灯光复明时，敌机轰炸扫射，冰河水柱腾空。金大爷、贞子、小无锡抬着昏迷不醒的王芳，艰难蹚过冰河……

　　　[王文清、张团长、小刘急上，来到担架前。

王文清　（抚着王芳的额头，声声呼唤）阿芳、阿芳……

王　芳　（艰难睁开眼睛）首长……我……

王文清　好样的！你和你哥哥一样，都是英雄。

王　芳　《英雄赞歌》还没有写完……

王文清　安心养伤，尽快归队，到时候，我有好消息要告诉你！

　　　[切光。

第七场

　　　[数月之后。

　　　[王文清住处。

　　　[王文清在小炭炉上温酒，小刘往桌上摆酒杯、碗筷。

王文清　　小刘，四副碗筷。

　　　　　[小刘摆好碗筷，下。

　　　　　[王复标推门，悄悄站在王文清身后。

王复标　　（笑容可掬）是哪位首长要见我呀？

王文清　　（转过身来，泪水夺眶而出，紧紧地抓住王复标的手）复标大哥，您好啊……

王复标　　（一愣）这位首长是……

王文清　　（一把抱住王复标）复标大哥，您不认识我啦？

王复标　　（揉揉眼睛，细细端详）啊？您是王东兄弟？

王文清　　老哥哥，你腿不好，快坐下。（唱）
　　　　　　　　弹指一挥十八年，

王复标　　（唱）十八年难忘那一天。

王文清　　（唱）叛徒出卖进牢房，

王复标　　（唱）抱阿芳送你送到囚车边……

王文清　　（唱）妻子牺牲我入监，
　　　　　　　　孤女托兄无奈间。
　　　　　　　　得营救出牢房寻觅辗转，
　　　　　　　　铁鞋踏破踪影全无备受熬煎。

王复标　　（唱）举家避祸躲风险，
　　　　　　　　闸北忙把浦东搬。
　　　　　　　　寻你等你无结果，
　　　　　　　　阿芳成了我家囡。

王文清　　（唱）你我邻居两月半，

王复标　　（唱）相逢相知皆是缘。

王文清　　（唱）隔山隔水不隔心，

王复标　　（唱）十八年后终团圆！

　　　　　[两双大手紧紧地握在一起。

王复标　　王东兄弟，你知道吗？阿芳她就在……

王文清　她受伤住院了……

王复标　（惊）啊……

王文清　复标大哥放心，她今天出院，你们很快就会见面啦！

　　　　[随着一声"报告"，王芳推门而进。

王　芳　首长，王芳伤愈归队！

王文清　阿芳，你看，谁来啦？

　　　　[王复标转过身来，笑眯眯看着王芳。

王　芳　（喜出望外）阿爸！（扑到王复标怀里）

王复标　（拉着王芳来到王文清面前）阿芳，你看看，他是谁？

王　芳　王主任，我们的首长。

王复标　阿芳啊，早些年，我给你讲过的王东叔叔的故事，还记得吗？

王　芳　（看着王文清）王东叔叔？

王文清　（平静地）我当年做地下工作的时候，就叫王东。

王复标　他，才是你的亲生父亲！

王　芳　（惊诧）啊？这……

　　　　[幕后伴唱：

　　　　　　一诺尽显平生愿，

　　　　　　一诺既许重于山。

　　　　　　一诺千古情义真，

　　　　　　一诺光耀天地间……

王文清　（从衣袋里掏照片递过）孩子，这是你的妈妈。你出生不久，她就牺牲了……

王　芳　（接看照片）妈妈……

王文清　阿芳，你妈妈当年演的就是《双推磨》的苏小娥啊！

王　芳　（情难自禁）阿妈啊！

王文清　（掏手帕为王芳揩泪）阿芳啊，你有一个为革命牺牲的妈妈，还有一个把你抚养你成人的妈妈……

王复标　阿芳啊，你有一个老工人的爸爸，又有了一个老革命的爸爸。

王　芳　（怯生生地看着王文清，轻轻地）爸爸……

王文清　黄酒温好了，入席吧！

王　芳　怎么多了一双碗筷？

王文清　那是你哥哥的……

　　　　[王芳扶王复标入座。不知何时，王成悄然坐在席中。

　　　　[王文清斟酒。

王复标　（举杯）王东兄弟，这第一杯酒，祝贺你们父女团圆！

王文清　别别别，这第一杯酒，敬我们的英雄。

　　　　[王文清举杯，父女二人随着举杯，三人遥望长天，深情祭酒于地。

王文清　（唱）手举酒杯念亲人，

王　芳　（唱）热泪落杯酒更醇。

王复标　（唱）父敬儿酒非寻常，

王文清

王　芳　（唱）天上人间酒一樽……

王复标

王　成　（唱）酒香缕缕香入云，

　　　　　　　天地难阻骨肉情。

　　　　　　　我心飘在战旗上，

　　　　　　　永为祖国守天庭。

王文清　阿芳，敬你阿爸。

王　芳　（举杯敬王复标）阿爸啊！（唱）

　　　　　　　手举酒杯泪涔涔，

　　　　　　　往事历历入眼明。

　　　　　　　刻骨铭心十八年，

　　　　　　　情深似海养育恩！

　　　　　　　女儿纵敬万千杯，

　　　　　　　怎报答地厚天高今生情……

　　　　　　　风风雨雨十八春，

    我非亲生胜亲生。
    心中纵有万千言，
    怎表那血浓于水意殷殷？
    刻骨铭心《双推磨》，
    陋巷矮屋亲情融融胜天庭……
    阿爸啊，我若有家这是家，
    不离不弃家里人。
    阿爸啊，父兄品格传给我，
    一辈子不离不弃爱与真！

王文清 （无比欣慰）干杯！

  [席中四人举杯。

王　芳 （举杯敬王文清，唱）
    平日"首长"声声敬，
    初唤"阿爸"怯生生。
    你教我家国情怀刻心头，
    你指我人生道路分外明。
    醇酒亲情细品味，
    百感交织在胸襟。
    两个爸爸在眼前，
    含泪举杯敬亲人……

王复标 （举杯）干杯！（众人干杯）

王　芳 阿哥，你也举杯呀！（唱）
    遥望长天问阿哥，
    哥在九霄可寂寞？
    你教妹唱《英雄赞》，
    壮歌一曲撼山河！

王　成 （含笑举杯，唱）
    星光点点落酒盅，

　　　　　　旌旗猎猎唱大风。

　　　　　　狼烟扫尽日月朗，

　　　　　　笑看故园春意浓！

　　〔天上人间共举杯，酒酣情浓彩云飞。

　　〔锣鼓声中，景转誓师大会。

张团长　立正！（点名）王成！

众战士　（齐声）到！

　　〔"王成排"的旗帜迎风飘扬，持旗的大嘴朗和战友们军威雄壮。

　　〔王文清陪同王复标为出征的勇士们整装。

大嘴朗　报告，我们王成排的全体战士向祖国亲人、向英勇的朝鲜人民、向首长、向我们的英雄父亲宣誓：我们永远学习王成同志的精神，我们永远发扬王成同志的光荣；热爱祖国、热爱朝鲜人民，英勇作战、努力杀敌，打败美国侵略者，我们英雄的旗帜永远飘扬！

王复标　（走上前，握住大嘴朗的手）谢谢你！同志们，我谢谢你们！祖国的人民谢谢你们，祖国的人民盼望着你们打胜仗啊！

　　〔众战士群情振奋，旌旗飘卷着王成的身影。

王文清　好！（唱）

　　　　　　人人皆可做英雄，

　　　　　　是真是假问问心。

　　　　　　倘若是硝烟散尽百年后，

　　　　　　英雄该往何处寻？

　　　　　　倘若是风和日丽惊雷隐，

　　　　　　耳畔回荡哪种音？

　　　　　　石破天惊曾记否？

　　　　　　"向我开炮"谁人还在听？！

王　成　（唱）开炮开炮向我开炮！

　　　　　　为了胜利向我开炮！

王　芳　（唱）开炮开炮向我开炮！

俗愿杂念皆可抛。

王文清 （唱）　开炮开炮向我开炮！
　　　　　　　送我诗情上碧霄……

王　成
王　芳　（唱）　振聋发聩传千秋，
王文清　　　　江山如画更妖娆！

［"出征誓师大会"的横幅下，王芳和战友们倾情演唱《英雄赞歌》——

王　芳　（唱）　风烟滚滚唱英雄，
　　　　　　　四面青山侧耳听。
　　　　　　　晴天响雷敲金鼓，
　　　　　　　大海扬波作和声。
　　　　　　　人民战士驱虎豹，
　　　　　　　舍身忘死保和平！
　　　　　　　英雄猛跳出战壕，
　　　　　　　一道电光裂长空。
　　　　　　　地陷进去独身挡，
　　　　　　　天塌下来只手擎。
　　　　　　　两脚熊熊蹬烈火，
　　　　　　　浑身闪闪披彩虹。
　　　　　　　一声呼叫炮声隆，
　　　　　　　翻江倒海天地崩。
　　　　　　　双手紧握爆破筒，
　　　　　　　怒目喷火热血涌。
　　　　　　　敌人腐烂变泥土，
　　　　　　　勇士辉煌化金星！

众　人　（唱）　为什么战旗美如画？
　　　　　　　英雄的鲜血染红了它。

为什么大地春常在？

　　英雄的生命开鲜花！

[台上台下纵声齐唱，山川大地回声不绝，天上人间千秋颂传。

[步伐铿锵，战旗猎猎，炮声隆隆；春潮滚滚，百花璀璨，江山如画……

（剧终）

（该剧创作于2023年，由江苏省演艺集团锡剧团演出。文旅部年度重点扶持剧目，国家艺术基金扶持剧目）

现代壮剧

香樟树下

时　间　当今回溯至二十世纪七十年代末八十年代初。
地　点　桂西北壮族山村。
人　物　韦光春——三十七八岁至八十岁左右。中共党员，中国第一个村民委员会主任。
　　　　酒　姐——韦光春妻。酿酒人，三十多岁至七十多岁。
　　　　七叔公——村中长者。
　　　　蒙普通——三十出头至七十多岁。爱讲夹壮普通话的村民。第一任村委会成员。
　　　　韦算盘——三十出头至七十岁，精于算计，瞻前顾后。第一任村委会成员。
　　　　石唰唰——三十出头至七十多岁，爽直好酒。第一任村委会成员。
　　　　九　崽——七叔公之孙。出场时二十多岁。
　　　　八　妹——九崽恋人。出场时二十多岁。
　　　　牛皮菜——韦算盘妻。出场时三十出头。
　　　　覃工作——二十多岁。公社工作队队员。
　　　　众乡亲、各色人等。

引　子

[当今。
[定点光下，一把马骨胡深情鸣奏，似乎在讲述着一个逝去并不久远的故事……琴声伴随着悠远的无字山歌哼鸣，由低回、凄婉、凝重渐转轻快、明亮、时尚。
[光启。
[吴邦国委员长题字的"中国第一个村民委员会"的牌匾在朝霞的映照下格外耀眼。极目处，新楼栋栋，田园似锦，各种新式智能

大棚遥遥可见。

[一棵历经数百年仍枝繁叶茂的香樟树上，挂着一只久未敲打的犁头钟。

[幕内男女欢呼：我们村的植物工厂开工啰！

[手舞板凳龙的青年男女踏歌而上 ——

男青年 （唱） 日头落了月亮圆，

　　　　　　　沧海转眼变桑田。

女青年 （唱） 中国第一村委会，

　　　　　　　弹指一挥四十年！

男青年 （唱） 农民当家做主人，

　　　　　　　乡村如画艳阳天！

[两老年男女村民上。

男村民　什么喊作植物工厂？晓得咩？

女村民　没晓得。什么喊作数字农业？

男女村民　我们都老了，晓不得了！

[年老的酒姐捧着一坛酒，从舞台深处缓缓来到香樟树下，仿佛从岁月的深处走来。她凝神望着香樟树，万般感慨涌上头……

酒　姐　想不到……真想不到啊，四十多年的日子，就这样过去了……

　　　　　（唱）

　　　　　　　　大红牌匾霞光染，

　　　　　　　　往事桩桩刻心间：

　　　　　　　　那一个春寒料峭风雨夜，

　　　　　　　　馋酒的男人们抖抖索索站在我跟前。

　　　　　　　　那夜晚头回听讲村委会，

　　　　　　　　那夜晚哭声笑声在耳边。

　　　　　　　　那夜晚世间最奇下酒菜，

　　　　　　　　那夜晚酒坛喝到底朝天。

　　　　　　　　旧坛新酒捧在手，

往事如烟忆当年……

[酒姐捧着酒坛悠思遐想。众青年簇拥着她。

男青年 阿奶,我们陪你喝几杯吧!

酒　姐 你们唱情歌去吧!我等……喝酒的人来。

女青年 阿奶,给我们讲讲当年成立村委会的故事吧!

酒　姐 要听故事啊,回去问你阿公、阿奶吧!

男青年 (手指)光春阿公来啦!

[众人迎下。

[切光。

[马骨胡悠悠,伴着钟声阵阵,将时空拉回四十多年前……

第一场

[二十世纪七十年代末。

[清晨。香樟树下。远处喇叭里传来的《祝酒歌》声和钟声在空中混响飘荡。

[三十大几的韦光春使劲敲着犁头钟,身边站着二十出头、满脸焦急的覃工作。

覃工作 韦大哥,敲响点!

韦光春 (一脸苦笑停手)唉!再敲也没有人来啊!

[覃工作急不可耐抢过钟锤猛敲。有顷,胸悬哨子、穿着用化肥袋做的字迹清晰可见的裤子的蒙普通、石唧唧、韦算盘等匆匆来到树下。

韦光春 覃工作,几个生产队长都来了,有话你就讲吧!

覃工作 保证国家的,留足集体的,剩下都是自己的!

韦光春 讲得好!

覃工作　（哭丧着脸）好什么好，公粮交不上，我没法向上级交代呀！

韦光春　我们等下分头到户，一定完成任务。

覃工作　好，有你这句话，我就放心了！

蒙普通　（唱）自从分田到了户，

韦算盘　（唱）各家只扫各家屋。

石嗍嗍　（唱）犁头钟声已不灵，

覃工作　（唱）哨子吹烂人影无。

韦光春　兄弟们，你们想歪了！这与包产到户无关。（唱）

　　　　联产承包春风舞，

　　　　村村新桃换旧符。

　　　　如今种田不用催，

　　　　家家户户劲头足！

蒙普通　哥啊！（唱）肚子饱了怪事多，

韦算盘　哥啊！（唱）乌烟瘴气吹呼呼。

韦光春　（唱）歪风邪气时时有，

　　　　你我该管挺身出。

蒙普通　（唱）干部不如烂红薯，

韦算盘　（唱）你想管他他不服。

覃工作　不是还有生产大队吗？

石嗍嗍　（唱）生产大队有鸟用，

蒙普通

韦算盘　（唱）不知该笑是该哭？

石嗍嗍

韦光春　兄弟们哪！（唱）

　　　　香樟古树悬铁钟，

　　　　碑上古训刻心中。

　　　　你我壮家男子汉，

　　　　岂能无脸见祖宗？

吹哨，吹哨，赶紧吹哨！

[韦光春再次敲响犁头钟，三人随着他吹起哨子。声嘶力竭吹了半天，仍无人到。

蒙普通 （叹气）怪了，（夹壮普通话）这干部的话，人家不爱听啦……

石嘲嘲
韦算盘 鬼影都没有，我们还是干部吗？

[树后钻出几个男女青年。

男女青年 （调侃地）干部干部，两块钱一条裤，前裆是日本，屁股是尿素！

[蒙普通等三人尴尬地捂前遮后跳来跳去。

[七叔公拄拐颤巍巍上。

七叔公 （痛心疾首）人心不古、人心不古啊！村里乱象成堆，怪事桩桩，光春，你们该管一下了！（唱）

　　不忍看正道不走奔邪路，
　　不忍看村里乱象又复苏 ——
　　天天五马搞六羊，
　　乌烟瘴气催人哭。
　　东家偷摘西家菜，
　　你爹骂了他家姑。
　　王家挖了李家的土，
　　韦家打了张家的猪……
　　世间最怕是一个"赌"，
　　如今有几多人日夜下注劲头足。
　　押了房子押老婆，
　　押了今生赌幸福……

（老泪纵横地摩挲着香樟树下的石碑）

　　淳厚村风今何去？
　　香樟落泪祖训蒙羞愧见先人不如一死才舒服！

（一头向石碑撞去）

韦光春 （一把抱住）七叔公啊，不能这样！你的话，我记在心里了。我们这不正在想办法吗？（唱）

    叹如今红尘滚滚多迷雾，
    几多人利欲熏心入歧途。
    追昔抚今意难平，
    乱象如麻要根除！
    千年古训翻新篇，
    唤回那清风正气满山谷！
    人人心中立杆秤，
    将心比心分量足。
    人爱人人敬人童叟无欺，
    你帮我我帮你相携相扶。
    致富有路千山秀，
    瓜果飘香稻粱熟……
    决不负生我养我这方土，
    定让那风雨过后彩虹出！

七叔公 （定定看着韦光春）你……能做得到？

韦光春 古有村规民约，今有各级政府，我们一定能解决！

[一村民匆匆上。

村　　民 不好啦，不好啦！我家的牛在山上吃草，被人牵走了！

众　　人 啊？这还了得？

韦光春 （拉过蒙普通、石唢唢）你们挨家喊人，守好坳口，沿河把卡。钟声不停，不得歇脚！务必将牛追回！

蒙普通
石唢唢 是！（下）

[韦光春奋力敲响犁头钟，众人急下。覃工作钦佩地看着韦光春，悄悄竖起拇指。

[急促的钟声回荡在古老的村寨，扛棍荷锄的村民脚步匆匆穿场而过……

[切光。

[无字的壮语山歌哼鸣，伴随着苍凉的钟声，揪心的混响在群山回荡……

第二场

[入夜时分。

[韦光春家中。

[昏黄的灯下，三十出头的酒姐将饭菜端到桌上，焦灼地看着窗外渐浓的夜色。

酒　姐　（唱）夜渐浓鸟归巢不见人返，
　　　　　　　不由得酒姐我心涌波澜。
　　　　　　　嫁入韦家近十载，
　　　　　　　酸甜苦辣满心间。
　　　　　　　酿酒家传当陪嫁，
　　　　　　　几多祈福在酒坛。
　　　　　　　光春他许愿给我好日子，
　　　　　　　酒姐我苦等苦熬年复年。
　　　　　　　他牵头管闲事全不顾家，
　　　　　　　我心中怨如山该对谁言？
　　　　　　　粗茶淡饭脏活累活寻常事，
　　　　　　　风言冷语担惊受怕夜难眠。
　　　　　　　他是天下当官官最小，
　　　　　　　我是世上为妻妻最难……

　　　　　　　苦等苦盼也要盼，

　　　　　　　不知等到哪一天？

　　　　[疲惫不堪的韦光春推门进家，看见桌上摆着几碟小菜和一壶酒。

韦光春　（喜出望外）哟，太好了，老婆娘子，今天是什么日子呀？（迫不及待地倒酒欲喝）

酒　姐　（抢过酒杯）莫忙喝。

韦光春　（惊诧地）你还请哪个？

酒　姐　请的就是你！

韦光春　（抢过酒杯）那就对了！（端杯到嘴边）

酒　姐　（再次抢过）不光是你，还有一个……

韦光春　哪个？这么晚了，还来我家做哪样？

酒　姐　（从桌下拿出一单卡录音机）是它！

韦光春　这不是如今人见人爱的录音机吗？我在前村王老八家见过。你拿它回来做哪样？让它陪我喝酒猜码？

酒　姐　是啊！（唱）

　　　　　　　租它三天本钱大，

　　　　　　　赔了两只老母鸭。

韦光春　（痛心地）哎哟，老婆娘子啊！（唱）

　　　　　　　那是半年油盐钱，

　　　　　　　哪能西瓜换芝麻？

酒　姐　（唱）不用你骂我也骂，

　　　　　　　刚刚还在擦泪花。

韦光春　走，赶紧把它还给王老八，把我们的老母鸭要回来！

酒　姐　晚了！我刚出门，王老八就把鸭刣了……

韦光春　（急）啊！这这这……（指桌上录音机）你到底拿它回来做哪样嘛？

酒　姐　（唱）眼下是春播正忙把秧插，

　　　　　　　偏偏是我家男人不沾家。

韦光春　（唱）烦劳你女人当男把牛驾，

　　　　　　等下我连夜去把田来耙。
酒　姐　等你？今年我们家就喝西北风了！（唱）
　　　　　　你清晨出门脸不抹，
　　　　　　找人开会谈话忙调查。
　　　　　　忙完村头忙村尾，
　　　　　　刚离县城又转进那山旮旯……
　　　　　　说什么当个干部责任大，
　　　　　　顾得了大家就顾不了娃崽和他妈！
［韦光春惭愧地把手搭到酒姐肩头，酒姐甩开。
　　　　　　没奈何我牵黄牛到田头，
　　　　　　声声吆喝震山崖。
　　　　　　谁料想犟牛听惯了你的声，
　　　　　　酒姐我枉挥鞭催不动犁和耙……
　　　　　　没奈何前村哀求王老八，
　　　　　　没奈何赔上两只老母鸭。
　　　　　　没奈何请你录下你的音，
　　　　　　没奈何机子挂在牛尾巴……
　　　　　　盼只盼老牛奋蹄多听话，
　　　　　　盼只盼农时不误稻扬花。
　　　　　　盼只盼风调雨顺收成好，
　　　　　　盼只盼熬得新酒香飘千万家！
　　　［韦光春无言以对，泪流满面。
韦光春　录，我录，马上录！
　　　［酒姐按下录音键。
韦光春　（口吐鞭声，壮语喝牛）走！（唱）
　　　　　　牛啊牛，抬脚走，
　　　　　　不快不慢莫要吼。
　　　　　　我不扬鞭怕你痛，

　　　　　　你的主人在后头。
　　　　　　往左！往右！掉头！
　　　　　　你在前，我在后，
　　　　　　深犁细耙为丰收。
　　　　　　待到年年四月八，
　　　　　　米酒喂你乐悠悠……
　　　　[酒姐斟酒，端给韦光春。

酒　　姐　累了一天，喝吧！

韦光春　（端酒递给酒姐）十年啦，从没有见你喝过一口，来，今夜，我来陪你！先来个交杯吧！

酒　　姐　（放酒于桌）不，我不喝，不到时候。

韦光春　要等到哪一天？

酒　　姐　到我想喝的那一天，到我想醉的那一天！（唱）
　　　　　　酿酒人酒香缕缕沁心田，
　　　　　　担酒名酒姐喊了近十年。
　　　　　　平生未尝一口酒，
　　　　　　只怕那，家贫寒女人贪杯成笑谈。
　　　　　　喜与乐、忧与烦，
　　　　　　哭和笑、女和男，
　　　　　　五味杂陈尽在酒，
　　　　　　冲不去心中悲喜一团团！
　　　　　　一壶、一罐，
　　　　　　一钵、一碗，
　　　　　　杯杯盏盏乾坤大，
　　　　　　装得下阴晴圆缺不老天……

韦光春　（唱）手捧酒碗心颤抖，
　　　　　　万般愧疚泪双流。

酒　　姐　（唱）酒本世间情来酿，

　　　　　　　　时辰不到不入喉。
韦光春 （唱）　男人谁不好这口？
酒　姐 （唱）　点点滴滴为你留。
韦光春 　　　　长夜漫漫一碗酒，
酒　姐 （唱）　未曾入口醉心头……

［酒姐将韦光春按坐在凳上。

酒　姐 　光春，你喝吧，我看着你喝，多喝两杯就不困了，就忘记了心里的忧愁……

［砰砰的拍门声大作，酒姐转身开门，走进了老泪纵横的七叔公。

韦光春 　七叔公，这黑里麻黢的，你来找我，出什么事了吗？

七叔公 　光春哪！（唱）

　　　　　　家教再严没奈何，
　　　　　　世风日下祸患多。
　　　　　　我家九崽他……他……

韦光春 　九崽怎么样了？

七叔公 （接唱）九崽受骗上了瘾，
　　　　　　　夜夜找人聚几桌。
　　　　　　　他赌光结婚攒的钱，
　　　　　　　今生哪样讨老婆？
　　　　　　　他押了祖屋押田地，
　　　　　　　全家老小绝路一条哪样活？

　　　　（扑通一声跪下）光春老侄，求求你了……

韦光春 （扶起七叔公）走，我们找他去！

七叔公 （唱）　刚刚公安把他捉，
　　　　　　　双手戴了铁手镯。
　　　　　　　不知判刑关几久？
　　　　　　　可怜我家香烟要断老朽泪成河……

［蒙普通、石嘲嘲进屋。

韦光春　　来得正好，九崽的事，你们都晓得了吧？
蒙普通　　劝也劝过，拦也拦过，没得法！
石嘟嘟　　人家公安拿的是真家伙，哪个敢拦？
韦光春　　（对蒙、石二人）你去发动手扶，你去找人凑钱，连夜进城，一定要把九崽领回来！

[蒙普通、石嘟嘟扶七叔公下。

韦光春　　（愧疚地看着酒姐）唉，这酒……又喝不成了。（欲下）
酒　姐　　等等。（从袋里掏出一叠用手绢包着的钞票，层层打开，递给韦光春）拿去救急吧！

[切光。

[凄婉哀怨的马骨胡声在夜空中回荡……

第三场

[午后。香樟树下。
[牛皮菜和一村妇坐在一张凳子的两端，指天戳地争吵不休。村民或远或近看着热闹。

牛皮菜　　（唱）　你莫恶，
　　　　　　　　　一条蚂拐四只脚。
　　　　　　　　　老娘剁你炒子姜，
　　　　　　　　　丢进嘴巴慢慢嚼！

村　妇　　（唱）　你嚣多，
　　　　　　　　　半斤螃蟹四两壳。
　　　　　　　　　葱蒜炒你我嫌贵，
　　　　　　　　　舀瓢清水来白灼！

牛皮菜　　（挪进移开）是你家的鸡叮了我家的菜！

村　　妇　（移开挪进）是你家的狗咬了我家的鸭！

　　　　［牛皮菜猛地站起，村妇跌坐在地，爬起扑向牛皮菜，两人抓住板凳撕扯。

　　　　［韦算盘扒开众人，扯开牛皮菜。旁观者起哄的、吹口哨的，不亦乐乎。

韦算盘　（将手中的算盘晃得噼啪响）看什么看？闹什么闹？（拨打算盘）四去六进一，三下五去二……两人都有错，回家去吧，该种菜的种菜，该喂猪的喂猪！

村民甲　你以为还是过去的生产队长吗？各打五十大板！扯卵谈！

韦算盘　咘，嚣啵！（从人群中拉出覃工作）这是正牌的国家干部！覃工作，你来评评理，我讲的对不对？

覃工作　嘿嘿……我是来催交公粮的，不管这些鸡毛蒜皮的小事情哪！

　　　　（唱）

　　　　　　村中琐事找队长，

　　　　　　国家大事政府忙。

　　　　　　如今分田到了户，

　　　　　　自我管理要加强。

牛皮菜　（唱）月亮出了太阳落，

　　　　　　黄牛水牛角顾角。

　　　　　　娃崽淘气爹妈管，

　　　　　　床上老公管老婆。

村　　妇　咘嘿！一个小小生产队长的老婆，就和尚撑伞——无法无天了！

牛皮菜　（捋袖冲上去）不给你点火色看看，还以为牛皮菜包不是蒸（真）的！

　　　　［村妇脱鞋对峙，眼见又要缠打起来。幕后一声大喝："住手！"韦光春上。

　　　　［牛皮菜和村妇赶紧缩到众人后头。

韦光春　（笑着将鞋子递给村妇）过瘾没曾？各位，你们都到树下看一看，

这石碑上写的是什么？（唱）

　　古村规条条款款写明白，

　　奖与罚千百年来理不歪。

　　今有那各级政府来做主，

　　岂能容邪气滋生胡乱来？

村民甲　老古董过时了，没有用。

村民乙　生产大队早就关了门，哪个来管？哪个敢管？

韦光春　总会有人管的！（唱）

　　打野猪找条猎狗把路引，

　　治乱象更要找准领头人。

　　他们脸皮要厚不怕骂，

　　他们心肠要热为乡亲。

　　行得正来坐得稳，

　　半夜不怕鬼敲门。

　　不图私利吃得苦，

　　一心一意一根筋！

　　村规民约重新订，

　　歪风邪气一扫清！

村民甲　这样的人，哪块去找？光春，你是吗？

韦光春　大家信我，我愿做！

石嘟嘟
韦算盘　我们也愿做。

村民乙　讲得蛮好，不晓得做起来是哪样！喂猪去喽！（欲下）

七叔公　（拄拐大喝）都给我坐好！光春他们这一年多来，为村里的事忙前忙后，你们都没有看见？眼睛瞎了？

八　妹　（唱）无人领头乱多多，

　　一盘散沙瞎乱摸。

几村民　（唱）要管等你光春哥，

		有何高招快快说！
牛皮菜	（唱）	大队不管公社管，
		公安抓人背驳壳。
数村民	（唱）	你想要管哪样管，
		还要政府做什么？
八　妹	（唱）	政府专管大事情，
		哪能顾到山角落？
几村民	（唱）	自家事情自家管，
		哪能事事往上托？
牛皮菜	（唱）	自家板凳自家坐，
		自家垃圾自家撮。
数村民	（唱）	我们不想挨人管，
		自由自在几安乐！

〔蒙普通垂头丧气上。

韦光春 （急切地）回来了？九崽呢？

蒙普通 罚款交了，求人求到天亮，还是不放。

众　人 为哪样？

蒙普通 人家讲了，上有公社，下有大队，你们凭什么领人？

七叔公 （摇摇欲倒）这……

韦光春 （扶住）七叔公，我们一定把九崽领回来，你放心吧！

村民甲 村里赌博挨抓的人多啰，关关放放，哪个管得了？

村民乙 我的崽去当兵，都体检了，在赌桌边看了一眼，就挨刷下来了。哪个管？

村妇甲 我家媳妇证都领了，见村里乱成这个样子，就是不愿上门。哪个管？

村民甲 看见咩？这些事，哪个管得了？（下）

〔村民们议论纷纷下。七叔公气得胡子乱翘，颤巍巍下。

覃工作 （忧虑地）光春大哥，你们是想成立一个什么委什么会吧？

韦光春 名字没有想好……

覃工作 （挠头）我翻过书，几千年来，王权从不下县，这样做……（摇头）有点难啵！

韦光春 摸石头过河呗。（抓着覃工作的手）你回去给公社领导讲一声，看看行得通咩？

[切光。

[荡气回肠的无字壮歌哼鸣，伴着马骨胡的鸣奏，声声撞人心扉……

第四场

[秋夜。

[韦光春家中。

[酒姐听着屋外淅淅沥沥的雨声，不时引颈眺望。

酒 姐 （唱）秋雨秋风冷飕飕，
丝丝忧虑涌心头。
韦光春夜夜忙到三更后，
酒姐我为他担心为他忧。
他说是欠我债今世定还清，
这段情也不知是稀还是稠？
这样的男人恨不够来爱不够，
这样的折腾几时尽来几时休？

[披着蓑衣的韦光春领蒙普通、石嗬嗬、韦算盘进屋脱衣挂墙上。

酒 姐 今夜还算早，你总算回来了！（对蒙普通等人）冷飕飕的夜晚，你们不回家陪老婆，来我家做哪样？

韦光春 （嬉皮笑脸地）是……是我喊他们来的，嘻嘻……开会，马上开会。

酒 姐 什么会？要到我屋里来开？

韦光春 我们想成立一个村委会。

酒　姐	啊？村委会？
蒙普通	
韦算盘	是啊，村委会！
石嗍嗍	
酒　姐	别个村有咩？
蒙普通	
韦算盘	没有。
石嗍嗍	
酒　姐	以前有过咩？
韦光春	没有。
酒　姐	（大惊）天哪！光春，是你的主意吧？你还嫌管的闲事不够多吗？
韦光春	我问过七叔公和好多人，都讲好。
酒　姐	要开会你们开。酒没有了啊，莫要再打我的主意！
韦光春	开成立村委会的会，大事情，耽误不得啊！
酒　姐	不陪了！（欲下）
韦光春	（拉住）嘿嘿，给点濑水暖肚子总可以吧？
酒　姐	哼，没得！（下）

[四人抱手围坐在饭桌前。

韦光春　（唱）　村里要有村委会，
　　　　　　　　由乱到治众望归。
　　　　　　　　男儿要有大担当，
　　　　　　　　顶天立地做一回！

蒙普通　（牙齿打战）问了这么多人，支持的人不少，反对的人也不少啊。

石嗍嗍　（冷得发抖）我们听光春哥的。

韦算盘　（摸出算盘扒拉几下）不……不会有什么风险吧？

石嗍嗍　最大不过芭蕉叶！（打哆嗦）冷多多……顶不住了……散会吧！

韦光春　会还没曾开，哪能散？（看着三人的样子，起身从里屋拉出酒姐）
老婆娘子，求求你了，给点暖身的吧！

酒　姐　莫想！（看了看几人可怜的样子）算了，我去给你们烧点濑水吧！（欲下）

韦光春　（又一次拉住）嘿嘿……我记得，昨天你熬了一坛酒，还没曾卖出去……大人大度，也给我们搞两口吧！

酒　姐　（摇头苦笑）哼，得寸进尺，你真癞皮！就是有酒，也没有下酒的菜呀！这半夜三更，你要我去哪块去找？

石嘣嘣　（大喜过望，跳了起来）我有菜，在这块！（从屁股后解下一小布袋）喏，你们看。

韦光春　（开布袋看）这不是河里头的马卵鼓吗？当真石头下酒？

酒　姐　（一把抢过布袋）这种事，我见过，放点油盐一炒，味道还不错。等倒啊！（下）

石嘣嘣　记得放点辣椒啵！

[四人相视，尴尬一笑。幕后伴唱：

夜半奇会石下酒，

滋味点点刻心头。

不知世间盘中餐，

哪碟比它更透喉……

[酒姐端炒好的马卵鼓和一壶酒上。

石嘣嘣　（迫不及待夹起一颗丢进嘴巴，啧啧不已）爽！

蒙普通　（犹豫地夹起一颗品尝）味道不错！

韦算盘　这下暖和多了！

[众人嗑石喝酒，不亦乐乎。

韦光春　边喝边开，不能耽误。

韦算盘　（放下筷子，晃晃算盘）好，我先讲。（唱）

遇事盘算行得稳，

先看风险有几分。

蒙普通　（唱）只要群众多拥护，

不嫌官小乌纱轻。

蒙普通		
韦算盘	（唱）	成立小小村委会，
石嘟嘟		是福是祸难分清。

韦算盘 （轻拨算珠）是啊，搞不好有人告啵。

石嘟嘟 （嘴中卵石落在桌上）不会挨抓去坐牢吧？

蒙普通 光春哥有主意，听他的。

韦光春 （唱）　为民办事是本分，
　　　　　　心底无私稳脚跟。
　　　　　　纵然是三月遇到倒春寒，
　　　　　　扛过去秋来定有好收成。
　　　　　　天大风险我先担，
　　　　　　要吃牢饭我来吞。
　　　　　　只要还是党领导，
　　　　　　我坚信山村会有好前程！

蒙普通 光春哥讲得好，我们听你的！

韦光春 几天下来，新的村规民约、治理乱象的措施都有了，但更重要的东西还没有。

蒙普通

韦算盘 是哪样？

石嘟嘟

韦光春 兄弟们哪！（唱）
　　　　　　乱象源头本是穷，
　　　　　　重中之重是挖穷根。
　　　　　　村委会要有新举措，
　　　　　　脱贫致富换脑筋。
　　　　　　人讲靠山就吃山，
　　　　　　哪样打开幸福门？
　　　　　　集思广益勤谋划，

拿出新招聚人心！

蒙普通
韦算盘 好！
石嘲嘲

[四人边就石下酒边无声比画。蒙普通高兴得跳了起来，凳子一端的石嘲嘲跌落地上。

[屋外石头砸碎瓦片的声音声声传来，酒姐披衣惊惶奔出。

酒　姐 哪个砍头鬼砸我们家的瓦片？床都漏雨了，哪样睡？

[蒙普通、石嘲嘲愤怒站起，要奔屋外，被韦光春一把按住。

韦光春（大声地）外头砸瓦的兄弟，要不要进来喝两口酒暖心啊？我晓得你们对前两天的处罚不服气。（再一次按住欲奔屋外的蒙、石二人）

蒙普通（恶狠狠地）有种你们就进来！

韦光春 瓦漏了，是要捡的，明天，是我捡呢，还是你们来帮我捡？

[屋外一片寂静，唯有风声雨声。

韦算盘 那么多人反对，我还是有点怕。

韦光春 村委会一定要成立，不能再犹豫了！我们再去找七叔公他们几个老人家商量一下。

石嘲嘲
蒙普通 要做就做，怕他个鸟！

韦光春（举杯）来，干了！

[四人举杯，一饮而尽。

[雄鸡声声，窗外已白。

[激越的壮歌哼鸣穿透朦胧曙色，撩人心扉……

第五场

[数日之后。

[香樟树下。

[树下的村民会已开了许久。户主们挤在树下的几张凳子上,或议论,或争吵,众说纷纭。远远近近簇拥着看热闹的村民。

七叔公　同意成立村委会的,举手!

[板凳挪动中,手臂参差举起一多半。

七叔公　不同意的请举手。

[板凳挪动中,零零落落也举起近一半。

覃工作　(担忧地)七叔公,户主缺得太多,人数不够,往后怎么选举啊?

(唱)

　　　　难事尽往一处碰,

　　　　各有各难不相同。

七叔公　(拐杖戳地,气鼓鼓地)咳!(唱)

　　　　不识好歹太懵懂,

　　　　往后无脸见祖宗!

酒　姐　(站起来,手中举着一张字条)前夜,有人砸了我家的瓦,今早又有人把这个丢进了我家的门……

八　妹　纸条上写点什么?

酒　姐　讲我家光春外头有了相好,三年了!光春,好耍咩?

韦光春　(淡然一笑)你讲,是真的还是假的?

酒　姐　(抱着韦光春亲了一口)啵!这喊作亲嘴,你们清楚了没有?光春哪,你不做这个头更好,往后,我夜夜陪你喝酒,好咩?(再亲一口)

[众人哄笑。

[蒙普通、石唧唧领九崽上，八妹随上。

村民甲　九崽回来了！

[村民们议论纷纷。

石唧唧　光春哥求了人家大半夜啊！

蒙普通　（唱）光春阿哥本事大，

　　　　　　　村里村外谁不夸？

　　　　　　　昨夜城里找公安，

　　　　　　　一席话讲得人家眼泪落叭渣。

　　　　　　　念他初犯轻发落，

　　　　　　　减了罚款两百八。

[七叔公拉着九崽来到香樟树下石碑前。

七叔公　九崽，你回来啦？你终于回来啦……这两句，你念给大伙听一下。

九　崽　这……聚众赌博，重罚不贷……

七叔公　今天的事，你记在心里了吗？

九　崽　阿公，我……记得了。

七叔公　（拉着九崽在乡亲们面前转了一圈，慈爱地摸着他的头）你念的是村规，我们还有家训啵。九崽啊，我们家就剩你这根独苗了……（笑眯眯地捉住九崽的小指头，轻轻抚摸，突然声色俱厉，咬牙使劲一拗）给你记得清楚点！

[九崽一声惨叫，痛苦地抱手蹲在地上。

[众人一时惊呆。场上静寂，谁也不敢出声。

七叔公　（浑身颤抖，老泪纵横）九崽啊！（唱）

　　　　　　　莫怪阿公下手狠，

　　　　　　　祖宗在天开眼睛。

　　　　　　　十指连心心连肉，

　　　　　　　阿公比你痛十分……

　　　　　　　你若是好了伤疤忘了痛，

　　　　　　　赌一回我断你手指又一根。

　　　　　　你若是一条黑道走到头,

　　　　　　我宁可断了香火绝后人!

九　崽　（哭说）阿公,我……再也不敢了……

八　妹　九崽,阿公的话,你听见了,我的话,你也听两句!（唱）

　　　　　　往日唱情歌不停,

　　　　　　不如今天一句灵。

　　　　　　若还你九指保得住,

　　　　　　不要花轿我自上门!

韦光春　（急拉过村民甲）你不是会草药吗？快去帮九崽医手！八妹,你们赶紧把七叔公送回家去!

　　　　[八妹等扶七叔公下,众村民亦纷纷散去。韦光春疲惫不堪坐在树下,覃工作坐到他身旁。

覃工作　光春大哥,你们的想法,我前几天跟公社书记汇报了。

韦光春　书记怎么说？

覃工作　他想了半天,什么也没说。

韦光春　这……

蒙普通　光春哥,你一夜没睡,回家吧!

韦光春　（对蒙普通几人）你们走吧,我想一个人在这香樟树静一下。

　　　　[蒙普通、覃工作等人下。

　　　　[韦光春凝视着脚下的老石碑,看着树下空落落的板凳,摩挲着身边的香樟树,万般感慨涌上心头……

韦光春　（唱）铜干铁枝古香樟,

　　　　　　好似先祖在身旁。

　　　　　　风吹落叶翩翩舞,

　　　　　　可是听我诉衷肠？

　　　　　　年复年你惯看世间冷暖秋月朗,

　　　　　　晨与昏你把那哀乐悲喜心中装。

　　　　　　光春本是孤寒崽,

　　　　　　父母双亡多凄凉。
　　　　　　多亏乡亲不嫌弃，
　　　　　　待我胜似亲儿郎——
　　　　　　东邻粥一碗，
　　　　　　西家菜半筐。
　　　　　　村头刚把寒衣送，
　　　　　　山脚又给被一床……
　　　　　　百家饭养我长大成人，
　　　　　　百家衣暖我地久天长……
　　　　[悠远深情的无字壮歌渐近渐强……
韦光春　老祖宗啊，你都看见了，也听见了！（接唱）
　　　　　　寸草心怎报三春晖？
　　　　　　老祖宗快解我心中迷茫……
　　　　　　我治乱象对不对？
　　　　　　我舍小家当不当？
　　　　　　该如何制定规划脱穷帽？
　　　　　　该如何带领乡亲奔小康？
　　　　　　要成立村委会屡屡受挫，
　　　　　　怎留住初心不变情一腔？
　　　　[无字壮歌声声激荡……
韦光春　老祖宗啊，你的话，我也听见了！（接唱）
　　　　　　只要心中有信仰，
　　　　　　九牛不回莫彷徨。
　　　　　　为的是人人过上好日子，
　　　　　　为的是家家康乐喜气洋。
　　　　　　到那时，
　　　　　　你再看乡风淳厚亲情美。
　　　　　　到那时，

　　　　　你再听欢歌笑语绕山梁……
［韦光春抱着古樟，似乎沉醉于这奇绝的对话。
［光渐暗。
［激越的马骨胡伴着壮歌哼鸣催人振奋……

第六场

［"双抢"时节。
［村边道旁稻田。
［几个扛谷桶的汉子吭哧吭哧过场……
［酒姐上。

酒　姐　（唱）"双抢"一刻不容缓，
　　　　　村中烂事摊连摊。
　　　　　多家女人闹出走，
　　　　　公婆打架闹翻天。
　　　　　有的是男人闯祸赌气回娘家，
　　　　　有的是挨拐受骗消失寻觅难。
　　　　　有的是嫌我村里风气乱，
　　　　　悔婚约不出嫁怕惹麻烦……
　　　　　光春求我帮他寻人解难，
　　　　　推不脱情不愿心有不甘。
　　　　　田里谷未收，
　　　　　圈中猪闹栏。
　　　　　奔波为他人，
　　　　　火冒三丈三！
　　　　　没奈何受不得他求来经不住他缠，

我只好领任务邀伙伴日夜奔波山过山。

[二村妇上。

村妇甲　酒姐，揽这种事情做什么？家里活路一大堆。

村妇乙　我们又不是干部家属，凭什么这样做？

酒　姐　（满脸堆笑）好姐妹，就算帮我了。走吧，快去快回。

[二村妇不情愿地随酒姐下。韦光春扛犁耙上。

[突突突的手扶拖拉机声由远而近。韦光春拦住了开手扶拖拉机的蒙普通。

韦光春　进城的男人都找回来了吗？

蒙普通　打工的、做小买卖的都喊回来了，还差十几个，怕挨公安抓，不晓得躲在哪个角落。

韦光春　（放下犁耙）我去找！

蒙普通　还是我去吧！光春哥，你家的谷子都还没有割。酒姐又不在家……

韦光春　唉，三十晚夜借砧板，哪家得空？还是我去，我晓得他们躲在哪块，今天一定要把他们找回来！（唱）

　　　　"双抢"一刻急如火，

　　　　迷途的鸟儿该返窝。

　　　　不能空讲大道理，

　　　　将心换心用情磨。

[韦光春跳上手扶拖拉机欲走，幕后传来"救命啦"的呼声。石唰唰背昏迷不醒的牛皮菜上。

韦光春　（下车迎上）啊？牛皮菜？怎么回事？

石唰唰　（气喘吁吁）她喝农药了！

韦光春　韦算盘呢？

石唰唰　两公婆闹架，牛皮菜骂他多管闲事，韦算盘用算盘敲了她的头就跑了……

韦光春　快！你们两个赶紧把她送去公社卫生院！

[石唰唰把牛皮菜放上手扶拖拉机，蒙普通开车急驶而去。

〔韦光春拦下村里一小伙的自行车，向城里急踏而去……

〔山歌悠悠袭来：

  金打钥匙铜打锁，

  锁住太阳半山坡。

  锁住月亮在天上，

  锁住妹心来找哥……

〔山歌声中，酒姐领着一群女子翻山越岭、涉水过河……

〔两个女子扭身欲回，被酒姐一把拉住。

酒　姐　（唱）妹子安心跟我回，

  你家男人盼你归。

  多想恩爱多包容，

  一时赌气悔难追！

众女子　听酒姐的，走啊！

〔山歌声中，韦光春领着一帮男人披星戴月、兼程夜归……

〔几个男子蹲在路边，韦光春将他们拉了起来。

韦光春　（唱）浪子回头金不换，

  改了毛病天地宽。

  如今"双抢"急如火，

  家中哪能没有男？

众男人　听光春哥的，走！

〔山歌悠悠、马骨胡悠悠，斗转星移、日落月出……

〔山歌阵阵袭来：

  山歌悠悠路悠悠，

  阿哥阿妹莫回头。

  日头落了月亮出，

  亲人等在家门口……

〔众人且歌且远，韦光春与酒姐在道旁田头不期而遇。

韦光春　（看着气喘吁吁的酒姐，笑嘻嘻地）老婆娘子，当真辛苦了！你找的人呢？

酒　姐　（板着脸）任务完成！不用啰唆！

韦光春　等下回家，我帮你好好地按摩一下，松松筋骨。

酒　姐　按你个头！有力气还不如连夜割谷子！

韦光春　正有此意。你赶紧回去，家里头的猪，饿得跳栏了。

酒　姐　（唱）脚累手累心更累，

韦光春　（唱）刚舂糍粑落灰堆。

酒　姐　（唱）若还来世撞见你，

韦光春　嘿嘿，怎么样呀？

酒　姐　（唱）远见远躲头不回！

韦光春　嘿嘿……躲得过初一，你躲得过十五吗？（唱）
　　　　　　你我夫妻糍粑命，
　　　　　　一世注定捞一堆。

酒　姐　（惊诧地）咦，我们家的田里，有人在打谷子啵！

韦光春　（眺望）是啊，还有人在犁田啵！

〔刹那间，火把映天，山歌声此起彼伏。

〔蒙普通、石唰唰上。

石唰唰　光春哥，你们家的谷子，村里的兄弟姐妹都帮割完了，正在犁田呢！

蒙普通　我们几家的田也都帮犁完了！

韦光春　（感叹地）这才是人心换人心哪！走，快走！

〔韦光春等融入了火光映照的乡村夜耕图——

〔打谷桶砰砰声声震夜空；

〔扶犁吆牛阵阵清亮悦耳；

〔抛秧插田众女身姿婀娜……

〔欢快的马骨胡声和甜美的山歌声暖人心扉……

〔光渐暗。

第七场

[1980年早春。香樟树下。

["村委会选举大会"的横幅挂在树下。台上正中摆着一只硕大的竹筒。七叔公在一旁正襟危坐。几个青年男女给幕前幕后的村民发送填写选票的小纸片。

七叔公 （拄拐走到台前）各位乡亲,你们都看好了!（唱）

　　　　村规民约传千年,
　　　　当家做主在眼前。
　　　　心中有人写正字,
　　　　一笔一画重如山。
　　　　六个选五讲差额,
　　　　千祈不能瞎乱填。
　　　　选出村民委员会,
　　　　从此一步一重天!

男村民 （边写边唱）

　　　　落笔有数情相连,
　　　　姓名早就在心间。

女村民 （边唱边写）

　　　　一横一竖细细描,
　　　　老天有眼瞪得圆。

男老村民 （拉过身边亲人,唱）

　　　　我不认字你帮写,
　　　　在我耳边念三遍。

女老村民 （扯起旁边后生,唱）

　　　　帮写莫给人看见,

坏了规矩心不安。

［山歌悠悠，阵阵传来：

　　红薯芋头各人愿，

　　三十夜晚豆腐圆。

　　今早出门心有数，

　　不问日头不看天！

七叔公　（拍了拍身前的大竹筒）投票开始！

［在激越的马骨胡和山歌声中，村民依次将手中的纸团投入到竹筒中。

［村民们投完票，村民乙掏出纸团唱票，七叔公在一旁监票。

村民乙　（念票）韦光春……韦光春……罗定粮……韦光春……石唰唰……蒙普通……韦算盘……韦光春……罗定粮……韦光春……韦光春……

牛皮菜　（捅了捅身边的酒姐）酒姐，你家光春的票最多啵！

酒　姐　我愿他选不上。

牛皮菜　我都投他的票了，哪还会选不上？

蒙普通　（捅了捅身边的韦光春）光春哥，我的心卟卟跳……

韦光春　（拍了拍他的肩膀）坐稳点。

韦算盘　（无声拨动算盘珠，轻声问身旁的石唰唰）你讲，我有几多票？

石唰唰　你老婆那样恶，你都敢打，还怕哪样？

九　崽　（捅了捅身旁的八妹）八妹，你刚才选哪几个？

八　妹　（板脸）莫乱问，想选哪个就是哪个。

［无字的壮歌哼鸣中，唱票声仍在继续……

［充满期待的村民们窃窃私语，犹如春蚕嚼桑，沙沙一片……

七叔公　（威严地）上板凳！

［村民将五张凳子排在台中央。

七叔公　现在，宣布选举结果：韦光春、罗定粮、石唰唰、蒙普通、韦算盘当选！

[台下掌声、欢呼声响成一片。

七叔公 韦光春满票当选第一届村委会主任，合寨村村委会正式成立！

[村民依次将韦光春等五人扶到板凳上坐好。

七叔公 颁"五合章"！

[七叔公将分成五瓣的公章每人发给一瓣。

村民甲 哟，一个公章分成五片？

村民乙 要五人同意，才盖得成啵！

七叔公 对！村务公开，民主监督，账目清楚，一票否决！（唱）

　　　　小小公章分五瓣，

　　　　五瓣合成天地圆。

　　　　手中权力莫滥用，

　　　　民自为主开新篇。

众村民 好！

七叔公 光春他们还制定了脱贫致富的好多措施。

众村民 好！

村民甲 韦光春，讲几句！

众村民 讲几句，韦主任！

韦光春 （站起鞠躬）多谢了！（唱）

　　　　公章瓣瓣寄重托，

　　　　如花绽放在心窝。

　　　　拿着它忘不了肩头重任，

　　　　拿着它只为了百家欢乐！

众村民 （齐声喝彩）好！

韦光春 （唱）板凳重如山一座，

　　　　乡亲厚望情难挪。

　　　　坐上它再不谋小家私利，

　　　　坐上它心不歪光明磊落！

众村民 讲得好！

韦光春　乡亲们哪！（唱）

　　　　　　　竹林茂盛多谢坡，

　　　　　　　鲤鱼摆尾多谢河。

　　　　　　　乡亲信任比天大，

　　　　　　　肩担重任不推脱。

　　　　　　　人在干天在看群众监督，

　　　　　　　不称职就改选二话不说。

　　　　　　　牛套轭马装鞍春插秋播，

　　　　　　　定要让家家和美户户安康人人都有好生活！

[激越的马骨胡声和辽远的山歌声中，融入了《在希望的田野上》的憧憬与畅想。

[香樟树下，板凳龙舞得红红火火。

众　人　（唱）中国第一村委会，

　　　　　　　千山万崃响惊雷。

　　　　　　　村民自治做主人，

　　　　　　　开天辟地头一回……

尾　声

[当下。

[晚霞满天。香樟树的正后方，"中国第一个村民委员会"的匾额熠熠生辉。

[宁静的香樟树下，年过八旬、精神矍铄的韦光春和七十多岁的蒙普通、韦算盘、石唧唧顽童般围绕树干追逐而上。

蒙普通　韦算盘，什么喊作"数字农业"，你晓得咩？

韦算盘　不晓得。（感慨地）如今，村里什么都有了。

石嘣嘣 我们也都老了……

韦光春 （抚摸着香樟树下的老石碑）这香樟树下的村规民约却不能老啊！

（唱）老树老碑老颜容，

蒙普通

韦算盘 （唱）老手老脚老弟兄。

石嘣嘣

韦光春

蒙普通 （唱）只有"情"字不能老，
韦算盘 仁义世代刻心中。

石嘣嘣

蒙普通 （唱）几多娃崽痴电脑，
韦光春 （唱）是福是祸想不通。
韦算盘 （唱）人人手机不离手，
韦光春 （唱）捧它好像捧祖宗！
石嘣嘣 （唱）腰包厚了乡愁薄，
韦光春 （唱）什么淡来什么浓？
韦光春 我们懵懂问后生，
蒙普通 （唱）新规如何来包容？
韦算盘 香樟树下又一代，
石嘣嘣 老树新枝沐春风！

石嘣嘣 光春哥，真想再喝一壶酒姐熬的酒啊！

［"来啦——！"酒姐从树后转出，将酒摆上石桌。

石嘣嘣 酒姐，有什么下酒菜呀？

［酒姐端出一带盖的砂锅放在石桌上。

石嘣嘣 （迫不及待打开，惊喜莫名）啊？是它！

酒 姐 （唱）大鱼大肉吃腻喉，

今天再尝炒石头。

韦光春 （唱）品品当年的滋味，

		好好活到九十九！
韦光春		酸甜苦辣味悠悠，
蒙普通	（唱）	岁月不老真风流。
韦算盘		不负盛世好年景，
石嘲嘲		新的故事又开头……

[五人举杯，开怀畅饮。

[香樟树透下的斑驳光影，将五人镀成古铜色的雕塑。

[光渐暗。

（剧终）

（该剧创作于 2023 年，由广西戏剧院壮剧团演出）

现代芭剧

天香

时　间	花开花落春复秋。
地　点	茉莉花都，城乡花田。
人　物	天　香——一个由种花女逐渐成为拥有数个茉莉花知名品牌的企业家。

莫　离——一个农业大学毕业的研究生，痴花入骨的种花人。

五　姑——寡居村妇，天香阿妈。

六　叔——花棚工匠，莫离之叔。

阿　成——莫离发小。

梦　花——天香闺密。

小抢手——莫离铁粉。

采药老人、栽花采花女、花都众乡亲、中外众客商。

一　岁岁花开盼佳期

[秋江码头。

[俏丽脱俗的天香焦急地眺望着江上渡船和身边匆匆过客。

天　香　（唱）　秋江悠悠浪打浪，

　　　　　　　　风吹茉莉两岸香。

　　　　　　　　情切切，眼望穿，

　　　　　　　　怎不见心中那个种花郎？

　　　　　　　　我与他竹马青梅同街巷，

　　　　　　　　他领我栽花赏花竹篱旁。

　　　　　　　　花开花落十余载，

　　　　　　　　梦随心生情愫长。

　　　　　　　　花期匆匆人长成，

　　　　　　　　惜别离家各一方。

　　　　　　他为花农大读研学栽培，
　　　　　　我为他农校毕业返故乡。
　　　　　　今日相约秋江岸，
　　　　　　万语千言在柔肠……
　　　　［梦花和小抢手神色仓皇匆匆上。

梦　花　天香，快走，你妈到处找你！

小抢手　（回头一看）不好啦，她追到码头来了！

天　香　（惊）啊？莫离哥还没回来，怎么办？

梦　花　来不及啦，小抢手，过来！
　　　　［梦花与小抢手两人并肩挽手挡住天香。
　　　　［五姑风风火火上。

五　姑　（唱）哪有猪崽比牛犟？
　　　　　　哪有蒜头辣过姜？
　　　　　　相亲佳期定今天，
　　　　　　女儿不见要泡汤！
　　　　　　梦花，看见我家天香咩？

梦　花　五姑，嘻嘻……我们也在找她。

小抢手　天香进城去了，你找她做哪样？

五　姑　刚刚还在家吃饭，你敢哄我？一边去！
　　　　［五姑焦急地四下寻觅。六叔上，小抢手拉过六叔一起遮挡天香。

六　叔　（看看身后的天香，似乎明白）哦，五姑，你家的花棚，我帮搭好了，去看看吧！

五　姑　哼，哪个要你搭的？（唱）
　　　　　　猫拜老鼠无好心，
　　　　　　老不正经假殷勤！

六　叔　（唱）一把好柴烂灶烧，
　　　　　　真是狗咬吕洞宾！

五　姑　哼！你那个侄崽回不回来，天晓得！你肚里那点弯弯肠子，我倒

是清楚得很哪！让开，莫啰唆！（探头寻找）

六　叔　（嬉皮笑脸阻挡）五姑啊，还是跟我看花棚去吧！（朝梦花、小抢手使眼色）

[三人拼命遮住天香，五姑慢慢看出端倪。

五　姑　（一声冷笑）哼！船上打老婆，你飞得上舵？（唱）

　　　　白云朵朵大天光，

　　　　活人一个哪里藏？

　　　　叫声天香乖女儿，

　　　　赶紧出来见亲娘！

[天香无奈从三人身后钻出。

天　香　（苦着脸）阿妈……

五　姑　哼！（唱）

　　　　女儿骗妈账要算，

　　　　四两棉花没得弹。

　　　　回家一看包你笑颜开，

　　　　堂屋里彩礼摞摞堆成了山！

天　香　不要彩礼，人家还小，嫁不得的……

五　姑　还小？我像你恁大的时候，你阿哥都打酱油去了！乖，听话。马上你就是县城里最红火那家鱼生店的老板娘了！

天　香　不！不卖鱼生，我要种茉莉花！

五　姑　种花能种出什么名堂？（狠狠地盯了六叔一眼）都是他那个花痴侄崽哄你的！（拉天香）走！

小抢手　（拦住）天香姐，走不得的！

五　姑　（扒过一边）滚！

[阿成背行李匆匆上。

阿　成　（兴冲冲地）回来了，回来了！

梦　花　几天不见，到哪块撩妹崽去了？

阿　成　我做梦都在撩你，哪还会去撩别人呢？

小抢手　莫离哥回来了！

　　　　[众人不同心态注视码头。

　　　　[莫离内唱：踏热土返故园山高水长……

　　　　[莫离上。

莫　离　（接唱）闻花香听乡音泪洒秋江。

　　　　　　农学院刚毕业归心似箭，

　　　　　　婉拒了大公司聘书张张。

　　　　　　今日相约码头边，

　　　　　　江风伴我诉衷肠。

　　　　　　谁料想五姑六叔齐聚集，

　　　　　　还有那一张黑脸骂声扬。

　　　　　　心中纵有万千言，

　　　　　　此时如何来开腔？

小抢手　（亲热冲上抓住莫离的手）莫离哥，想死我啦！

梦　花　要想，也轮不到你呀！（拉开）

莫　离　五姑、阿叔，你们都好吧？

六　叔　好、好，你回来了什么都好。

五　姑　好你个头！（唱）

　　　　　　没有簸箕莫筛糠，

　　　　　　没有调羹莫舀汤。

　　　　　　你自称蛟龙有志向，

　　　　　　为何大路不走走泥塘？

莫　离　（赔笑脸）五姑啊！（唱）

　　　　　　城中数载苦寒窗，

　　　　　　梦里也闻泥土香。

　　　　　　冬夜读书孤灯下，

　　　　　　家乡粽温暖我辘辘饥肠。

　　　　　　酷暑试验汗如雨，

　　　　　茉莉茶赐予我一天清凉……
　　　　　查资料找数据眉梢喜上，
　　　　　种茉莉这方土得天独厚冠绝一方！
　　　　　天设地造经纬度，
　　　　　气候适宜花期长。
　　　　　明代宫廷传至今，
　　　　　只待盛世写华章。
　　　　　常言道树高千尺叶归根，
　　　　　花香牵我返故乡。
　　　　　纵使那前路坎坷风雨狂，
　　　　　我这辈子只做个不离故土的种花郎！

六　叔　好！没有忘本，我们家祖上就是宫廷的花匠嘛！

小抢手　莫离哥，你写给政府的信，贴满了大街小巷，人人看见个个夸。牛×！

阿　成　政府全力扶持，茉莉花成片种植，已成规模了！

六　叔　五姑，我给你搭的花棚，真的不一般，去看看吧！（朝梦花等人使眼色）

　　　　[众人意会，抬着五姑边唱边下：山边茉莉喷喷香，抬着五姑把花赏……

五　姑　（举手狂呼）短命鬼，放我下来！放我下来……

　　　　[天香、莫离四目相对，似有万语千言……

莫　离　天香，听阿成讲，今天是你定亲的日子？

天　香　那是阿妈定的。我的亲……早就定好了……

莫　离　（一怔）啊？天香……恭喜你了……

天　香　（嗔）你想到哪里去了？莫离哥，小时候你教我的那首唐诗，还记得吗？（唱）

　　　　　天香开茉莉，
　　　　　梵树落菩提……

莫　离　（情不自禁接唱）

　　　　　　惊俗生真性，

　　　　　　青莲出淤泥。

天　香　对啦、对啦！我以为你书读多了，把它忘了。

　　　　（唱）　阿哥教妹种茉莉，

　　　　　　方知此花天下奇。

莫　离　（唱）　它淡雅脱俗多意趣，

　　　　　　它祛邪培元稳根基。

天　香　（唱）　它给红尘浊世添雅韵，

　　　　　　它为烦忧人生唱新曲……

莫　离　（唱）　奇绝品格实难觅，

　　　　　　冠压群芳不争一。

天　香　（唱）　花若是人为我师

　　　　　　人若是花情不移。

　　　　〔幕后合唱：

　　　　　　洁如雪，白如玉，

　　　　　　春复秋，盼花期。

　　　　　　清香缕缕天外来，

　　　　　　只盼真情两相依……

天　香　莫离哥，你到底是喜欢我，还是喜欢花？

莫　离　（一怔）啊？都……喜欢！

天　香　（羞怯地）莫离哥，你教我的还有两句……

莫　离　哪两句？

天　香　（失望地）你……到底还是把它忘记了……（喃喃自语）一枝茉莉……

莫　离　（一拍脑袋）我想起来了！一枝茉莉，一生莫离。

天　香　那……你还要我等多久？

莫　离　这……等你实现了心中的梦想，等我种出了世界上最美的茉莉花。

天　香　（幽幽地）等……
　　　　[切光。
　　　　[唐人李群玉飘然吟哦而上：

　　　　　　天香开茉莉，

　　　　　　梵树落菩提。

　　　　　　惊俗生真性，

　　　　　　青莲出淤泥。

二　花开堪摘几时摘

　　　　[采花、收花时节。
　　　　[花田、花市交相辉映。
　　　　[简陋的花棚，漂浮在一望无垠的花海中，采花女穿梭其间；喧闹的花市，卖花人、收花人斤斤计较比画论价。
　　　　[花田光启。梦花率众采花女戴遮阳帽且歌且舞上。

采花女　（唱）　头顶太阳亮闪闪，

　　　　　　　　汗湿衣衫穿花田。

　　　　　　　　正午茉莉最当时，

　　　　　　　　采得芬芳满人间。

　　　　　　　　[一队背着婴儿的少妇摘花上 ——

众少妇　（唱）　脚下泥土冒青烟，

　　　　　　　　背后娃崽哭连连。

　　　　　　　　好想阴凉躲一下，

　　　　　　　　心忧花贱不敢闲……

梦　花　各位嫂子，日头太大，快到花棚喂奶去吧！（率众下）
　　　　[花市光启。卖花人背筐提篮上。阿成、小抢手挥秤敲盘各自吆喝。

卖花人 （唱）想喝好茶谷雨前，
　　　　　　　想吃鱼生趁新鲜。
　　　　　　　一刻千金不容缓，
　　　　　　　趁早卖个好价钱！
收花人 （唱）压秤压到秤砣扁，
　　　　　　　杀价杀到落日圆。
　　　　　　　假作真时真亦假，
　　　　　　　商机玄妙一念间！

［两束光中，天香、莫离隔空遥望，倾吐心曲。

天　香 （唱）花开花落又一年，
莫　离 （唱）万般感慨涌心间。
天　香 （唱）曾忆那秋江等来一个"等"，
莫　离 （唱）也不知心中几时梦能圆……
天　香 （唱）他不舍昼夜忙科研，
　　　　　　　种花郎一片痴情在花田。
莫　离 （唱）她收花窨花团团转，
　　　　　　　栽花女商海弄潮胜儿男！
天　香 （唱）月明夜我好想倾吐心曲，
　　　　　　　怎奈何意中人无意缠绵。
　　　　　　　看茉莉白如雪花开几遍，
　　　　　　　摘花人人在眼前心在天边……
莫　离 （唱）一回回忘了晨昏与寒暑，
　　　　　　　一次次误了月下和花前。
　　　　　　　叹只叹种花恋花痴花郎，
　　　　　　　却不知误了花期又一年……
　　　　　　　虽有那竹马青梅诗为证，
天　香　（唱）叹只叹佳期遥遥在哪天？
莫　离　　　　花开堪摘几时摘？

　　　　　　　几分烦忧（愧疚）对谁言？

　　　［小抢手闯进天香光区。

小抢手　天香姐，阿成他……他压价收花，再高价转给外地茶商，怎么办？

天　香　（一惊）啊？

　　　［梦花闯进莫离光区。

梦　花　莫离哥，阿成偷偷注册了新的公司，往后哪样合作？

莫　离　（一惊）啊？

　　　［歌声渐起，天香、莫离等隐去。五姑、六叔各领一队老人手舞足蹈采花而上。

五　姑　（唱）老腿发麻脚打战，

六　叔　（唱）老手摘花胜少年。

众老人　（唱）岁岁人老花不老，
　　　　　　　皱纹映花花更鲜！

　　　［众老人进花棚遮阴，六叔欲下。

五　姑　（大喝）老东西，你站住！

六　叔　日头大多，没得力气和你斗嘴啰！

五　姑　呸，老娘今天要和你讲正事！（唱）
　　　　　　　慢慢看你家侄崽不算差，
　　　　　　　强过好多花头鸭，
　　　　　　　他撩我女小到大，

六　叔　（接唱）情投意合该成家！

五　姑　我都等不及了，哪晓得他们那还等什么？

六　叔　你不是看不上他吗？找了几多人，来你家相亲的，都有几十桌了吧？

五　姑　我不晓得她为什么痴你家侄崽。来你家说媒的，也快踩破门槛了！

六　叔　莫离不见！

五　姑　将就算了，还等什么？

六　叔　对！赶紧找人看日子！

　　　［天香、莫离分头上。

五　姑　好！来得早不如来得巧！

六　叔　妙！工夫到不如缘分到！

[天香、莫离诧异地看着。

五　姑
六　叔　你们给我听好了！

五　姑　（唱）村前水车辘辘转，

六　叔　（唱）门前老树直变弯。

五　姑　（唱）光棍六叔老脸皱，

六　叔　（唱）守寡五姑白发添。

五　姑　（唱）空养女儿颜如玉，

六　叔　（唱）哈崽读书读到癫！

五　姑　（指着天香，唱）

　　　　你当初不做老板娘，

　　　　我当外婆等哪天？

六　叔　（指着莫离，唱）

　　　　你福田不种种花田，

　　　　误了前程羞祖先！

五　姑　（指着天香，唱）

　　　　你痴心等他误红颜，

　　　　抱不成外孙我泪涟涟……

六　叔　（指着莫离，唱）

　　　　讲什么立业再成家，

　　　　没有家哪有业一派胡言！

[天香无语，默默看着莫离。莫离惊呆，挠头哭笑不得。

五　姑　茉莉该摘不摘，到夜晚就不值钱了！

六　叔　择日不如撞日！

五　姑　现在马上订婚！

五　姑
六　叔　喜酒定在七月七！

天　香　（看着莫离，揣测）这……证还没领……
五　姑　头天领证，
六　叔　二天摆酒！
莫　离　（看着天香，挠头）这……我的试验……
五　姑　（斩钉截铁）不孝有三！
六　叔　（不容分说）无后为大！
五　姑
六　叔　父母之命，谁敢不从？

天　香
莫　离　（大惊）啊？！

五　姑　（笑眯眯拉住六叔的手）莫当电灯泡了，我俩去花棚倾一下。（牵手下）

　　　　[天香、莫离四目相视，片刻无语。
　　　　[幕后伴唱：
　　　　　　莫道痴迷误花期，
　　　　　　情根深种哪块泥？
　　　　　　春风忙把枝芽剪，
　　　　　　又是一度花开时……

天　香　莫离哥，他们讲的，你同意了？
莫　离　天香，我……我对不起你……
天　香　不培育出最好的花种，不建成最好的茉莉园，难道你就……
莫　离　不推出最好的品牌，不当成最好的老板，难道你就……
　　　　[五姑、六叔探出头来：只谈婚事，不得歪想！
天　香　（幽叹）我是盼着这一天，但不能难为你……
莫　离　（点头）我也想过这一天，但不能委屈你……
天　香　莫离哥，成了家，该不会影响你的育种试验吧？
莫　离　天香，成了家，该不会影响你的生意格局吧？
　　　　[五姑、六叔又探头：哪个男人不成家？哪个女人不嫁人？结婚、

　　　　　　结婚！
天　香　结吧，省得牵肠挂肚……
莫　离　结吧，免得横生事端……
天　香　莫离哥，我看你又打电话又翻书，有什么重大突破？
莫　离　国外的杂志上介绍了几种特异花种，正好补上我们茉莉园的空缺。听说大境山一带也有发现，我要去把它们找回来。
天　香　你的嫁接试验正在紧要关头，怎能丢开？
莫　离　花期不等人，过了又要耽误一年。
天　香　我的客商，几天后才能到，大境山我去过，我去吧！
莫　离　（点头）山高路远，你去，我不放心！
天　香　我带梦花去，一定准时回来！

〔两人的手紧握在一起。光暗。

〔宋人江奎摇扇吟哦而上：

　　灵种传闻出越裳，

　　何人提挈上蛮航？

　　他年我若修花史，

　　列作人间第一香。

三　深山寻芳误佳期

〔七夕将至。莫家门前。

〔六叔、小抢手拿着沓沓婚柬，分发给路过的亲友。

六　叔　（唱）七月七，鹊桥长，

　　　　　　欢天喜地迎新娘。

小抢手　（唱）喝喜酒，拜花堂，

　　　　　　天下佳人配成双！

　　　　　发请柬去啰！（拉六叔下）

　　　[莫离、阿成分头上。

阿　成　我……还能做你的伴郎吗？

莫　离　天香讲，梦花是她的伴娘……

阿　成　我都道歉几回了，你还是不能原谅？

莫　离　生意上的事我不懂，天香回来你们谈。请柬嘛，倒是给你留了一份。（拿出请柬递上）

阿　成　（忙不迭接过）太好啦！兄弟就是兄弟！（下）

莫　离　（打手机）啊？找到了两个花种？太好啦！注意安全。这边都张罗好了，就等你回来领证摆酒了！

　　　[景转深山老林。天香、梦花跋山涉水赶路。

　　　[天香接手机：放心吧！误不了，肯定误不了！

天　香　（心醉神迷，唱）

　　　　　深山寻芳路迢迢，

　　　　　异草奇花别样娇。

　　　　　几天来穿山林越岭过坳，

　　　　　遍访了农舍花圃小竹寮。

　　　　　搜良种觅珍品照单收好，

　　　　　更钦佩莫离哥犟筋一条！

　　　　　我与他有遗憾心头缠绕，

　　　　　终归是有情人梦圆一朝。

　　　　　归期日近意更切，

　　　　　心随彩云故园飘。

　　　　　似听见阿妈六叔絮叨叨，

　　　　　似看见门前大红灯笼高高挑。

　　　　　红烛光袅袅，

　　　　　美酒醉良宵……

　　　　　想到此不由得意惹神牵春心闹，

想到此羞得我朵朵红云脸上烧……

梦　　花　　过两天就当新娘子了，急了吧？

天　　香　　（回过神来）梦花，东西收拾好了吗？回程票订好了吗？

梦　　花　　好啦、好啦！后天下午就可到家，你们领证请酒。我也等着做伴娘啦！

　　　　　　［背着背篓的采药老人哼着壮家山歌上。

天　　香　　老人家，采药啊？

采药老人　　是呀，这大山里到处都是宝啊！（欲下）

天　　香　　（被背篓里的一株植物吸引）老人家，等一下。这蔸药能让我看一下吗？

采药老人　　（放下背篓）好啊，你看吧！（掏出烟袋吸烟，坐路边歇息）

　　　　　　［天香拿过一株草药细细端详，从挎包里掏出一张照片认真对照，眼中发出异样的光彩。

天　　香　　（惊喜地）是它，真是它！（激动地）老人家，这花……这药你是在哪里采到的？

采药老人　　小阿妹，翻过这座山，那边坡上多的是。

天　　香　　好多的花骨朵啊，过两天会开吗？

采药老人　　不晓得，这花怪得很。

天　　香　　（大喜过望）谢谢老人家！梦花，我们快走！

采药老人　　（背起背篓）路不太好走，慢点啵！（哼着山歌下）

梦　　花　　天香，眼看天就要黑了，真要去呀？

天　　香　　走走走！（边走边打电话）重大发现！植物界多年不见踪影的珍稀多瓣茉莉，终于找到啦！莫离哥，你就等着吧！

　　　　　　［天香拉着梦花翻山过坳而去。

　　　　　　［景转莫离家门前。

　　　　　　［六叔正在张灯结彩。五姑上。

六　　叔　　帮帮手，递一下。

五　　姑　　（将脚边的红灯笼递给梯子上的六叔）拿稳了啵！（唱）

　　　　　　　人家骑驴我骑马，
六　叔　（唱）往日冤家变亲家。
五　姑　（唱）劝你莫往歪处想，
六　叔　晓得啰！（唱）你是新娘她亲妈！
五　姑　后天就要吃喜酒啦，我的女挨你那个癫侄崽唆使去寻什么花找什么草，今天还不回来，实在让人担心呃！
六　叔　亲家啊，三十晚夜的豆腐圆，你就放心吧！刚刚听莫离讲，她们明天中午一准到家。
　　　　［景转幽幽深山。
　　　　［天色向晚，夜鸟归巢。天香拉着梦花在林间转来转去。
天　香　（摸树）不对！我做有记号，转了半天，怎么又回到原来的地方了？
梦　花　（坐地哭泣）喊你莫来硬要来，这回迷路了，怎么办？
　　　　［野兽的嗥叫隐隐传来，梦花吓得扑到天香怀中号啕大哭。天香也禁不住悄悄抹泪。
梦　花　（边哭边打手机）啊！手机打不通了！
天　香　（试拨手机，了无动静）没有信号……（唱）
　　　　　　　手机不通断音讯，
　　　　　　　姐妹遇险黑山林。
　　　　　　　结婚喜酒怎开席？
　　　　　　　误了佳期怨何人？
梦　花　（哭唱）你误婚期不要紧，
　　　　　　　我赔小命怎甘心？
　　　　　　　来生远把茉莉躲，
　　　　　　　只因此花太无情……
天　香　（唱）莫怨茉莉莫怨命，
　　　　　　　奇花在手心不惊。
　　　　　　　快点篝火驱猛兽，
　　　　　　　寻路只好待天明。

[天香拾起枯枝点起篝火。捡起木棍、石头放在身边。

[山巅冷月一弯，眼前篝火暗红。

[喜庆的迎新鼓乐阵阵飘来。

[莫离家门前，贺喜的宾客络绎不绝。几个手提贺礼的外地客商结伴而至。

客商甲 我们是北京来的。

客商乙 我们是沈阳来的。

众客商 我们给天香老板贺喜来了！

[小抢手殷勤引进，五姑黑着脸站在一旁。

[一身新郎装束的莫离在一旁猛打电话，电话不通，急得跺脚。

莫　离 （将六叔拉过一边，焦急万分）阿叔，改期吧？天香联系不上。

六　叔 啊？（哭丧着脸）改……哪样改？三村五里、四街六巷，人人皆知，宾客满桌，时辰也快到了……

五　姑 （冲了过来）眼看就要拜堂了，没有新娘，这个堂哪样拜？

六　叔 （赔笑脸）五姑啊，要不……你去顶一下？说不定晏点天香就到家了，这结婚证以后补领也使得的呀……

五　姑 （一跳三尺）呸你个啾！（唱）

　　　　主意臭馊太荒唐，

　　　　拉来岳母顶新娘。

　　　　世人知晓笑掉牙，

　　　　我恨不得给你一耳光！

六　叔 这也是没有办法的办法呀！要么，我们俩人一起拜？

五　姑 （忍无可忍，掴六叔一耳光）先吃老娘一巴掌！

（唱）你家侄崽太混账，

　　　　我家好女嫁错郎。

　　　　如今悔得肠子青，

　　　　你、你竟想睡梦和我拜花堂！

[五姑摩拳抖袖，恶狠狠逼向六叔。

莫　离　（赶忙拉开）阿妈……哦，五姑、阿叔，莫吵了、莫吵了，客人看见，实在不雅。

[鼓乐声大作，内有傧相大声吆喝：吉时已到，新郎、新娘拜堂啰——

[六叔、五姑急得团团转，莫离一筹莫展。五姑从街边操起一把大扫帚，劈头盖脸向莫离叔侄打去。

五　姑　（边打边吼）赔我女来！赔我的外孙崽来！

[莫离叔侄边退边躲，五姑一扫帚扫下门上的红灯笼。

[众宾客纷纷离席逃窜，作鸟兽散。

[光渐暗。

四　九死不悔为一株

[秋去冬来，江边码头。

[天香徘徊踌躇，似在等人。

天　香　（唱）　寻花未归婚宴散，
　　　　　　　　棒打鸳鸯成笑谈。
　　　　　　　　亲友相问不敢言，
　　　　　　　　珠泪暗落在枕边。
　　　　　　　　早托人将花种悄送莫离，
　　　　　　　　也不知他见花是悲是欢？
　　　　　　　　原以为误了婚期可补办，
　　　　　　　　怎奈何他无意我无闲阿妈寻死觅活闹翻天。
　　　　　　　　人言可畏思绪乱，
　　　　　　　　商场情场处处难。
　　　　　　　　天不作美缘何在？

　　　　　　缘未到时影孤单。
　　　　　　伤心人踏伤心地，
　　　　　　当初情景在眼前。
　　　　　　看远处来了梦里冤家种花郎，
　　　　　　望江畔是他当年回家那条船……
　　　　[莫离上。
莫　离　（唱）婚变是对还是错？
　　　　　　心中忐忑对谁说？
　　　　　　冷锅怎煮急火饭？
　　　　　　鹊桥路断徒奈何……
　　　　[默默来到天香身旁。
莫　离　天香，你还好吧？
天　香　（苦笑）生意蛮好，准备推出新的品牌。打造茉莉产业链……莫离哥，你也好吧？
莫　离　（一把抓住天香的手）好，太好了！你找来的异种茉莉，填补了植物花卉的空白！我们的茉莉园有希望了！
　　　　（唱）单瓣双瓣加复瓣，
　　　　　　最是珍奇在高端。
　　　　　　一朝嫁接栽培成，
　　　　　　天下名花汇此园！
天　香　（酸甜苦辣百感交集，唱）
　　　　　　人间奇葩果非凡，
　　　　　　世上花痴数此男。
　　　　　　他心中只有花朵朵，
　　　　　　我人不如花情何堪？
　　　　　　原以为秋江盟誓缘已定，
　　　　　　谁料想佳期遥遥生波澜。
　　　　　　休怪那鹊桥空架无人渡，

　　　　　　　看起来婚礼不误也枉然。
　　　　　　　莫离哥，你的花真好啊！
莫　离　　是啊，它们还会更好！
　　　　　[天香无语，看着莫离，欲言又止……
　　　　　[内传来小抢手喊声："不好啦，不好啦！"小抢手上。
小抢手　　又出事啦！出大事啦！（唱）
　　　　　　　花收太多要沤烂，
　　　　　　　茶商拒收把脸翻。
　　　　　　　天香阿姐快出手，
　　　　　　　再施妙招解危难！
天　香　　（平静地）这些事，我都晓得了。（唱）
　　　　　　　栽花卖花实低端，
　　　　　　　精深加工天地宽。
　　　　　　　茉莉产业出低谷，
　　　　　　　转型升级刻不容缓攻坚克难。
　　　　　　　政府扶植路径明，
　　　　　　　迎难而上顶风船。
　　　　　　　月余来我找人四处谋划，
　　　　　　　约客商谈融资八方斡旋。
　　　　　　　做大做强产业链，
　　　　　　　打出品牌一片天！
　　　　　[五姑手拿扁担黑脸上，六叔、梦花随上。
五　姑　　（扁担挥向莫离）滚远点！（唱）
　　　　　　　眼见我老腰一直两眼翻，
　　　　　　　亲亲的外孙在哪边？
　　　　　　　天香，你过来！
　　　　　　　莫看你如今当老板，
　　　　　　　女人最怕是孤单。

　　　　　　莫离今生靠不住，
　　　　　　离他越远我心越安。
　　　　　　三次相亲你推脱，
　　　　　　今天又约几俊男。
　　　　　　先论家财排座次，
　　　　　　还有那候补的外国博士挤上前！
天　香　（哭笑不得）阿妈，你算有心了！
五　姑　（唱）火烧草房谁敢拦？
　　　　　　绳子一条在腰间。
　　　　　　今夜若不随我去，
　　　　　　明早我悠悠上吊在屋檐！
　　　　[在一旁听了许久的六叔双手叉腰站上前来。
六　叔　莫离，你给我站过来！（轻声地）天香，离他远点……
　　　　（唱）今夜我家好红火，
　　　　　　妹崽来了三五桌。
　　　　　　个个靓得像明星，
　　　　　　争着给你当老婆！
莫　离　（蒙然）啊？还有这种事？
六　叔　（盯着五姑）当然！那天以后，找我的媒人没断过。哪个不讲，你是靓崽一匹，人才一个！（附在莫离耳边说了些什么）
莫　离　（哭笑不得）搞不得的……
六　叔　（不容分辩）小抢手，快去我家，造册登记。
小抢手　（意会）相亲还要造册登记？
六　叔　茉莉园招收新员工，择优录取，工资面议！往后啊，我家莫离看中哪个，就讨哪个做老婆！
莫　离　（大惊）啊？不……（六叔一把捂住他的嘴）
　　　　[天香看着莫离和眼前景象，横下心来。
天　香　（笑眯眯拉着五姑的手）阿妈，你不是想要抱外孙吗？到时就怕你

抱不得那么多。各位亲友听好啦！今天，天香我有几句心里话要告诉你们！（唱）

　　茉莉花都若建成，

　　我自会嫁人找夫君。

　　倘若是牛不喝水强按头，

　　莫怪我天香翻脸不认亲！

众　人　（大惊）啊？！

天　香　话已讲明，我和莫离哥还有几句悄悄话讲，你们是不是也想听啊？

　　[六叔、小抢手下。

天　香　阿妈，有些话，你也是听不得的。

　　[梦花拉五姑下。

莫　离　（有所触动）天香，看来真的是难为你了……（唱）

　　你是那天香一枝馨芳远，

　　我是个不识深浅痴呆男。

　　苦读死书食不化，

　　不谙世故招人烦。

　　商机擦肩滚滚过，

　　只认得埋头栽花田垄间。

　　缘分未到无奈何，

　　入宝山两手空空骂名累累抱憾还！

天　香　莫离哥，今天，我好像更懂你一些了。（唱）

　　你莫叹身入宝山两手空，

　　我只盼商海弄潮趁东风。

　　红尘滚滚脚跟稳，

　　浊浪滔滔任浮沉。

　　你看那成双结对众男女，

　　谁不是海誓山盟一声声？

　　甜言腻语耳边绕，

不知哪句是真情？
若说是世间万般皆是缘，
我等他愿等到海枯石烂天地崩！

莫　离　天香，我……

天　香　（接唱）你是那浊世翩翩一才俊，
你是那璞玉未琢质本真。
我好想借你偷得三分痴，
痴情不变痴心不改痴意绵绵了此生……

莫　离　天香，你……真的不怨我了？

天　香　怨你何益？怨有何用？此时，我只想听当年你教我的那八个字……

莫　离　不……不说也罢……

天　香
莫　离　（唱）
茉莉为媒茉莉误，
此缘奇绝世间无。
来生还把茉莉种，
九死不悔这一株！

[收光。

五　花香深处把爱寻

["天香茉莉园"门前。
[阿成领几男子捧着"阿成茉莉园"的招牌上。

阿　成　换，快换！

[众男子摘牌换牌。阿成踌躇满志地端详着招牌。

阿　成　（唱）世间茉莉汇此园，
新的主人在眼前。

　　　　　　旧情难抛也得抛，

　　　　　　眼前利益大过天。

　　　[梦花上。

梦　花　阿成，你这样做，问过良心吗？
阿　成　你该高兴才对，往后，这个园的园长夫人就是你啦！
梦　花　找天香评理去。（欲下）
阿　成　（一把拉住）去不得！如今，天香的生意那么大，见她一面都难。走，随我园中看看吧！（拉梦花下，众人随下）

　　　[莫离上。看着换过的招牌，轻叹摇头。

莫　离　（唱）物是人非招牌变，

　　　　　　一朝别去情更牵。

　　　　　　株株茉莉亲手栽，

　　　　　　护花人夜夜伴花眠。

　　　　　　心无旁骛恨昼短，

　　　　　　哪管他园外商海波涛掀。

　　　　　　喜的是天香她弄潮展宏愿，

　　　　　　品牌响销路活尽得那风气先。

　　　　　　叹的是种花郎不会应变，

　　　　　　丢了这情根深重的茉莉园。

　　　[阿成上。

阿　成　（拍了拍莫离肩头）兄弟，我晓得你心里不好受，换成我也一样。
莫　离　阿成经理，走之前，只求你一件事。
阿　成　讲！像以前那样，有话就讲。
莫　离　园中品种个个来之不易，各有各的秉性，你如果还念及我们小时候的那点情分，一定不能糟蹋了。
阿　成　那是一定。我还准备聘你为园艺顾问，开价几多？讲！
莫　离　算了，我还是回老家去吧，该做什么做什么。
阿　成　哪能这样？从今天起，你在我公司享受副总的待遇。（叹气）唉，哪个喊我们是从小屙尿打饼的兄弟呢?

[小抢手上。

小抢手 (讥讽地)屙尿打的饼,哪个敢吃?

阿　成 (指着小抢手)看在莫离的面上,给你留了一个保安的位置,够意思吧?

小抢手 不敢高攀!

[众栽花女上。

众栽花女 莫大哥,要走,我们跟你一起走!(唱)

蜜蜂追花过山头,

酿得甘甜世间留。

一生随哥种茉莉,

青山不改水长流!

莫　离 (激动不已)姐妹们,不能再耽误你们了!

栽花女甲 我们不要工钱!

栽花女乙 我们自带干粮!

阿　成 这还了得?小抢手,撵她们走!

小抢手 你以为你是哪个?我,可不是你的保安。

阿　成 (气极)你……

[梦花上。

梦　花 (将一串钥匙塞到阿成手中)你家的钥匙,请收好!

阿　成 (一愣)啊?这又是哪一出?

梦　花 (唱)除旧迎新你欢喜,

算计他人费心机。

梦花也学众姐妹,

一世栽花随莫离!

[梦花欲下,被上来的天香拦住。

阿　成 哟哟哟,(谦恭地)天香董事长,几次约你,你都没空,今天怎么……

天　香　梦花，你带姐妹们在园中等我。

梦　花　（狠狠盯阿成一眼）哼！（领众姐妹下）

天　香　（递给阿成一个文件夹）你先看看，现在我和莫离有事要谈。

阿　成　（躬身接过文件）好的。（下）

　　　　［小抢手看了看莫离，又看了看天香，做了个鬼脸下。

天　香　（幽幽一叹）莫离哥，此时此刻，有何感想？

莫　离　（唱）当不成老板我不悔，
　　　　　　　喜看那奇葩朵朵绽新蕾——
　　　　　　　一枝一叶总关情，
　　　　　　　一树一花爱相随。
　　　　　　　园丁换，花依旧，
　　　　　　　园名改，志不摧！
　　　　　　　岁岁人老花不老，
　　　　　　　清香不逊天涯梅。
　　　　　　　种花郎，心不灰，
　　　　　　　荷锄东篱掩柴扉。
　　　　　　　朝饮晨露赏花蕊，
　　　　　　　暮踏芳径彩云归……

天　香　（感叹地）还真有点陶渊明的味道啵！（唱）
　　　　　　　种花何必回南山？
　　　　　　　东篱此刻在眼前。
　　　　　　　莫道人比菊花淡，
　　　　　　　千金一诺大过天！
　　　　　　　纵然是风刀霜剑催人老，
　　　　　　　笑看那家山处处花娇妍。
　　　　　　　你一生只为花一枝，
　　　　　　　我商海逐浪一帆悬。
　　　　　　　你不知两鬓飞霜时光短，

　　　　　我不觉脸上留下岁月痕……
　　　　　心底有梦青春在，
　　　　　脚底无路攀峰峦。
　　　　　纵然是红尘滔天浊浪滚，
　　　　　压不住清香一缕在心田。

莫　离　天香，我该走了。

天　香　走？去哪里？你离得开茉莉园吗？

莫　离　（淡淡一笑）现在，它是别人的了……

　　　　　［阿成拿着文件夹气急败坏跑上。

阿　成　天香董事长，这……到底是怎么回事？

天　香　（淡淡地）这家茉莉园本来就是我的，我让莫离哥打理而已，他不善经营，亏空太多，才中了你们的套子。如今，我把它收回来。你看看，手续可否齐全？

阿　成　（抹汗）齐全、齐全……

天　香　商场竞争，优胜劣汰，本属正常，但挖空心思算计他人，就是另一码事了！（唱）

　　　　　窨花制茶论品性，
　　　　　做人底线是个真。
　　　　　情义二字刻心底，
　　　　　诚信警钟耳边鸣。
　　　　　你记住了吗？

阿　成　记住了……（下）

天　香　来人，换牌！

　　　　　［栽花女兴高采烈捧牌换牌。

小抢手　姐妹们，园中做活路去喽！（率众人下）

莫　离　（抚着刚换上的招牌）你还是让我走吧，天香集团的生意越来越红火，马上又要推出新的品牌，我不能再拖你的后腿了……

天　香　谁都可以走，你不能走。花都产业链，不能缺了你这一环。再

　　　　　 说……（欲言又止）
莫　离　（鼓起勇气）天香，我还真有句心里话想和你讲……
天　香　讲吧。
莫　离　（踌躇再三）这……天香啊！（唱）
　　　　　　　　花开花落催人老，
　　　　　　　　岁月是把杀猪刀。
　　　　　　　　我去路莫测前程渺，
　　　　　　　　你春风得意路途遥。
　　　　　　　　我劝你莫误红颜趁年少，
　　　　　　　　我劝你当断则断步步高。
　　　　　　　　非是无情情难了，
　　　　　　　　只憾无缘缘已飘。
　　　　　　　　祝福你姻缘美满幸福早，
　　　　　　　　心香一瓣伴你洞房红烛袅袅烧……
天　香　（淡然）这是你的真心话吗？
莫　离　也许……是吧……
天　香　（唱）此话难听也好听，
　　　　　　　　道是无情却有情。
　　　　　　　　花落谁家君莫问，
　　　　　　　　任他冬去秋来几度春。
　　　　　　　　种花人当知花秉性，
　　　　　　　　卖花人更晓假与真。
　　　　　　　　纵然是今生今世缘已尽，
　　　　　　　　天香花海深处把爱寻！
莫　离　（长叹）知我者，天香也……
天　香　这么久了，你教给我的那八个字，还记得吗？
莫　离　（脱口而出）一枝茉莉，一生莫离！
　　　　　[八个字余音绕梁袅袅不绝……

[光渐暗。宋人王庭圭吟哦而来：
　　　　逆鼻清香小不分，
　　　　冰肌一洗瘴江昏。
　　　　岭头未负春消息，
　　　　恐是梅花欲返魂……

六　七夕良宵鹊桥长

[又是一年七月七。
[花海无垠，通向天际。各式各样绚丽无比、精妙绝伦、充满童话色彩的座座花棚点缀其中。
[幕后伴唱：
　　　　世间十朵茉莉花，
　　　　六朵绽放在我家。
　　　　八方宾朋汇花都，
　　　　打卡圣地众人刷！
[拉着"世界茉莉花大会"横幅的外国黑白客商欢歌劲舞上。

中外客商　（唱）好一朵美丽的茉莉花，
　　　　　　　　满园花开香也香不过它，
　　　　　　　　我有心采一朵戴，
　　　　　　　　又怕看花的人儿骂……

外国客商　（唱）茉莉的传说打湿了我们的眼眶，
　　　　　　　　浪漫的故事发生在神奇的东方！

[中外客商载歌载舞隐入花海花棚。
[花都众乡亲且歌且舞上。

众乡亲　（唱）好一朵茉莉花，

芬芳美丽满枝丫，
又香又白人人夸，
让我来将你摘下，
送给别人家……

小抢手　乡亲们，准备好了吗？
众乡亲　好啦！
小抢手　（唱）双手当绳云中抖，
梦　花　（唱）搭座鹊桥长悠悠。
众　人　（唱）最是今宵月明夜，
　　　　　　　酒醇花香醉九州……

[六叔来到五姑身边。

六　叔　冤家路窄，再接两招！
五　姑　莫吵莫吵，好戏未到！

[阿成来到梦花身旁。

梦　花　莫挨恁近，我怕蛇咬！
阿　成　蛇会成龙，人会变好！

[乡亲们相互示意隐入花丛。
[月上中天，虫鸣唧唧，四野寂静，暗香浮动。
[两道光束四处晃动，不经意地交织在一起。拿着手电筒的天香、莫离不期而遇。

天　香　（惊讶地）你怎么会在这里？（四顾）人呢？
莫　离　（惊讶地）你怎么也在这里？（四顾）人呢？
天　香　（唱）众客商邀我花海赏月亮，
莫　离　（唱）乡亲们请我夜来品花香。
天　香　（唱）只见月光不见人，
莫　离　（唱）难道花海捉迷藏？
天　香　（唱）春复秋花开花落雨雪风霜，
莫　离　（唱）秋复冬聚散扑朔怨短情长。

天　香　（唱）　年复年种花郎种成正果，

莫　离　（唱）　年复年卖花女名扬四方！

天　香　（唱）　卖花女酸甜苦辣都尝遍，

莫　离　　　　种花郎情缘未了暗神伤……

［月光下的天香、莫离四目相对，欲言又止。

［刹那间，束束绚丽的礼花绽放夜空，花海亮如白昼。

天　香
莫　离　（惊诧地）啊？

［一座蘑菇状花棚中，外国客商探出头来：天香、莫离！（英语）嫁给他！娶了她！

天　香
莫　离　（惊呆）啊……

［一座南瓜状花棚中，各路客商探出头来：莫离、天香！讨了她！嫁给他！

天　香　（看着莫离）这一切，都是你安排的？

莫　离　也许……是老天的安排吧？

［莫离单膝跪下，奉上一枝茉莉花。

莫　离　天香，嫁给我吧！

［天香接过茉莉。

［座座奇妙的花棚拥出众位乡亲。

众　人　（唱）　天张灯，地结彩，

　　　　　　　　八方宾客贺喜来。

众外商　（唱）　每一双爱美的眼天天望穿，

　　　　　　　　每一颗善良的心蹦出胸怀。

八方客商　（唱）每一掬热土都在期待，

　　　　　　　　每一朵花蕾将要绽开。

众乡亲　（唱）　天张罗，地安排，

　　　　　　　　心搭鹊桥花轿来！

〔小抢手领着众后生肩抬花轿颠舞而上。

众姑娘　（唱）　茉莉挽手搭花台，
　　　　　　　　红烛映月朵朵开！

〔梦花领众姑娘手提大红灯笼、捧红烛，身姿窈窕曼妙。
〔众姑娘、众后生分别簇拥着天香、莫离，为二人换上婚装。

八方客商　（唱）天地悠悠当罗帐，
　　　　　　　　花海无边是洞房！

〔老泪纵横的五姑、六叔相视欢歌——

五　姑　　　　冤家哪比亲家亲？
　　　　（唱）
六　叔　　　　水到渠成一家人！

〔梦花、小抢手捧酒坛给众人掛酒——

小抢手　　　　日子泡酒酒更醇，
　　　　（唱）
梦　花　　　　良宵终圆未了情……

天　香　莫离哥，是真的吗？
莫　离　天香，是真的！
天　香　莫离哥，你不想再等一等？
莫　离　不能等了，我一刻也不能等了！

天　香
　　　　我们终于等到了这一天！
莫　离

天　香　（唱）　哥妹携手种茉莉，
莫　离　（唱）　情根深种天下奇。
天　香　（唱）　春复秋，晨昏替，
莫　离　（唱）　一肩云，一蓑雨……

天　香　　　　人若如花花无语，
　　　　（唱）
莫　离　　　　花若如人泪满枝。

天　香　（唱）　一花一世界，
莫　离　（唱）　一树一菩提。

天　香　　　　阴晴圆缺月有恨，
　　　　（唱）
莫　离　　　　莫叹人间路崎岖。

天　香	（唱）	任凭它天荒地老日月老，
莫　离	（唱）	真爱在九转千回情不移。
天　香	（唱）	风雨过后是花期，
莫　离	（唱）	缕缕清香首首诗。
天　香	（唱）	花海为媒天地做证，
莫　离		一枝茉莉一生莫离！

[梦花拿出大红盖头罩住天香，小抢手拿出长长的红绸系在两人手中。

[天香、莫离缓缓步入花海深处……

[漫天花雨飘洒，馨香沁人心脾。

[光渐暗。

（剧终）

（该剧创作于 2023 年，由南宁市邕剧团演出）

遥远的铜鼓声

现代壮剧

时　间　当下。

地　点　桂西北壮乡。

人　物　山　秀——女，三十大几，鼓王村村委会主任。

　　　　奶　雅——女，七十多岁，村民。俍兵鼓乐传人。

　　　　莫闰年——男，年近四十，山秀早年同学，铜鼓镇副镇长。

　　　　二　宝——男，三十出头的打鼓人，奶雅的二儿子。

　　　　常诗远——女，二十多岁，城里来的大学毕业生。

　　　　黄老板——男，年近五十，从事文化项目开发的老板。

　　　　大　嘴——男，四十多岁的打鼓人，奶雅的大儿子。

　　　　油菜花——女，三十多岁，丈夫离家的村妇。

　　　　瓦氏夫人——抗倭英雄，山秀心中的幻象。

　　　　众乡亲、众游客、各色人等。

第一场

[壮乡赶圩天。

[铜鼓镇圩场，人流如织，山歌缭绕——

　　　三天一圩铜鼓街，

　　　卖天买地乐开怀。

　　　山歌伴着酒香飘，

　　　猪崽好卖圩圩来！

[身背一遮得严严实实硕大竹篓的二宝，探头探脑、四下寻觅上。挎篮的油菜花在他肩头一拍。

油菜花　鬼打的，找哪个妹崽呀？

二　宝　（吓得双手紧紧护住背篓，回头一看，长嘘口气，咧嘴一笑）菜花，我找的就是你呀！

油菜花　找我做哪样？要唱山歌，到夜先。

二　宝　（将油菜花拉到一旁，悄悄递给她一只银手镯）莫嫌弃它是银子的，过几天，等我（拍拍竹篓）赚得大钱，一定给你买金子的——真金的，好咩？

油菜花　（口中拒绝，却伸出手）二宝哥，这么大的礼性，哪好意思啰！你不怕人家讲闲话啊？

二　宝　我都三十大几了，还没曾讨得老婆，怕个鸟！

油菜花　你不怕，我怕。

二　宝　快点和那个不归家的野崽离婚，就什么都不怕了！（抬头，惊恐地）莫讲看见我啵！（溜下）

　　　　[山秀内唱："人海茫茫赶圩天……"骑自行车上。

山　秀　（唱）车轮滚滚不敢闲。

　　　　　　　村中眼见出大事，

　　　　　　　急得我心中如油煎！

山　秀　（下车，一把拉住油菜花）油菜花，你看见二宝了吗？

油菜花　（一愣）啊？山秀姐。我……我没有见……

山　秀　我晓得你们在谈恋爱，你还没有办离婚手续，小心点啵！

油菜花　我老公离家好多年，不晓得回不回来，你不晓得女人打单身好苦啊！（一想）哦，对不起，阿姐，你也是单身……

山　秀　妹啊！（唱）

　　　　　　　苦瓜攀上黄连树，

　　　　　　　苦上加苦讲不出。

　　　　　　　愿你勤劳早致富，

　　　　　　　油菜花开香满屋。

　　　　妹呀，你一定晓得二宝到哪儿去了，大事情，你快点讲！

油菜花　（想了想）阿姐，刚才他还在这里，背了个背篓。（手指）往那边去了！

　　　　[山秀急忙蹬车而去。

油菜花 （蒙然）出什么事了？

[大嘴扶奶雅急匆匆上。

大　嘴 油菜花，你看见我家二宝了吗？

油菜花 大嘴哥，街上人恁多，哪样见得着他？

大　嘴 你们不是夜夜唱歌到天光吗？

油菜花 （心虚）我……真的没有见他咯。

[大嘴扶奶雅坐在路边石凳上。

大　嘴 阿妈，你歇一下，我去找他。

油菜花 我也去帮你们找！（二人下）

奶　雅 （长叹口气，唱）

　　　　芭蕉结出山楂果，

　　　　家门不幸怪事多。

　　　　歪心眼的徒弟早年赶出门，

　　　　祖上传老铜鼓四处找不着……

　　　　想必是二宝他财迷心窍偷去卖，

　　　　传家宝如丢失逼我活活见阎罗……

[山秀推车上。

山　秀 师傅，你莫急……

奶　雅 师傅？哪个是你师傅？我们早就一刀两断了！

山　秀 啊？奶雅……晓得你丢了铜鼓心里着急，我已喊了好多人帮你寻找。

奶　雅 我家的事，不用你管！

山　秀 （唱） 打断骨头连着筋，

　　　　一日为师一世情。

　　　　我虽不配为你徒，

　　　　鼓王村里是乡亲。

　　　　村委主任官虽小，

　　　　大事小情挂在心。

　　　　　　传世铜鼓若丢失，
　　　　　　追不回难辞其咎罪在我的身！
奶　雅　（气鼓鼓地）哦，忘记了，你还是个当官的啵！
　　　　［莫闰年戴草帽、挎酒壶，领时尚装扮的常诗远上。
山　秀　莫副镇长，我正要找你，你就来了。
莫闰年　你真的找我？二十几年了，你一次都没有找过我啊！（取水壶喝酒，唱）遥忆当年在校园，
山　秀　（唱）中学同窗整三年。
莫闰年　（唱）你是那校花一朵好娇艳，
山　秀　（唱）你和我路宽路窄各一边。
莫闰年　（唱）也曾苦苦把你恋，
山　秀　（唱）奈何今世没有缘。
　　　　莫副镇长，你今天找我，不是为了叙旧吧？
莫闰年　（将头上草帽摘掉，狠狠丢到地上，苦笑）哼，副镇长？这东西就像这顶烂草帽，风吹落地，野崽才去捡它！
山　秀　（从地上捡起草帽递给莫闰年）还是戴起来好。莫副镇长，今天找我何事？
莫闰年　（将常诗远拉过来）哦，讲正事。这是城里来的研究生常诗远，专门研究铜鼓文化的。交给你了，山秀主任。
山　秀　（一把抓住常诗远的手）好靓的妹崽呀！欢迎欢迎！来，（把她领到奶雅身旁）这是铜鼓乐阵的非遗传人奶雅，要研究铜鼓文化，你先找她吧！
　　　　［常诗远拉着奶雅的手聊了起来。
山　秀　我们村上报给镇政府的《创建"铜鼓生态文化村"的方案》你们看了没有？
莫闰年　看啦，也讨论过了，只是很难落实呀！
　　　　［志得意满的黄老板上。
黄老板　哈哈，有我们公司在，就不难了。（递过一沓文案）你看看，要文

有文，要旅有旅，一村一品，一品一格，牛得很哪！走，莫镇长，我在前面酒楼摆了一桌，我们边喝边谈——现代节奏！

莫闻年　（拧开酒壶，又喝一口）别别别，这种事搞不得！我们有我们的纪律，我有我的酒……

黄老板　好官好官，那我们就不喝酒，只谈工作。走走走！（强拉莫闻年下）

常诗远　（来到山秀身旁）村主任阿姨……哦，不不，大姐，我们什么时候回鼓王村啊？

山　秀　看你急的，是要赶写毕业论文吧？

常诗远　阿姐啊！（唱）

　　　　鼓声阵阵在耳旁，
　　　　鼓韵铿锵诗行行。
　　　　巾帼英豪数瓦氏，
　　　　那是我终身追寻的诗和远方……

山　秀　好！有志气！（唱）

　　　　鼓王村家家皆是俍兵后，
　　　　效先贤心怀家国竞风流。
　　　　定让那田园秀美山河壮，
　　　　定让那鼓声不绝传千秋！

常诗远　（一把抱住山秀）好，太好啦！

〔大嘴、油菜花领垂头丧气的二宝上。坐在一旁的奶雅一把冲上抓住二宝。

奶　雅　（声色俱厉）二宝，我收床底的鼓王是不是你拿走的？

二　宝　我……我……我想结婚，把它卖了……

奶　雅　（气急）快、快把它追回来！

二　宝　追……追不回来了……那个人已开车走了……

奶　雅　（一记耳光狠狠扇了过去）你……你……孽种……（昏厥于地）

山　秀　（一把背起奶雅）快！医院！

[切光。

[隐隐传来撼人心扉的铜鼓声和无字壮歌……

第二场

[数日之后。

[鼓王村,奶雅家干栏前。

[山歌声隐隐传来。黄老板手拿喇叭吆喝上。

黄老板 各家各户听好啦:鼓王村的旅游项目马上就要开工啦!(唱)

　　　　天大地大赚钱大,

　　　　文旅项目要开发。

　　　　推土机已开到山脚下,

　　　　赶紧收拾快搬家!

[黄老板吆喝着下。众村民议论纷纷。

油菜花 住了几代人的房子,讲搬就搬,哪有这么容易?搬个鸡窝,都要商量几天呢!

众村民 怎么办?

[山秀上。

众村民 山秀,我们听你的,搬不搬?

山　秀 乡亲们哪!(唱)

　　　　干栏座座鼓王村,

　　　　庇护代代壮家人。

　　　　瓦氏捐银建鼓楼,

　　　　鼓王神匾传到今。

　　　　家家神台祭先祖,

　　　　户户香火奉英灵。

　　　　　花瓦家杀敌抗倭千里外，
　　　　　众先贤佷兵鼓阵扬威名！
　　　　　老干栏一砖一瓦有灵性，
　　　　　鼓王楼一木一柱总关情。
　　　　　谁敢拆壮家干栏鼓王楼，
　　　　　他定是黑了肝肠昧良心！

村民甲 这样讲来，搬不得？

山　秀 他们做的拆迁方案，我们村委会不同意。

村民乙 他们有政府撑腰，你就不怕？

山　秀 我们有我们的方案，定会得到政府的支持。

油菜花 对！你家不搬，我们就不搬！你家不拆，我们也不拆！

山　秀 地里头活路多，大伙忙去吧！我就坐在这里，等到他们来，我倒要看看，哪个敢拆我们村的干栏？

　　　　［众村民下。常诗远上。

常诗远 阿姐，我到处找你。

山　秀 有事吗？

常诗远 我的论文提纲写好了，想给你看看。

山　秀 回头再看。奶雅今天出院，我在这里等她。

　　　　［大嘴背着奶雅上，放在干栏前凳子坐下。双手被绳子绑着的二宝随上。

常诗远 阿婆，山秀大姐来看你了。

山　秀 （怯怯地）师傅，好些了吗？

奶　雅 哼！（扭头）哟，这是哪家的妹崽？长得恁秀气的！

山　秀 （无奈）契娘啊！（唱）
　　　　　眼望契娘心潮滚，
　　　　　你头上白发又添几多根？
　　　　　娘不认女女不怪，
　　　　　难忘旧时养育恩……

奶　雅　哼！（唱）
　　　　　莫谈什么养育恩，
　　　　　后悔当年认错人。
　　　　　领养孤儿是祖训，
　　　　　今天休想进我门！

山　秀　（牵奶雅手，再喊）师傅，我的契娘啊！（唱）
　　　　　认娘拜师十年整，
　　　　　你为山秀操碎心。
　　　　　当初我偷看鼓谱大不该，
　　　　　今日诚意来赔情。

奶　雅　（唱）切莫喊师傅契娘假惺惺，
　　　　　奶雅我心中一腔恨难平！
　　　　　人讲山中猴子精，
　　　　　你比犸骝会哄人。
　　　　　我家鼓谱不外传，
　　　　　你偷学偷背在三更。
　　　　　你欺二宝无心肺，
　　　　　诓他偷谱昧良心！
　　　　　你欺大嘴人憨厚，
　　　　　偷练阵法晒谷坪。
　　　　　好在老天开了眼，
　　　　　追回鼓谱把你撵出门。
　　　　　俍兵鼓谱绝千古，
　　　　　岂能让你心术不正一人来独吞？！

山　秀　是我错了，我太心急，想多看几眼，早点学成……（拉奶雅手）你撵我出门我不怪……今天，就是特地来给你赔情的……

奶　雅　（甩开山秀的手，拉着常诗远）妹呀，你难得来，阿婆去煮红蛋给你吃！

[奶雅拉常诗远往里走，山秀欲跟随，被奶雅栏住。

奶　雅　你，不能进！

山　秀　（无语）我……

奶　雅　（呼）老大，先把二宝锁进牛栏！三天三夜不给吃喝！鼓王找不回来，就让他饿死在牛栏！

二　宝　（哭丧）阿妈，我晓得错了，我自己去……（下）

奶　雅　（从门背拉出一根扁担递给大嘴）你给我守好门口，这个女人，不准进家！（进屋）

[山秀看着手持扁担的大嘴，哭笑不得。

大　嘴　（小声地）师妹，你快走吧……

山　秀　师兄，我还有好多话要和她老人家讲……

大　嘴　（为难地）你就在门口讲吧！

山　秀　（双膝跪在门前）契娘啊，师傅啊！（唱）

　　　　面对那割舍不断双倍情，
　　　　珠泪滚滚肚里吞。
　　　　忆当年，你将孤女来抚养，
　　　　不是亲生胜亲生。
　　　　过节给我鸡把腿，
　　　　阿哥阿弟泪盈盈。
　　　　月下为我缝衣衫，
　　　　送我上学起五更……
　　　　忆当年，教我打鼓收门庭，
　　　　一招一式记在心。
　　　　哥弟常挨鼓槌敲，
　　　　竹枝抽我轻又轻……
　　　　叹只叹，山秀无缘天分浅，
　　　　得罪师傅撵出门。
　　　　人生憾事万万千，

唯有此憾憾终身！
契娘啊，你不认女儿女认娘，
我此生只有你这老娘亲！
师傅啊，你不认徒儿徒认师，
今生今世做定佤兵鼓乐传承人！
干栏前一拜二拜连三拜，
哪怕它青石板上跪出痕！

[山秀在门前青石板上一跪二跪又三跪。

[大嘴背身双肩抽搐，腾出一只手抹泪。

[常诗远从干栏内抹泪冲出。

常诗远 （哭）阿姐，人家不认你，你为什么还受这种气？快走吧！

[黄老板领拆迁队员上。

拆迁人 黄老板，家家都不搬，我们怎么办？

黄老板 射人先射马，擒贼先擒王，先从这家动手！

[山秀走向大嘴，从大嘴手上抢过扁担，怒目而视。

黄老板 拆！

山　秀 你敢？乡亲们，上！

黄老板 （挥手）上！

[拆迁队员跃跃欲试。

[山秀舞起扁担，众村民挥舞扁担冲上，扁担急打，声声铿锵，犹如佤兵鼓阵，将拆迁队员围在中间。

山　秀 黄老板，（扁担一指）你如此鲁莽行事，势必酿成大错！

黄老板 错什么错？这一切都是按莫副镇长的指示办的！

山　秀 我已将鼓王村的情况给上级做了详细的书面报告，答复之前，你们不能轻举妄动。现在，我以鼓王村村委会主任的名义，请你们离开！

黄老板 咦，村委会主任？这是个什么级别？

山　秀 管他什么级别，请你马上离开！

黄老板　那……我只有找莫副镇长了。

　　　　[黄老板挥挥手，众拆迁队员随他下。

　　　　[奶雅开门，奉香上。

奶　雅　（举香跪拜）瓦氏先辈，惊扰你老人家了。老大，请神匾！

大　嘴　是！（入内）

　　　　[大嘴捧神匾上。

山　秀　众位乡亲，给我们的先人、抗倭英雄上香！

　　　　[在山秀带领下，众村民虔诚上香……

　　　　[光急收。

　　　　[铜鼓声急促如狂奔的马蹄，声声叩人心扉……

第三场

　　　　[月余之后。

　　　　[奶雅家干栏内火塘旁，摆着酒坛、菜肴。

　　　　[奶雅闭眼坐在竹椅上，咳嗽声声。大嘴在身后给她轻轻捶背。

奶　雅　老大，去牛栏给我把那个报应家伙押上来！

　　　　[大嘴下。

奶　雅　（唱）　天不落雨草木枯，

　　　　　　　　村无鼓王祸事出。

　　　　　　　　今生若丢这面鼓，

　　　　　　　　见了先人恨难除。

　　　　[大嘴手持竹棍，牵绑着双手、一身草屑的二宝上。

奶　雅　（仍闭着眼）老大，拿家法，给我打这个败家东西！

大　嘴　（为难地）阿妈，这……

奶　雅　你不愿打？（挣扎欲起）我来……

大　嘴　（赶紧）我打，我打。（扶奶雅坐好，举起棍子）

奶　雅　打！

大　嘴　（手举棍子，见阿妈还闭着眼，一棍打在板凳上）我看你还敢不敢卖鼓王！

奶　雅　（闭着眼睛）老大，板凳不晓得痛，还是我来吧！

二　宝　卖鼓王都是我的错。阿哥啊，你的崽，都认得打酱油了，我三十郎当还打光棍，好不容易找得个油菜花，又怕她挨人家撩去……

奶　雅　给我打！（唱）家门不幸出孽障，

大　嘴　（唱）手举木棍心发慌。

二　宝　（唱）只因家穷偷卖鼓，
　　　　　　　鬼迷心窍梦一场。

奶　雅　（挣扎站起，盯着大嘴）狠狠打！

　　　　［大嘴闭着眼，咬牙一棍打下。二宝痛得大叫，奶雅跌坐竹椅。

奶　雅　（唱）你把鼓王卖何方？
　　　　　　　赶紧追回莫彷徨！
　　　　　　　纵然是砸锅卖铁也要把鼓赎，
　　　　　　　莫让我到阴间愧见先人脸无光！
　　　　　打！

　　　　［大嘴双手颤抖打下第二棍。二宝痛得满地乱滚。

二　宝　阿妈，我晓得错了，也想把鼓追回来啊！（唱）
　　　　　　　追老板，到圩场，
　　　　　　　要赎神鼓供神堂。
　　　　　　　几经转手再难寻，
　　　　　　　二宝无脸见亲娘！

奶　雅　（气极）打！往死里打！

　　　　［大嘴举棍，双手颤抖，闭眼欲打。

　　　　［山秀内喊："住手！"冲上一把架住。

山　秀　（夺过木棍掷地上）莫要打了，再打，就要出人命了。

| 奶 | 雅 | 哼，不打？说不定他连鼓谱、神匾都敢偷出去卖了！
| 山 | 秀 | （无语）这……
| 奶 | 雅 | 我家管崽，你又来做什么？哪个喊你进来的？
| 大 | 嘴 | 阿妈，是我请来的。今天，我想请山秀阿妹到家来吃一餐饭……
| 奶 | 雅 | 啊？还要吃饭？老大，你这是什么意思？
| 大 | 嘴 | 阿妈啊！（唱）

    阿妈住院十数天，

    山秀她忙前忙后不得闲。

    三更才睡五更起，

    鸡汤送到病房前。

    怕你生气不露面，

    悄悄去付医药钱。

    阿妈啊，山秀待你情不变，

    阴晴冷暖挂心间。

    三九为你送寒衣，

    酷暑为你把药煎。

    好事做了几箩筐，

    瞒你一天又一天！

    阿妈啊，这样的好人哪里找？

    你们是前世修来的母女师徒缘！

| 奶 | 雅 | （摇头叹气）壮家人千金一诺，知恩必报，理当如此。也罢……摆酒！
| 大 | 嘴 | 山秀阿妹，请坐。

  [山秀坐在火塘边。二宝爬起欲坐。

| 奶 | 雅 | 你不能坐！（端起一碗酒）山秀啊，这碗酒，谢你对我的这份情义，喝！（饮酒）
| 山 | 秀 | （举碗一饮而尽）契娘啊！（唱）

    多年未喝家中酒，

奶　雅　（唱）恩怨想丢又难丢……

　　　　[伴唱：

　　　　　　五味杂陈在心头，

　　　　　　难说是喜还是忧……

山　秀　（举碗）师傅，我来敬你！（一饮而尽）

奶　雅　（饮酒）师傅就免了，这家门你也进了，这谢恩酒你也喝了，我俩的恩恩怨怨就此了结，互不相欠！（起身欲下）

山　秀　等等，还有第三碗酒呢！（朝门外喊）拿进来吧！

　　　　[常诗远手捧沉甸甸的竹篓上。

奶　雅　什么东西？

山　秀　师傅，我把鼓王给你送回来啦！（揭绸）

奶　雅　（颤抖抚鼓，老泪纵横，唱）

　　　　　　神鼓归来谢苍天，

　　　　　　恍然如梦在眼前。

　　　　　　有心上前谢山秀，

　　　　　　话到嘴边难开言……

　　　　老大，供神鼓！

二　宝　我来我来！

奶　雅　（一记耳光）滚！

　　　　[油菜花哭哭啼啼跑上，将身上首饰摘下掷还二宝。

油菜花　晓得你坏，没晓得你恁坏！这些东西不要了，用昧心钱买的都不能要，还给你！

二　宝　（哀求）我是真心的咯，我们都……

油菜花　你占我那些便宜也就算了，明天我也进城打工去了！（哭啼下）

　　　　[二宝欲拦不能，羞愧万分，自扇耳光。

奶　雅　（端酒）山秀啊，神鼓和鼓谱都是我的命根子，你帮我找回了半条命。往后啊，这个家，你可以进了，你喊我一声契娘，我也不好不答应……

山　秀　（跪下）师傅！……

奶　雅　慢！起来！这声师傅，你还是不能喊的；这个徒弟，我还是不能认的。当年撵你出门没有相送，今天，这碗酒，就算是师徒一场的散伙酒吧！喝！

山　秀　（欲接不能）这……这……

常诗远　这太不讲理了！阿婆啊！（唱）
　　　　　　鼓丢失阿姐她如火焚心，
　　　　　　为追鼓阿姐她跑断脚筋。
　　　　　　为赎鼓阿姐她耗尽积蓄，
　　　　　　为送鼓阿姐她苦赔笑脸受尽屈辱咬碎牙齿珠泪滚滚肚里吞！

山　秀　莫乱讲！

常诗远　阿姐，我们走！

　　　　［莫闰年、黄老板上。

莫闰年　山秀，我到处找你。

山　秀　莫副镇长，我的规划方案你们研究了吗？

莫闰年　（轻叹）研究？研究什么……好好的规划，给你搞得一塌糊涂！（喟然长叹）唉！功败垂成！

山　秀　什么是真正的文旅结合，一村一品，你们明白了吗？

莫闰年　（打断）莫讲了，你怎么还是这么一根筋啊……现在，我代表镇政府宣布：撤销你村委会主任职务！

山　秀　我是村民代表选出来的，要撤，也应该由村民代表大会撤。在位一天，鼓王村的事，我就要管好一天！

黄老板　呢，嚣啵！

大　嘴　（拉莫闰年）莫副镇长，来，喝杯酒！

莫闰年　（取水壶猛喝一口）有规定，喝自己的！

　　　　［切光。

　　　　［悲切的壮语哼鸣牵来隐隐铜鼓声……

第四场

［月夜。

［村头。一排排鼓状、蛙状、蛇状的图腾柱，在朦胧月色和寒星的映照下，焕发出神秘色彩。

［山秀扶着图腾柱，双肩抽搐，失声痛哭。

［铜鼓声、喊杀声隐隐而来。瓦氏夫人踏鼓声而上。

山　秀　（抬头抹泪，起身寻觅）啊？瓦氏夫人！前辈，是你吗？

瓦氏夫人　（唱）蜈蚣旗卷大风铜鼓激荡，

别田州驱倭寇驰骋疆场。

众俍兵刀枪亮声威气壮，

布奇阵巧歼敌看我壮家好儿郎！

山　秀　（崇敬地作揖）晚辈山秀见过总兵大人！

瓦氏夫人　我好像听人家讲过，壮家有两个女人不会哭，一个是我，另一个是你，怎么，今天你哭了？

山　秀　从小，师傅给我讲了俍兵抗倭的壮举，还有好多你的故事，我就再也不在别人面前哭了。今夜……一时按捺不住，让前辈见笑了。

瓦氏夫人　（笑声朗朗）都是女人，怎么不能哭？该哭就哭，痛快地哭他一回，心里就好受了……

山　秀　那……你哭过吗？

瓦氏夫人　哭过，在被窝里偷偷哭过……

山　秀　你哭为何？

瓦氏夫人　当我看到壮家的兄弟姐妹为国捐躯、血洒他乡，回不了家的时候；当我遇到朝廷刁难、克扣军饷的时候；当我面临一个女人最难最难的时候……

山　秀　前辈，看来，我的难处比你小多了……

瓦氏夫人　你有何难？讲来听听。

山　秀　我想得到你俍兵鼓阵的鼓谱，让它为家乡造福，让它给你的鼓兵后人挺直腰杆。这难道错了吗？

瓦氏夫人　何错之有？我当年带领俍兵出征，为的也是这个……

山　秀　当我被师傅撵出家门、被亲人误会的时候，我……只有对着月亮哭，向你……前辈倾诉……想要学你，好难，想要像你，更难啊……

瓦氏夫人　（唱）百难交织人生短，

　　　　　　　　重重障碍把路拦。

　　　　　　　　一级台阶一道坎，

　　　　　　　　上得巅峰天地宽！

　　　　小妹崽……好自为之吧！（身影随着铜鼓声飘荡而去）

山　秀　（遥望夜空，绕柱追寻）前辈，怎么才能跨过这道坎？你再教教我呀！

　　　[山秀一番找寻，又情不自禁扶柱哭泣。一个男人的声音飘了过来，山秀抬起泪眼。

　　　[另一副模样的莫闰年倚着图腾柱笑吟吟看着她。

山　秀　你是谁？

莫闰年　我是你想象中的另一个莫闰年。

山　秀　你的草帽和酒壶呢？为什么变成了这个样子？

莫闰年　我本来就应该是这个样子嘛！（唱）

　　　　　　　　不戴草帽不背酒，

　　　　　　　　潇洒人生无所求。

　　　　　　　　只要不往仕途走，

　　　　　　　　闰年无忧也无愁。

山　秀　老同学，当初，你确实有点这种味道，我才对你高看一眼的，谁料到啊……（唱）

　　　　　　　　官场如饵又如钩，

　　　　　你追名逐利像泥鳅。
　　　　　背个酒壶装清廉，
　　　　　戴顶草帽耍滑头！

莫闰年　（苦笑）一针见血，痛快！我何尝不想学你，做一枝出污泥而不染的莲花呢？奈何……（叹气）身不由己啊！

山　秀　这就是当年我们分手的理由吧？

莫闰年　山秀，其实，我晓得，你的想法是对的，你的方案其实是富有远见的。

山　秀　这是你的真话？

莫闰年　（叹气）真的，有时不一定是对的；对的，有时不一定是能做的……

山　秀　我懂了，我一直在想，真正要脱贫的，到底是谁？是他们？是我？还是你？

莫闰年　也许……都是。山秀，力主撤你职务的是我，你记恨吗？

山　秀　人在干，天在看，感激和记恨又有何用？

莫闰年　今夜月色这么好，我真想和你谈一谈工作之外的话题。

山　秀　谈什么？难道除了工作，我们还有别的好谈吗？

莫闰年　（叹）唉！山秀，刚才我看见了，你流泪的样子好美、好美！好有女人味呀……（隐于图腾柱后）

　　　　[山秀倚柱悠思，禁不住双泪长流。心底的一声声呼唤飘荡而来。她仿佛看见当年的情景——薄暮时分的村头，阿妈们呼唤儿女回家吃饭的各种吆喝此起彼伏："妹呀，回来吃夜啰！""弟呀，你这个砍头鬼，到哪块野去了？"……

　　　　[呼唤声使山秀情不自禁地转身扑去，扑到飘然而至的奶雅怀中……

山　秀　（抹泪）契娘，我晓得我错在哪里了，师傅，我晓得你为什么不认我这个徒弟了……

奶　雅　听人家讲，离开了我家，你就再也没有哭过了，是真的吗？

山　秀　不是真的。一个人的时候，我也偷偷哭。不哭，是装给别人看的。

奶　雅　　就连你赶我出门，也没有人见我流过泪。
奶　雅　　哦，原来是这样！装不哭，比哭还要难……那天，把你撵出门后，我一个人关门哭了三天三夜——我的病根，就是那个时候落下的……
山　秀　　其实，女人真该哭，久不久，痛快地哭他一场。
奶　雅　　山秀啊！（唱）
　　　　　几十年苦苦寻觅到如今，
　　　　　为的是俍兵鼓谱得传承。
　　　　　老大老二生来憨，
　　　　　寻遍百里难觅称心人。
　　　　　谁料想，天上掉下个小精灵，
　　　　　你冰雪聪明有慧根。
　　　　　谁料想，你聪明反被聪明误，
　　　　　偷鼓谱违祖训伤透我的心！
　　　　　谁料想，师徒俩名断缘不断，
　　　　　你初衷不改痴情依旧秋复春。
　　　　　你声声契娘喊不停，
　　　　　你明里暗里关照呵护待我如娘亲。
　　　　　你苦缠师傅我撵不走，
　　　　　你敬先贤敬铜鼓一往深情……
　　　　　叹人世，阴晴圆缺本无定，
　　　　　恩怨如麻理不清。
　　　　　我的门，开也难来关也难，
　　　　　无缘怎能同路行？
　　　　　我的心，好比秤杆无准星，
　　　　　称不出你到底是假还是真？
[奶雅隐身于图腾柱后。
[山秀在图腾间穿梭寻觅。

山　秀　（喃喃自语）瓦氏前辈，你在哪里？契娘师傅，你在哪里？你们在哪里呀？（唱）

　　　　无人处，泪纷飞，
　　　　雨洒梨花露沾梅。
　　　　谁说女儿不当哭？
　　　　只为人前不露悲。
　　　　一缕情，千滴泪，
　　　　情到深处诉与谁？
　　　　心海决堤春潮激，
　　　　长歌当哭响惊雷！
　　　　一次哭，一回醉，
　　　　泪眼望月月徘徊。
　　　　试问人生几道坎，
　　　　女儿还该哭几回？
　　　　铜鼓女，壮家妹，
　　　　泰山压顶志不摧！
　　　　风雨过后千山秀，
　　　　野火燎原草更肥！

〔乌云散去，月华如水银泻地，一派璀璨。
〔图腾柱间只有山秀孤独的身影。
〔常诗远声声呼唤由远而近。
〔山秀从幻觉挣脱出来，赶紧抹泪。
〔常诗远上。

常诗远　阿姐，你怎么在这里？
山　秀　我想一个人安静一下。
常诗远　（惊讶地）你……你好像哭了？
山　秀　乱讲，你什么时候见我哭过？
常诗远　唉！眼前尽是无穷无尽的烦恼，尽是解不开的死结！没有诗，更没有远方！（一声长叹）要是我，就痛痛快快地哭他一场！

山　秀　我好累……你能帮帮我吗？

常诗远　帮你？哦，晓得了！这些天，铜鼓告诉了我一切。你让我明白了好多事，我拿定了主意，一毕业，就到鼓王村来，待上他一辈子！

山　秀　（欣慰地抚摸着常诗远的头）这就对啦！眼前的事做好了，诗有了，远方，也就有了……

常诗远　（动情地）阿姐！

[光渐暗。

[金戈铁马、铜鼓声声动地而来……

第五场

[数日之后。清晨。

[奶雅家干栏前。

[奶雅领大嘴和众村民扶"鼓王楼"牌匾上，二宝试图上前扶匾，被奶雅一掌推开。

奶　雅　你不够格！一边去！

[二宝嘟囔着蹲过一旁。

大　嘴　阿妈，时辰已到！

奶　雅　挂匾——！

[鞭炮声大作，乡亲们仰望着"鼓王楼"牌匾徐徐升起……

[山秀内唱：别县城返山乡披星戴月脚不停……（上）

山　秀　（接唱）鼓王楼映霞光神匾高悬耀眼明，

　　　　　盼只盼铜鼓声声传山外，

　　　　　盼只盼青山绿水似画屏！

[黄老板手持喇叭上。

黄老板　各位乡亲，今天是搬迁的最后期限了，莫副镇长要亲自压阵，这干栏，你们住了几代人，猪粪牛屎臭烘烘，还有什么舍不得的？

山　秀　新规划的鼓王村座座干栏，根本就没有猪粪牛屎味，你难道没有看过我的方案？

黄老板　看过又有什么用？山秀主任，你就听我一句劝吧！

（唱）项目上马不容缓，
　　　火烧眉毛在眼前。
　　　镇里早有好规划，
　　　你何苦犯上来阻拦？
　　　只因为你认死理不听劝，
　　　才落得师傅不认守寡单身升迁难！

山　秀　（唱）望神匾，心潮翻，
　　　　　鼓声激荡四百年。
　　　　　似看见，瓦氏龙旗卷惊涛，
　　　　　抗倭俍兵刀光寒。
　　　　　似听见，铜鼓声声丧敌胆，
　　　　　壮家儿女奏凯旋！
　　　　　山秀我，本是俍兵鼓人后，
　　　　　追今抚昔忆先贤。
　　　　　叹只叹，龙旗飘飘今安在？
　　　　　俍兵鼓乐奏何边？
　　　　　望家山，乡村振兴路漫漫，
　　　　　也曾将新村宏图绘心间。
　　　　　山秀我位卑不敢忘家国，
　　　　　率乡亲披挂上阵到前线。
　　　　　千山万弄神奇地，
　　　　　千钧重担挑在肩。
　　　　　盼只盼鼓魂助我奏新曲，

敲出壮家艳阳天！

黄老板　（气急）你！唉……算了，我懒得同你争，争也争不过你！（招手）来人哪！

[幕后机声隆隆，拆迁队员上，奶雅率村民持扁担拦住。

[莫闻年匆匆忙忙上。

莫闻年　你们都先下去，我有要紧事情和山秀同志商量！

[众乡亲不愆而去，奶雅坐在鼓王楼前不走。

莫闻年　老同学啊！（唱）

　　　　平日看你不出样，

　　　　藏而不露少锋芒。

　　　　今早起镇政府人人跌眼镜，

　　　　感叹你熊心豹胆也敢尝！

　　　　越级擅闯县政府，

　　　　常委开会你搅黄！

山　秀　是县委张书记请我去的！

莫闻年　怎么请，也请不到你一个村委会主任呀！

山　秀　信不信由你，是张书记叫我到常委会上发言的。

莫闻年　山秀啊！（唱）

　　　　领导客气你张扬，

　　　　言辞慷慨更激昂。

　　　　胡言乱语惹大祸，

　　　　坏了规矩怎收场？

山　秀　（唱）梦中瓦氏对我讲，

　　　　报效家国勇担当。

　　　　纵是衙门深似海，

　　　　虎穴龙潭闯一场！

　　　　为的是告慰先贤续文脉，

　　　　为的是铜鼓声声万里扬……

莫闰年　（叹气）唉！讲得天花乱坠，不如真抓实干。黄老板，快把你的队伍拉上来！

黄老板　是！（朝后招手）上！

［幕后机声大作，人声鼎沸。

山　秀　莫副镇长，你就不能……

莫闰年　（打断）不能再拖时间了，再拖下去，我连烂草帽都没得戴了！开工！

［众拆迁队员与持扁担的众村民剑拔弩张……

山　秀　（大喝）不能动手！

莫闰年　（推黄老板一把）你先上！

［黄老板挥铲劈向奶雅家干栏，山秀挺身阻拦，被击中头部，倒在地上……

常诗远　（扑上）阿姐——

莫闰年　（惊慌）住手！不能伤人！

［黄老板扔铲，不知所措。

［莫闰年手机响，慌忙接电话。

莫闰年　（惊恐地）是、是……马上停工……

黄老板　（哆嗦地）怎……怎么办？

莫闰年　县委工作组马上到，带上你的人马，撤！

［黄老板挥挥手，众拆迁队员下。

莫闰年　（来到山秀身边）我送你去医院吧？

奶　雅　你走开！（扶起山秀）

［莫闰年讪讪下。

奶　雅　快拿草药来！

［山秀缓缓睁开眼睛。

奶　雅　山秀，我的女儿啊……

山　秀　契娘……

奶　雅　从今天起，你把那个"契"字去掉。

山　秀　我还想喊你一声……师傅……
奶　雅　早就该认你了……
山　秀　阿妈……师傅……
奶　雅　哎……
　　　　[山秀幸福地依偎在奶雅怀里……
　　　　[切光。
　　　　[婉约深情的壮语民歌悠然而起：
　　　　　　藕塘干了十八年，
　　　　　　塘干藕死丝还连。
　　　　　　一朝惊雷春雨洒，
　　　　　　花也艳来藕也鲜……

第六场

　　　　[来年。壮乡蚂拐旅游节。
　　　　[远山隐隐，一排排新老干栏错落有致。
　　　　[鼓王村头，图腾柱前。
　　　　[各路游客兴致勃勃纷至沓来。
　　　　[二宝拿着鼓槌，焦灼不安引颈远眺。
二　宝　（兴奋地）来了、来了……唉，又不是！（失望地抱头）
　　　　[山秀拉着油菜花来到二宝面前。
山　秀　二宝，你看，哪个来了？
二　宝　嗨！（狂喜）等你等到脖子酸，望你望到眼睛穿！油菜花，你总算回来了！
油菜花　本来不想回的，是山秀姐三番五次进城劝我，又找那个人办好了离婚手续，我才回来的。二宝，人家……心里有点怕……

二　宝　怕什么？怕我把你也卖出去？如今的二宝啊，一门心思跟着师姐学打鼓、摆阵法，一门心思……只想跟你……有个家……

山　秀　妹子，浪子回头金不换，人家二宝现在也是抢手货啵，你要抓紧了！

油菜花　（忸怩）那我就……只好便宜他啰……

山　秀　万事俱备，过了蚂拐节，你们就可以摆酒啦！

二　宝　（咧嘴傻笑）嘻嘻……是真的吗？

油菜花　你还不赶紧谢谢山秀姐？

山　秀　俍兵鼓乐的第一次演出，马上就要开始了，二宝，莫忘记你是领鼓人哦！

二　宝　师姐啊！（唱）谢你量大大过天，

油菜花　（唱）谢你巧把红线牵。

二　宝
　　　　（唱）金山银山双手开，
油菜花
　　　　　　　恩爱美满好姻缘！

［二人下。

山　秀　（笑）二宝二宝，一对活宝！

［山秀眺望远山，不禁思绪联翩。

山　秀　（唱）风风雨雨又一年，

　　　　　　　鼓王村旧貌换新颜。

　　　　　　　干栏错落青山外，

　　　　　　　铜鼓声飘白云边。

　　　　　　　生态乡村景色新，

　　　　　　　有口皆碑美名传。

　　　　　　　看如今，各方游客如云织，

　　　　　　　不敢懈怠半日闲。

　　　　　　　待到那，瓦氏雄风重振时，

　　　　　　　俍兵鼓乐成大观！

［莫闰年、黄老板一身鼓手装束，拿鼓槌上。

山　秀　哟，老同学，这个样子蛮好看！

莫闰年　（释怀地）副镇长当不成了，现在，我天天跟你学打鼓，出一身汗，好爽神哪！不戴草帽不背酒，无拘无束乐悠悠！

山　秀　黄老板，你的人都到齐了吗？

黄老板　山秀啊，老板当不当无所谓，当你的马仔也蛮舒服！放心吧！我们听你的号令！（二人下）

[奶雅率众村民顶礼膜拜上。祭司手舞足蹈，口中念念有词。

祭　司　一炷香，敬娘娘——

众村民　瓦氏佑我福寿长——

祭　司　二炷香，拜鼓王——

众村民　铜鼓敲得日月旺——

祭　司　三炷香，传鼓谱——

众村民　红水河后浪推前浪！

[奶雅将一本发黄的鼓谱郑重交给山秀。山秀跪接鼓谱。

奶　雅　（感慨地）山秀啊！这本鼓谱传了四百年，先人传给我，我又找了几十年，今天，终于传到了你的手上……这回，我就放心啦……

山　秀　师傅，你的话，我都记在心里了！

大　嘴　演出时辰快到了。

山　秀　师傅，你来指挥吧！

奶　雅　山秀，往后的俍兵鼓阵就交给你了！

[奶雅将令旗递给山秀。

山　秀　请鼓王！

[大嘴、二宝等人抬出铜鼓。

[山秀挥舞令旗。大嘴、二宝手中的鼓槌轻敲慢划，奔腾的马蹄声由远及近……

[一群壮乡姑娘手持扁担，慢敲紧打，犹如瓦氏帐下英姿飒爽的女俍兵。

[山秀再挥令旗，众鼓手辗转腾挪，鼓阵升腾起滚滚硝烟……

山　秀（唱）鼓是度，鼓是法，
　　　　　　进退有序全凭它。
　　　　　　当年瓦氏抗倭寇，
　　　　　　而今要传千万家。
　　　　　　鼓声飘过四百年，
　　　　　　声声不断向天涯！

［山秀身姿曼妙，舞动令旗。
［喊杀声此起彼伏，声遏行云。

奶　雅（唱）铜鼓声声起硝烟，
　　　　　　瓦氏犹如在眼前。
　　　　　　一腔热血洒疆场，
　　　　　　看我壮家好儿男！

山　秀（唱）遇水搭桥两岸连，
　　　　　　逢山开路路通天。
　　　　　　古今倭寇皆要灭，
　　　　　　不歼顽敌誓不还！

众　人（唱）三两好钢打把刀，
　　　　　　挂在身边动摇摇。
　　　　　　哪个敢挡康庄道，
　　　　　　不断头来也断腰！

［山秀令旗招展，铜鼓队变幻出神奇战阵。
［鼓阵中闪出了心驰神往的常诗远。

常诗远（唱）鲜花在枝头绽放，
　　　　　　云雀在空中飞翔。
　　　　　　种子在沃土中萌芽，
　　　　　　瓜果在金秋里飘香。
　　　　　　干栏屋妙过那摩天大厦，
　　　　　　铜鼓声美过那交响悠扬……

　　　　　　看到了——
　　　　　　未来的希望和理想。
　　　　　　这才是——
　　　　　　我要找的诗和远方……
　　　　　[山秀令旗频挥，各式铜鼓交梭传递，变幻莫测……
众　人（唱）山脚抛刀山顶接，
　　　　　　试看哪个功夫绝。
　　　　　　铜鼓一敲千山应，
　　　　　　四百年来未曾歇！
　　　　　[山秀形随意动，令旗挥舞，各式铜鼓恢宏交汇。
山　秀（唱）盛世华章似画卷，
　　　　　　乡愁缕缕涌心间。
　　　　　　鼓声直上九重霄，
　　　　　　江河湖海奏和弦……
众　人（唱）铜鼓人，铜鼓篇，
　　　　　　敲出八桂艳阳天。
　　　　　　壮音一曲动天地，
　　　　　　铜鼓声声万代传！
　　　　　[万鼓齐鸣，似春涛滚滚，似雷声阵阵；声势磅礴，蔚为大观……
　　　　　[光渐收。

　　　　　　　　　　　　　　　　　　　　　　（剧终）

（该剧创作于 2018 年 12 月，重写于 2024 年 6 月）

壮剧《黄文秀》片段

　　　　　　〔乌云压城，山雨欲来，黄文秀匆匆赶路。
黄文秀　（唱）　散会急忙把路赶，
　　　　　　　　　今晚定要把村还。
　　　　　　　　　村后水库有隐患，
　　　　　　　　　防洪堤坝待加宽。
　　　　　　　　　三叔老屋多漏雨，
　　　　　　　　　阿婆一人正孤单……
　　　　　　〔四姐妹追上，拦住黄文秀。
四姐妹　（唱）　天气预报大雷雨，
　　　　　　　　　山洪暴发转眼间。
　　　　　　　　　此刻回村太凶险，
　　　　　　　　　文秀妹千万莫向前。
黄文秀　（唱）　乡亲危机共患难，
　　　　　　　　　姐妹切莫再阻拦！
　　　　　　〔黄文秀转身欲走，四姐妹再拦。
四姐妹　文秀啊！（唱）
　　　　　　　　　你父住院两月半，
黄文秀　（唱）　我该陪伴他身边。
四姐妹　（唱）　父盼女归女不归，

黄文秀　（唱）心中更把愧疚添。

　　　　　[黄文秀从袋中掏出一幅素描画像，四姐妹接画传看。

四姐妹　（唱）大眼睛，羊角辫，

黄文秀　（唱）二十三年弹指间。

四姐妹　（唱）女背书包爸背女，

黄文秀　（唱）背过涨水小河湾……

　　　　　　　明天正是爸生日，

　　　　　　　求姐妹代我送画爸床前。

四姐妹　（悄然心酸）这……

黄文秀　（唱）画中的小姑娘不会偷懒，

　　　　　　　陪伴阿爸瞪大眼。

　　　　　　　天凉唤爸添衣衫，

　　　　　　　服药催爸守时间。

　　　　　　　夜来给爸唱山歌，

　　　　　　　让爸梦中笑意甜……

　　　　　　　自古忠孝两难全，

　　　　　　　文秀我，党旗下的誓言刻心田！

　　　　　　　脱贫攻坚不容缓，

　　　　　　　心中的长征万里远。

　　　　　　　待来年，峰峦叠嶂瓜果香，

　　　　　　　绿水青山金银山。

　　　　　　　待来年，姹紫嫣红群芳艳，

　　　　　　　我邀姐妹逛花园……

　　　　　[黄文秀从姐妹手中拿过画像深情凝视。

黄文秀　阿爸啊！（唱）

　　　　　　　到那时，女儿我轰轰烈烈爱一场，

　　　　　　　带一个憨女婿风风光光回到你身边……

　　　　　[黄文秀毅然将画像交回姐妹手中，义无反顾地朝前走去。

[汽车声渐行渐远,电闪雷鸣,风雨交加。

幕后伴唱 (唱)青春无悔情无限,

　　　　　　大山的女儿回大山。

　　　　　　千山万崃风雨后,

　　　　　　壮家处处艳阳天!

(2020年中央电视台新年戏曲晚会演出)

附录：文论

但愿人长久，千里共婵娟
——方言话剧《水街》创作漫记

我在绿城南宁生活了二十余年之后，突然接到邀请，要写一部反映"能帮就帮"南宁精神的戏剧。出于对"命题作文"的恐惧，本想能推就推，但南宁市民的身份却使我搁情不下、踌躇再三。欲推不能之后，就是漫长的酝酿与寻找，不时漫步于绿城的新街老巷，翻阅了邕州的各种资料，也时常咀嚼着"能帮就帮"这句大俗话的本真含义。当我得知，数十年前南宁有一菜市无人售货，自取自拿，自放钞票，从不出错，更不短款，"能帮就帮"正是菜市上几位老太太的口头禅；当我偶尔来到水街，品尝这条历史悠久的街道上各种风味小吃的时候，当我的耳畔飘过一阵阵清脆的邕城平话童谣的时候，心中开始萌生了一些形象的种子。

对我来说，编个一般的故事敷衍开来，或许并不难，难的是从"能帮就帮"这四个字中找到一座城市的独特性格，找到"红豆故乡"的独特韵味，找到这方水土的别样渴求。于是，我试图从水街入手，在理顺这座城市六十年岁月变迁的经线、纬线的同时，开始和剧中也是我心中的一个个人物对话，并渐渐形成了以一条街道、几户人家、一群形形色色的小人物的命运发展变化，来表现一座城市的历史变迁，城市性格的逐步形成的整体构思。在这座历史悠久的边陲古城，我常常有一种感受特别强烈，那就是语言的多样化，当你穿行于每一条街道，看到每一个南来北往的行人，你会听到各种音调：有字正腔圆的普通话，有音调不一的广东白话，有绘声绘色的桂柳话,有"夹壮"的普通话,有声腔独特的客家话,当然,更多的是南宁人自创的并引以自豪的南宁普通话。他们操着"南普",热情地与你嘘寒问暖,客气地为你指路解惑,真诚地向你推介各种美食。许多外乡人都有和我一样的同感:南宁人热情不排外,南宁人豪爽肯帮人,这也许正是这座城市的包容精神。而数十年前卖菜老太婆一句不经意的口头禅,竟成了这座城市的精神坐标。只有到了此时,我心中还模糊的那群人,竟慢慢鲜活了起来。我似乎可以嗅到,杨老友手上那一碗放足了酸笋和辣椒的老友粉的扑鼻香味,这位卖了一辈子老友粉的老人正笑眯眯地操着"南普"和我谈着天气的变化;我似乎可以品到,唠唠叨叨的切唎婆端给我们的那杯广式凉茶,竟是那样回味悠长;我似乎可以听到,伴随着耳边的邕剧鼓点,王大成一家三代正淋漓尽致地倾吐着人生悲欢;我似乎可以看到,历经人生南北颠簸的李老师夫妇眼镜片上那晶莹的泪花……也只有到了这时,我才能从命题的烦恼中解脱出来,把要我写变成我要写,赶紧投入创作这部后来被人们称为"充满暖意与温馨的、写给八桂大地的一封柔软情书"。初稿写成后,我一直在惴惴不安中与导演边商量边修改,这种不安,首先源于水街百姓是否认可,南宁新老市民能有多大程度的认同。但到了此时,能左右我的,已不是当初的那点创作理念,而是剧中的一个个人物了。我似乎不停地在和他们进行着各种争辩,最后的结果是,只能不由自主地随着人物去走。直到该剧首演后,当水街百姓说,这就是写他们,这就是他们曾经的和眼下的生活。当水街的各路老板纷纷请我和主创团队去品尝美食时,这种不安才逐渐消失。

当然,也有人说,我不该表现"文化大革命"时期的生活,但我认为,要表现一座城市六十年的变迁,这段历史,你如何绕过?或许只有畸形的年代,才更能体现人性的真善美。为此,在剧中,无论是表现格调狂热的"大跃进"年代,还是再现令人惊恐的饥饿年代,无论是涉及人性泯灭的"文化大革命"时期,还是描绘"全民经商"的亢奋时期,或是展示信息时代的喧嚣繁杂,盛世年景的繁荣景象,我不忘时时提醒自己,"温馨"与"暖意"是我的笔端始终不能改变的色调。我剧中的角色,在最困难的时刻，仍不忘真诚以待，相濡以沫，仍不忘将他人的荣辱冷暖挂在心间。也许有人说，这是我不切实际的理想主义，但我以为，在物欲横流、真情稀缺的今天，这样的理想、这样的人际关系，会愈发显得珍贵。为此，我精心设计了全剧最后的高潮戏——中秋之夜，水街人将各家的美食当街摆成了长桌宴，天上银辉泻地，心头爱意融融。满头白发的切咧婆呼朋唤友，忙活不停，离开水街数年的韦牵牛欣然应约而归，与素有间隙的杨老友尽释前嫌，相拥欢笑，轮番接听的越洋电话传递着离开水街数十年的李老师夫妇与众街坊的相互问候，一碗色香味俱全的老友粉，由儿子代母亲品尝，了却了几十年的情感愧欠。最是难得杨老友，沉默寡言数十年，开口不超三个字，到了此时，话语竟如长河决堤、大江开闸，硬是将瘫在轮椅上许久的王小成唤了起来，伴着"哐才哐才"的口哼鼓点，在众街坊的注目下，走起了邕剧台步，一家三口，历尽劫波，团圆在中秋月明之夜。自己活得更好的同时，也要别人活得更好，似乎别人活得更好，自己才能活得更好。这，就是水街人；这，就是"南普"的内在气度；这，就是这座城市的性格所在；这，就是一代代"南普"人的永久情怀。

（原载于《剧本》2016年第9期）

历久弥新的"岭南记忆"
——粤剧《风雨骑楼》创作札记

这些年来,我无数次浏览过许多城市的骑楼街,如广州的骑楼、海口的骑楼、南宁的骑楼、北海的骑楼……幢幢充满异国情调的斑驳建筑,令人驻足悠思。但真正能使我心灵产生巨大震撼、岁月的沧桑感油然而生的,也许只有梧州的骑楼城。唯有梧州的骑楼,百余年来,虽几经风雨洗礼、洪水冲刷、修缮维护,至今几乎完好如初,与代代梧州人的生活息息相关,须臾不可分割,并养育了一座城市的性格和独特的文化特质。

在鳞次栉比、错落有致的梧州骑楼城,我数次轻叩着一只只廊柱上拴船的铁环,凝视着一间间老字号商铺的百年牌匾,品味着一道道洪水浸蚀的奇妙印记,不由得扪心自问:写梧州,写什么?怎么写?在三江并流的梧州大码头,百余年前,船只如梭,上溯云贵川、下达粤港澳;茶船古道,直驶东南亚、远航波斯湾……当年骑楼城的繁华鼎盛,何等壮哉!该有多少令人心潮激荡的故事发生?然而,时至今日,随着现代交通的日新月异、水路交通日渐式微,与许多现代都市相比,梧州的区位优势似乎不复存在,当年商贾云集的骑楼城,也似乎冷清了许多。这或许是历史的遗憾,也是历史的必然。如何在历史与现实之间找到契合点,是我几年来一直在思考的创作难点。

数次深入生活采风,我结识了几代船工与商家,当白发苍苍的老船工哼起"硬顶上呀,鬼喊你穷啊"的船工号子时,我的眼眶湿润了,似乎看见了那一艘艘满载着六堡茶、桐油、山货土产的帆船劈波斩浪，似乎看见了一群群光着上身的船工扳舵挥桨勇闯险滩，似乎看见了一块块牌匾之后的恩怨情仇……于是，我找到了该剧创作的主旨，"硬顶上呀，鬼喊你穷啊"成了串起全剧的心灵呐喊；于是，剧中的人物在我心中渐渐鲜活起来，他们或挑着货郎担，或吟唱着水上民谣，或吆喝着声声叫卖，或拨拉着铁木算盘，一个个向我走来，与我倾诉着他们心底的渴望与盼想。该剧之所以选择由辛亥革命至北伐战争这十年的时间跨度，是因为这个时期，既是风云激荡的朝代更迭，也是华夏民族命运的重大转折；既是骑楼城经济发展的绝佳机遇，也是这座城市曾经创造了许多吸引世人眼球的"广西第一"的特定年份，更是骑楼城今天不断谋求发展、重铸辉煌、开创新时代"西江黄金水道"的精神底色。由此，我找到了剧中人物展示独特个性、命运跌宕起伏的人生舞台。

在剧中主要人物的身上，有着骑楼人家文化特质的鲜明印记。曾有人对我说：梧州这座城市的过去和现在，是货郎担挑出来的。剧中的男主角王德昌，由走街串巷的小货郎，到成为平码行老板，是那个时代梧州人心中有梦、敢与命运抗争的人物缩影，他对诚信的执着与坚守，至今仍是梧州商家视为生命的不二信条。女主角梁盈盈，不顾一切的爱情追求，亦有着鲜明的时代特征。她情根深种，对小货郎王德昌的爱，似乎到了不管不顾的程度，虽屡屡受挫，却不改初衷。为将受诬陷的心上人王德昌从大牢救出，她苦苦哀求父亲，最后不惜以死要挟，而当王德昌江中遇难，她为离开伤心之地而毅然参加北伐军，痛别骑楼城，魂断鸳鸯江，乡愁别情，令人动容。梁盈盈因而成为那个特定时代挣脱封建枷锁、与命运抗争的新女性的典型代表。富商梁又庭，由看不上贫困潦倒的小货郎，千方百计阻止女儿爱情，使王德昌的"老板梦"几近破碎，到逐步了解、认识王德昌的人品，并为女儿真情所动，不惜倾家荡产也要救出身陷囹圄的王德昌的心路历程，一波三折。梁老板用他的行动启示众人：他救的不是一个货郎小老板，而是一座城市的良心。这种重情重义的秉性，也正是这座城市性格的写真。千百年来，不断与洪水打交道的梧州人养成了自己的独特个性：

任你洪水涨上天，我自岿然不动。年年洪水如期而至，男女老少从未惊慌失措，穿行在骑楼街上的售货小船桨声欸乃、歌声轻扬；骑楼上的水门任他们自由出入，犹如闲庭信步。泡在水中的骑楼城，无论晨昏，店铺不关、生意不歇、早茶照叹、麻将照搓……这份面对滔滔洪水的悠然自得，是在任何地方都很难看到的，也是梧州人独有的人生姿态。这一切，正是我们苦苦寻觅、可遇不可求的、历久弥新的岭南记忆。

（原载于《剧本》2018年第5期）

至情至性的自我救赎
——壮剧《牵云崖》创作随感

在壮族地区流传久远的诸多民间传说中,被搬上戏曲舞台次数最多的无疑要数蛇郎的传说了,广西先后有《蛇郎》《金花银花》,周边云、贵两省亦有同一题材、不同版本、不同年代的各种演出。2016年仲夏,广西戏剧院龙倩院长约我,请我为该院演员申报"梅花奖"就此题材进行重新创作。说实话,对蛇郎的传说能否翻出新意、能否找到今天的诉求点,当时我并无多大把握,真正"诱惑"我接下此活的是为演员"量身定做"。对接了许多命题作文的编剧来说,能为演员的表演使出浑身解数,这种"诱惑"应该是难以拒绝和不应拒绝的。为此,我对此类民间传说、神话故事进行了新的研读和审视。在壮族自然崇拜文化中,人蛇婚媾的传说虽有许多不同的版本,但都是那么的简单直白。如广西陆川一带流传的《三妹嫁蛇》:有一家三姐妹,每天外出做工,都有一条大蛇帮忙。大蛇向三姐妹求婚,大姐、二姐拒绝了,三妹答应了,三妹嫁蛇,家中应有尽有,幸福美满,大姐眼红,设法害死三妹,后来,三妹复活了,大姐自取灭亡,大蛇和三妹过上了好日子……再如北流一带流传的:大姐砍死三妹,自己充当蛇郎的妻子,三妹神奇复生后,大姐穿上蛇郎的蛇皮躲藏,变成了一条真正的蛇……这些传说中,壮族先民早期的惩恶扬善的直白诉说实在难以构成当代戏剧人物内心复杂丰富的情感冲突。惶惑之中,某天翻到《圣经》中人类始祖亚当、夏娃在蛇的引诱下在伊甸园中偷食禁果的文字时,心中不觉怦然一动,这次中西方"蛇"的碰撞,"诱惑"二字在我的脑海中逐渐成形:在红尘滚滚、物欲横流的今天,每一个七情六欲的人,该如何面对无所不在的"诱惑"?

在找到今天创作该剧的诉求点之后,剩下的一些难题也就迎刃而解了。首先,是将原有的民间传说揉碎重组,把简单直白的故事原型化为情节跌宕起伏、人物命运充满悬念的舞台空间;把浅显概念的人物性格淬炼为有复杂内心冲突的舞台人物形象。传说原型中,蛇郎无所不能,却始终置身戏剧冲突的旋涡之外;姐姐嫌贫爱富,阴险歹毒,坏事做绝;妹妹勤劳善良,安分守己,听任命运摆布。在《牵云崖》的重铸过程中,蛇郎是人不是神,蒙始祖布洛陀点化为人之后,就与神越走越远、与人越靠越近,直至祈求不入仙班、放弃神所给他的一切,做一个真正的壮家好儿男,与心爱的人共度艰难、携手白头。姐姐俏来虽恋虚荣、慕英雄,但良知未泯,亲情难舍,她不是直接要害死妹妹的人,但却为自己的一念之差寝食难安、自责不已,最后以死谢罪,艰难地完成了自我救赎。妹妹达莲有着太多的壮族女性的优美天性,但绝不是概念化的勤劳善良,她的诚与真是打动蛇郎、赢得爱情的真正原因。在她身上,不乏当代女性把握命运、勇于抗争又豁达包容的秉性。

在《牵云崖》的创作中,我选择了姐姐俏来为一号角色,并把她的人物塑造和内心揭示作为"母题重铸"成败的关键。由于一个演员饰演两个角色,而姐妹俩无法同时在舞台会面,这就要求对情节安排和结构进行巧妙地无缝链接,力争做到合乎情理、不露痕迹,并能给演员的唱、念、做、舞留下足够的表演空间。乍一看,这似乎是技术层面的问题,但细一想,都和全剧的意蕴诉求与主旨升华密不可分。因为,我最终想告诉观众的是:这对孪生姐妹本来就是一个人,是一个人的不同侧面,正如全剧结束前妹妹达莲到牵云崖上姐姐墓地前所唱的那样:"姐妹本是人一个/我是你来你是我/……"让观众在当代舞台上不仅能看到人生的范本、钦仰于人生的楷模,还能从角色的身上看到自己的影子,触动自己心中最柔软的部位,从而校正好人生的坐标,有滋有味地活着,这该有多好。

创作《牵云崖》的另一感受是：注重细节的生动与真实。在富于传奇色彩的剧目创作中，有无真切感人的细节，也是决定剧目成败的重要环节。剧中第一场，蛇郎应约到姐妹家相亲，孪生姐妹实难分辨，经一番较量和接触之后，睿智的蛇郎最终还是发现了这对孪生姐妹的同与不同，同的是容貌、身材一样，不同的是眼睛里的那点感觉不一样。第四场中，当新婚三朝回门省亲，返家时，路过牵云崖之后，蛇郎感觉眼前的妻子似乎变了一个人："一样的高矮与肥瘦／一样的清甜好歌喉／一样的婀娜风摆柳／一样的俏脸娇又羞……"蛇郎扪心自问：现在的达莲到底和过去有何不同？蛇郎找到的答案仍是眼睛："她……她……／眼中少了些纯与柔。"到了第七场，姐姐俏来被识破后，疑惑不解地问蛇郎："你是怎么认出我的？我们姐妹俩有时候连阿妈都分不清啊！"此时的蛇郎平静地告诉俏来："阿姐看人看容貌／蛇郎看人看眼睛／你眼里欲念太强／她眼里一片纯净／你眼中傲气多多／她眼中宠辱不惊／人人都有一双眼／心灵之窗不骗人！"看眼睛这一细节的贯穿使用，不仅很好地升华了全剧品格意味，还使人物焕发出异样的个性光彩。

　　壮剧《牵云崖》的创作演出，较好地实现了当时的创作初衷，但它给我的启示却是长久的，也许会伴随我的整个创作生涯。在广西这片神奇的沃土，民间故事与神话传说取之不尽、用之不竭，并一直是我戏剧创作的灵感源头。将它们揉碎重组，提炼升华，使之具备现代品格并为当代观众喜闻乐见，是我现在和往后的奋斗目标，我愿为此而不懈探索。

2016年10月31日

诗在故乡
——《新刘三姐》唱词创作摭拾

2019年初,刚接到现代彩调剧《新刘三姐》的创作任务时,我踌躇再三,几度推辞。原因有几,一是对经典的敬畏,六十多年前的《刘三姐》几乎家喻户晓,已成几代人的集体记忆,弄不好,挂羊头卖狗肉落下笑柄;二是时代不同,语境全变,实难写出今天壮乡唱歌人的新故事,实难塑造一个既为老观众接受,又被新观众认可的栩栩如生的新刘三姐。除此之外,还有一个更重要的原因就是唱词。《刘三姐》的唱词汇聚了千年壮乡歌圩文化的精髓,比兴生动,风趣幽默,六十多年传唱至今,令人过耳不忘,岂是轻易能与之比肩,更遑论超越了。听说当年郭沫若先生在看了《刘三姐》的演出之后,曾大为感叹,说他无论如何也写不出这样绝妙的唱词来。

勉为其难接下任务后,首先要做的就是重温经典。其实,早年在县文工团打过手写幻灯字幕的我,对《刘三姐》的唱词早已是倒背如流。如今要做的只能是字字咀嚼,句句品味了。在采风途中,当我吟诵着"牛角不尖不过界/马尾不长不扫街""黄蜂歇在乌龟背/你敢伸头我敢锥""塘边洗手鱼也死/路过青山草也枯"的独特比兴时,当我琢磨着"风吹云动天不动/水推船移岸不移""山歌好比春江水/不怕滩险湾又多""哪个九十七岁死/奈何桥上等三年"的深远意味时,一种感觉油然而生:当年风靡一时的《刘三姐》的成功,绝不是戏剧的成功,而是千年壮乡歌圩文化的必然迸发,是天时地利人和的奇佳产物,是以歌言志、以歌传情的壮家人的心灵呐喊。这样的作品，故事与情节或许可以抽换和替代，而七字四句头的桂柳方言山歌，却是它注定要传之后世，不可替代的灵魂。

当情节构架、人物设置、冲突主线几经论证，一再修订，基本确定之后，我却要迫不及待地与它们暂时分手，急切地叩拜在山歌精灵的山门前，去窥听那些玄妙无比的地声天籁。一次次骄阳似火的午后，一回回冷雨敲窗的夜半，我努力驱使自己去走近哪些山歌的精灵，不惜让自己也变成那样的精灵。半睡半醒之中，似梦非梦之中，也不知和多少对手对了多少次山歌，每次都是大败溃败，铩羽而归，每次都是死皮赖脸，不肯服输……当童谣阵阵萦绕耳畔："牛啊牛／三天吃草不抬头／抬头望见橄榄树／橄榄开花球对球"，我似乎回到了儿时；当"塘边蚂拐叫连连／哥想讨嫂没得钱／拿张板凳排妈坐／妈哄一年又一年"的哀怨曲调回荡胸际，我仿佛又成了一个稚气甫脱、想入非非的青葱少年；当这些年接触过的广西民间歌王武宣婆、黄月香、黄月霜、蓝承群等人鲜活的笑容在我眼前一一闪过，我隐隐听到遥远的天际飘来一串串神秘的启示，不疾不徐，字字入心。

在《新刘三姐》之前创作的一些剧目中，我也曾尝试过将山歌融入戏曲的写法，如《歌王》《哪嗬咿嗬嗨》《赶山》《牵云崖》等，但这次却大不一样了，七字四句头的山歌所承载的任务绝不仅是点缀、渲染、烘托，它既要推进剧情，激化矛盾，更要层层揭示人物内心丰富复杂的情感变化，能够生动鲜活地刻画人物个性。这样句式的唱词能否承载这样的任务？这样过于短促的心理节奏该如何把握？是我首先要克服的难题。

剧中第一场，当男主人公阿朗逃婚离家，老阿奶悲痛欲绝时，女主人公姐美无奈之中仿效先祖与老阿奶立下了新的誓约，她决意要找回阿朗，唤回他那颗飘荡不定的心。面对将信将疑的老阿奶，姐美决然吐露心声："口水落地变根钉／斗转星移未了情／不信东风唤不回／山歌能把海填平！"这既是姐美内心情感的真实流露，也为全剧提出了一个新的悬念，并给了观众以新的期待。剧中第二场，当姐美历尽辛艰，在村边的相思林中找到了即将返回城中的阿朗时，萦绕在这一对竹马青梅冤家耳边的童谣"红豆红，晶晶亮／阿妹穿件花衣裳／太阳哥哥月亮妹／相思林中拜花堂"使俩人同时百感交织、五味杂陈。要准确地表达出男女主人公之间恩怨交缠，欲罢不能、欲说还休的复杂情感，情急之中用了四句伴唱："哥变妹变十八变 / 红豆不变亮眼前 / 儿时几回拜花堂 / 如今对面难开言。"当无地自容的阿朗面对儿时的玩伴，早年的恋人，自己曾深深伤害过的姐美，他叹道："千年不改山歌情 / 离家别井唱红尘 / 高速公路走牛车 / 远近难是一路人。"豁达大度的姐美回以："流行调，山歌声 / 千曲百艺皆天成 / 一方水土一方歌 / 都有大美天籁音。"壮家山歌的精妙在于比兴，借物发端。姐美和阿朗的先人曾在六十年前的歌台上为俩人订下了隔代婚约，面对这个绕不过去的话题，阿朗只能以歌搪塞："欲说还休理更乱 / 旧事如麻缠一团 / 要买火星游览票 / 谁收古旧老铜钱？"而视诺言重过生命的姐美责之："哥莫癫 / 东西越老越值钱 / 不信你到博物馆 / 千金难买一古砖！"姐美得理不让，步步进逼："喝酒莫忘老酒饼 / 吃饭莫忘晒谷坪 / 过河莫要丢拐棍 / 做人莫忘老祖宗。"两人的交锋，句句都是比喻，既直白如话，又字字蕴含着世间的哲理和壮家的博大襟怀和人生智慧。

"米养身，歌养心。"以歌言志，以歌会友，以歌传情，是壮乡千年歌圩文化的传统，也应该是六十多年前《刘三姐》唱红大江南北，一直流传至今的主要原因。在壮人看来，歌比天大，歌比命大。出嫁有哭嫁歌，生崽有怀胎歌，赶圩走场唱情歌，盘歌谜歌拦路歌，嘹歌排歌勒脚歌，生生死死不离歌……在《新刘三姐》中，作为壮家刘三姐歌谣传人的姐美之所以能抵挡当今社会四面八方袭来的诱惑，让山歌悠悠伴随自己的一生，在悠悠山歌中寻找自己情感与生命的依托，既是性格使然，也是历史必然。

"哥到远方把诗找 / 妹在诗中找远方"在《新刘三姐》中既是剧中男女主人公戏剧冲突的主线和行动线，也是主要人物性格的基调和发展的依据。在姐美看来，老祖宗千年流传至今的壮家山歌，是人世间至真至美、无与伦比的诗。有了它，就可拂去生活的阴霾和人生的烦忧；有了它，就可找到男女真爱和知音；有了它，就可赢得岁月的欢欣；有了它，就不枉在人世间走上一回。正是在姐美永不放弃的执着中，山歌唤回了阿朗的歌者血性，唤回了阿朗的精神皈依。"风吹云动天不动 / 水推船移岸在心 / 任它沧海变桑田／不变壮家唱歌人。"姐美的歌声，使这个迷途知返的壮家后生在遭受人生和情感的重大挫折后，决意在山歌中找回丢失的一切。

"东瓜西瓜瓜是瓜／牡丹芙蓉花非花。"《新刘三姐》中的部分唱词，既有壮族山歌中的传统比兴，亦有些从古典诗词化用而来，这是戏剧冲突和人物刻画的需要，也是升华主旨意蕴的需要。《新刘三姐》从《刘三姐》中借用的老唱词只有两段：一是"多谢了／多谢四方众乡亲／我家已有好茶饭／更有山歌敬亲人"，二是"唱山歌／这边唱来哪边和／山歌好比春江水／不怕滩险湾又多"。就是这两段，亦做了两处改动：一是把"我家没有好茶饭"改为"我家已有好茶饭"，二是把"这边唱来那边和"的"那"改为"哪"。至于其中意味，就让观众见仁见智了。

现代彩调剧《新刘三姐》近两年来经历了三个演出版本，数易其稿，而其中弃之不用的唱词（山歌）几乎是现在演出版的五倍。它们就像一群操练已久而无法上战场的士兵一样，让人扼腕叹息。近日，我翻看这些或许已不是唱词的山歌，在壮乡歌海中折腾的日日夜夜浮现眼前，就像一个赶了大半辈子歌圩还没能唱赢一场擂台赛的歌手一样，在仰慕钦佩先贤和他人的同时，也在谋划着，如何在将来的山歌擂台上，能站得更久些，最好能侥幸赢得一回。

（原载于《剧本》2021 年第 7 期）

我的"文艺队"岁月

我参加工作的第一个单位是罗城县文艺队,当时准确的全称应该叫罗城县革命委员会毛泽东思想文艺宣传队。文艺队和北方草原上的"乌兰牧骑"一样,是最基层的国有专业艺术团体,讲究的是多才多艺,一专多能,最好是吹拉弹唱无所不知,演戏跳舞无所不能。而我,高中毕业不久,当了一年多的乡村代课教师,除了有几首火柴盒大小的诗在报刊发表之外,诸般才艺,样样不会,当众表演,更是怯场,以至一辈子都不会唱歌跳舞。现在想来,当年能够入行,实属侥幸偶然。

惶惑惊恐之中,幸有领导开明,同事宽厚,县文艺队的创作员逐渐找到了存在的感觉。一边下乡锻炼,改造思想,与农民同吃、同住、同劳动,一边努力掌握三句半、快板、群口词、渔鼓、文场等创作手法,并有一些作品搬上了舞台演出,给了我非常难得的自信心和成就感。过了不久,随着形势的变化,县文艺队的演出样式、剧目样式也发生了很大的变化。以时政宣传为主的大演大唱告一段落,学习、移植、搬演外地剧目成了一时的工作重心。由此一来,我这个"一专"不太专、"多能"更无能的县文艺队创作员,也进入了一个全新的工作时期——打杂。

打杂之"杂",除了上台表演之外,无所不包。装车卸车、装台拆台、卖票守门、拉大幕、打幻灯……几年下来,我终于成了县文艺队一个较为合格的勤杂工。打杂并不委屈,因为队里所有的人,包括主演都参与。记得为了学会安装拉幕的滑轮,我数次买酒,偷偷向老队员请教,不久就可以独当一面了。演出时，我坐在台下的幻灯机前，看着台上的幕布徐徐拉开，徐徐关拢，轻盈悦耳的"唰唰"声，在心中荡起了阵阵得意的涟漪。拜生活所赐，那几年的勤杂工生涯，使我熟悉了舞台演出的每一个环节机关，并在以后的日子里受益匪浅。两年前，当年的老文艺队员在罗城相聚，有人问我，还记得装滑轮吗？我老实回答："几十年过去了，道具箱搬不动了，滑轮也不会装了。"那位当年演过李玉和的仁兄狡黠地笑了："买酒来，重新教你。"

在当年的诸多打杂中，最难忘却的就是打幻灯了。在那电脑尚未普及的年代，要打幻灯先做的事是写字幕，对着剧本，将要作为字幕的唱词、台词一笔一画写到一卷卷透明胶纸上。每每接到任务，我都会像小学生那样，认真虔诚、一丝不苟，写到觉得满意才罢手。每逢下乡演出，当我和伙伴们一起装好台，而后摆好幻灯机，挂稳字幕，就等夜幕降临了。待到开场锣鼓响过，我打开幻灯机，让那一行行还很稚嫩、不太圆熟的字体出现在一间间乡镇礼堂，闪烁在一个个操场、晒谷坪的夜空中……记得那时演出场次最多的是彩调歌舞剧《刘三姐》，我往往是边打幻灯，边沉浸和陶醉于剧中的绝妙唱词。当台上的演员动情地且歌且舞："连就连／我俩结交订百年／哪个九十七岁死／奈何桥上等三年"，我在琢磨，世上竟有如此撼人心魄的生死之恋？为什么"等三年"的"三"字会有如此令人心醉神迷的魅力？我还曾想，哪年哪月我才能写出哪怕是韵味上跟它们接近一些的唱词来？又谁知偏偏凑巧，造化弄人，四十年后，我真的接到了创作现代彩调剧《新刘三姐》的任务。虽说剧情是全新的、现代的，与《刘三姐》并无关系，但不能没有内在意蕴的延续与传承，而唱词接近或具有《刘三姐》的韵味却是必须的。历经数次折腾，几易其稿，仍在忐忑之中。当《新刘三姐》赴京演出，我坐在国家大剧院的观众席中，看着舞台两侧的字幕时，却情不自禁走神了。当时，闪现在我脑海里的是四十年前《刘三姐》在罗城乡镇舞台演出的一个个夜晚，是幻灯字幕上我那一行行笔力稚嫩、还算工整的手写字体……待到掌声响起，回过神来，背后、掌心已是冷汗涔涔。

常言道怕什么就会来什么，没有丝毫表演天赋的县文艺队创作员终于要上台了。那年某天，领导找到我，说是马上要排大戏了，人手实在不够，要我上台演个角色。我一听，脑袋立马"嗡"的一声，几乎晕倒，回过神来忙说："我不会演戏呀！"领导一看笑了："莫慌，莫慌！不用你讲，也不用你唱，演个匪兵家丁总可以吧！"我一听是演活的道具，放了半条心，只好一咬牙应允下来。平生第一次粉墨登场的戏是传统戏《花田错》，我演家丁丙。饰演家丁甲的是后来成了画家的美工潘小五，饰演家丁乙的是刚参加工作，后来成了某报社副主编的曾卖耳，我们三人一组。谁知，第一次登台就差点酿成大祸。开演不久，三个家丁跟随员外上场，我心跳怦怦，不敢抬头，当员外驻足念白时，我无意中瞄了一眼身边的甲乙，顿时傻了眼，那两个家伙故意把妆化得唇裂嘴歪、獠牙暴生，我实难忍俊，眼看就要大笑一场。一想闹场后果严重，赶忙扭过身去，直至憋得脖涨颈粗、面目狰狞方才平息下来。在演一出现代戏时，我饰一无名匪兵，刚一出场就被击毙，伏在台上一动不动，到了第三场，又演了一回死尸，倒也胜任愉快。原以为一直演些家丁、匪兵、死尸倒也罢了，谁知，到了方言话剧《甜蜜的事业》，更大的麻烦和考验又来了。在剧中，我被安排饰演一个有两句台词的男青年，好不容易演一回正面人物，我急出了几身汗，我逢人便问，虚心求教，一次次偷偷在无人处面壁苦练，一回回在梦中惊醒起来。好在功夫不负有心人，我终于顺利地完成了该剧的演出任务，并以此结束了我这辈子的演艺生涯。

几十年白驹过隙，往事并不如烟。我的遥远的"文艺队"岁月，既是我人生的第一个驿站，是我的第一所全日制艺术学校，也是我今生那方难以割舍的邮票……如今，慢慢老去的我，不时挠挠光头，将那段岁月沏进茶壶、弹入酒杯，慢慢品咂着岁月的滋味。

（原载于《剧本》2021年第8期）

"本土母题"的现代重铸

我是一个在广西土生土长的戏剧人。早些年，当熟悉和不太熟悉的朋友称我为"乡土剧作家"时，还颇有些不自在，不以为然。后来，随着年岁的增长，视野的开拓，才逐渐品味出这个称呼所蕴含的关爱、呵护、鞭策与期待，从而倍加珍惜。回望四十多年来扎根、守护、超越、回归的创作轨迹，我大多数的作品都离不开故乡热土，离不开它的历史现状、兴衰荣辱，离不开骆越文化遥远神秘的启示，离不开山地民族千百年来的心灵呐喊。从二十世纪九十年代的《哪嗬咿嗬嗨》《歌王》《瓦氏夫人》到二十一世纪二十年来的《壮锦》《天上恋曲》《水街》《牵云崖》《新刘三姐》等作品，无一不是这方热土给了我创作的灵感与激情，给了我想象的翅膀，给了我坚守的勇气和韧性，给了我敬畏之情和感恩之心。

近年来，随着全球一体化的快速推进和全媒体时代的到来，人类的生活发生了翻天覆地的变化，戏剧创作的观念、内容、形式，也随之发生了空前的变化。在全新的语境下，传统文化题材的创作、民族民间题材的创作、地域特色题材的创作该以何种姿态出现？乡土创作该如何坚持发展？如何才能跟上时代的节拍，而不至落伍淘汰？这诸多问号拉不直、挥不去，萦绕在心，煎熬在心。几回夜半，似梦非梦，悠远的山歌声，隐隐的铜鼓声，夹杂着马骨胡声，一起飘荡在耳畔，似乎在向我告别，又似乎在向我许下不离不弃的终身邀约；几回惶惑迷惘之际，眼前飘飞着壮锦、绣球的斑斓五彩，似乎在责问我：它们的色彩千年不变，你若喜新厌旧，少了它们，戏里哪来的诗情画意？

这样的困惑延续了许久，最终帮我解惑的是一些或近或远的师友，他们有的是当面质询，有的是作品点评，归纳起来，有如下几点：一、在这日新月异、千变万化的当今世界，你最钟情、最执着的不就是寻找变化中的不变吗？如在作品中能真实地表达出这种永恒和不变，不正是有意义的坚守吗？二、乡土写作的根本就是写自己最熟悉的，一旦离开了你最熟悉的生活和人物，去玩概念，贴标签，你还能有何作为？三、你不是已经在自己的一些作品中，尤其是在民间传说、神话题材的作品中尝试过现代重铸吗？何不索性对你的"本土母题"也来一番现代重铸？师友们的教诲当头棒喝、醍醐灌顶，终于使我从困惑中一步步挣脱了出来。对自己以往的创作重新做了一番梳理，从而坚定了将乡土写作坚持到底的信心，正如《新刘三姐》中的两句唱词："任它沧海变桑田／总有不变在人间。"

广西是古骆越文化的发祥之地，是民间故事、神话传说的富庶之地，也是戏剧创作取之不尽、用之不竭的风水宝地。然而近半个世纪以来，除了一部《刘三姐》之外，其他的作品却乏善可陈，已是过眼云烟。究其原因，是后来的创作者们落入了先人留下的陷阱。古老的神话传说往往寥寥数语，非常简单，一般是好人坏人（恶魔）一看便知，善恶美丑一目了然。后来的戏剧创作者照葫芦画瓢，其结果可想而知，那样的作品就像一部部人类在幼年、童年时期制作粗糙的动画片和一个个标签化的卡通人物，殊为可叹。后来某天，当我在花山脚下凝视着神秘的岩画，突然眼前一亮，仿佛看到了一队队赭红的羽人敲着铜鼓朝我舞来，他们口中念念有词，我却一句也听不懂。怦然心动之后，产生了一些想法，并将这些想法和当时正在创作壮族舞剧《妈勒访天边》的主创团队进行了碰撞和交流。再后来，当我创作根据壮族民间故事、神话传说改编的《壮锦》《赶山》《牵云崖》等剧目时，开掘、揉碎、重组、提炼、升华已成为自觉的追求。《赶山》中的诺藤在故事原型中并无此人，她只不过是在借来壮锦、欣赏摹织壮锦的众仙女中的无名仙女，而在《赶山》中，她却成了构成戏剧冲突的主要人物。我把她变成了一只鸟，一只在寨前山崖上矗立了千年的丑陋石鸟，因倾慕壮锦的美丽，而凭借神力将之据为己有，为阻止母子四人寻找壮锦，又化为俏丽的多面村姑百般阻拦。当母子四人一次次不畏艰难，不移初心，超越自我，慷慨赴死，情动九天时，石头生出了情感，石鸟的双眼竟然流出了咸咸的泪水……是母子四人的亲情大爱使诺藤完成了由石头到人的蜕变，当陷入深深自责的诺藤欲将披在身上的壮锦物归原主时，壮锦已化为她身上无法脱下的羽毛和翅膀。此时的诺藤，痛定思痛，不惜拔掉羽毛，折断翅膀，复原壮锦，重新变回那只丑陋的石鸟。一切似乎又回到了从前，那只石鸟仍在壮山之巅平静地凝视着壮家喧闹而又宁静、幸福而又烦忧的生活。而我，也似乎从诺藤的目光中看到了壮家先贤那束智慧、狡黠的目光。它似乎在点化我：世间万物都有追求美丽、幸福、自由的权利，不过，这种追求有时却要付出生命的代价。

地域文化与现代意识的深度融合是"本土母题"现代重铸的重要环节。前几年，南宁市约我创作一部体现"能帮就帮"城市精神的方言话剧。倘若仅是展示与众不同的风物风情，写城市一角，一条街道和一群各具个性的人物，用故事将其串联起来，或许并非难事。但要写出一座城市的灵魂，写出岁月更替、时代发展留下的生命印记，写出这种印记与当代南宁人内心隐秘处的情感关联却并非易事。在《水街》的创作中，我用五十年的历史跨度写了一条街，一群人，写了贯穿全剧的老友粉和三代邕剧演员的跌宕人生，但着重刻画的却是在这些人心中岁月不能改变的东西，是他们血液里、骨髓中永不泯灭的真诚与善良。写活了每个时代的人，这座城市的变与不变不再空洞，无需概念，它依附在一个个鲜活的人物形象之中。如剧中卖老友粉的杨老友，年轻时喜欢卖弄，做点好事生怕别人不知而饶舌不休，人到中年，换了模样，少说多做，待历尽沧桑，熬到暮年，话少得每句不超过三个字，到了全剧末尾，街坊们年终聚餐，当他面对瘫痪了数年的邕剧演员王小成，却突然老泪纵横，口若悬河，硬是把一个植物人从轮椅上唤起走下地来。杨老友这一形象的塑造，体现了我对当代都市人价值观念嬗变的一些思考与探索。在新作《新刘三姐》中，这种思考与探索又有了一些新的延续和发展。

对人性的深度开掘是当代戏剧的显著特征。有人说，人性的高度决定了剧目的深度，我深以为然并努力践行，以至有人说我的戏只有好人没有坏人。前两年，我创作了为演员评"梅花奖"而量身定做的新编传奇壮剧《牵云崖》。这个故事的原型是在西南少数民族一带流传很广的《蛇郎的故事》，说的是妹妹嫁给了嫌贫爱富的姐姐看不上的蛇郎，当姐姐发现蛇郎很富有后，懊悔不已，设毒计害死了妹妹，终遭报应，被迫结束了"幼稚的生命"。思忖再三，我对这个故事进行了颠覆性的改造，首先是将俩姐妹设置为孪生姐妹，由一个演员饰演，不仅为演员塑造人物的丰富性和复杂性提供了更大的空间，还暗喻着"姐妹本是人一个 / 我是你来你是我"的当代指向。更主要的是，当姐姐俏来作为一号人物来塑造时，我对人性的深度开掘有了充分的依据。剧中的俏来不再是简单的嫌贫爱富、凶残狠毒，她和每一个具有七情六欲的女人一样，也爱也恨，也痴也迷。当心高气傲、崇拜英雄的她发现自己看人走了眼，虽对恩爱缠绵的小两口气恼有加，但更多的是恨自己。在送妹妹返回夫家的牵云崖上，她本可以将下到悬崖采花的妹妹轻易拉起，但彷徨犹豫之中却松开了手中的山藤……这一念之差还不致命，最致命的是她误以为妹妹已死，李代桃僵，随妹夫蛇郎回到了家中。她当时没有意识到，这是一条不归之路。良知未泯的俏来在蛇郎家中，白天人前装笑脸，夜半梦里受煎熬。妹妹的音容笑貌，姐姐的往日深情，像把尖刀剜割着她的心，历经一次次的灵魂拷问，她终于鼓起勇气，向蛇郎坦陈了真相，对阿妈长跪不起，最后服下断肠草，以死谢罪，完成了最后的人性救赎。

"本土母题"的现代重铸，对我来说，还处于初级摸索尝试阶段，往后的路还很长很远。我会继续扎根本土，认真深入生活，并努力从中外经典作品中吸取艺术营养，在思考中创作，在创作中思考。

去年，数易其稿的现代彩调剧《新刘三姐》上演不久，我对着因各种原因没能用上的上百首七字四句头山歌唱词默默发呆，它们像一排排披挂已久却无缘上战场的士兵一样，对我发问："钢枪已擦亮 / 军号已吹响 / 请问光头哥 / 何时上战场？"我无言以对，只好笑了笑：快了，也许快了……

（原载于《剧本》2021 年第 9 期）

光　头

那年冬天，是南宁少见的冷，我却剃了个光头，一个人裹着件旧军大衣，来到市郊的大王滩水库。

来此，是为了写一个与光头有关的戏，此事缘起此前两年，某次与朋友乘火车北上，一路经过许多当年北伐的战场，猛然突发奇想：如果在穿着灰军装的死人堆里，爬出几个挥舞彩扇、扭着"矮桩"、唱起彩调的光头军汉，会是什么情景？在招待所一间逼仄的客房里，我铺开稿纸，点燃香烟，摸着光溜溜的头皮，开始了和戏里那一群光头彩调艺人的对话。那时写戏，不是命题，也几乎没有什么稿酬，只是觉得那群光头军汉想要说的，想要唱的，压在自己心头许久，不吐不快。少了平时的搔头揪发之苦，得以尽快全身心沉浸于戏中，那些光头的身影在我眼前也渐渐清晰起来。这些"快活的精灵"本想唱调子终其一生，却在战乱中被逼从军，莫名其妙打了二十几年的仗。他们日夜苦苦思念着家乡和家乡的女人。当兄弟们死的死、伤的伤，一大把年纪的老兵终于回到家乡村头的大榕树下，面对的却是乌黑的枪口和闪着寒光的刺刀。写到此处，此时的我也完全成了个调子客，戏里的长锣大筒盖过了窗外的北风呼啸，屋里的烟雾缭绕，全当是战场的硝烟升腾。

我和这些欲回家而不能的光头军汉调子客一起，从死人堆里挣扎爬起，笑着哭着、唱着"四门摘花"、扭着"矮桩"、舞着彩扇，义无反顾地扑向吐着火舌的机枪，扑向村头的小路，扑向心中的女人……窗外几度晨昏交替浑然不觉，当桌上一只大海碗装满烟蒂，我的光头上长出短短的发碴，彩调剧《哪嗬咿嗬嗨》也写完了初稿。

自那以后，每写新戏，我总要先去剃个光头。没有了顶上那些或稀或密或花或白的东西，少了频频搔头揪发之苦，抬手一摸，滑光溜溜，实在爽神。自有了那次在戏里和光头调子客们的深层对话，似乎获得了某种心理暗示。记得西方有学者说过，戏剧就是把谎说圆了的艺术。细想有些道理，别人如何说圆，我不得而知，于我，也许光着头，才能把这个谎说得更圆一些。

再后来，约二十年吧，光头就成了我的发型与标识。光头已不仅为写戏，也是为了舒坦地过日子了。从此不进理发店，少了许多麻烦。隔三岔五，在家中，拿把剃须刀在头上转几下，就一毛皆无，自得其乐了。光头示人之初，也不时有人问：你又不唱戏，为何剃光头？是否有何想法？无奈作答：什么想法都没有，只是头发不好，不愿打理，只得如此罢了。想想也是，当下的男人，秃顶的、半秃的、花白的、鬼剃头的大有人在，染发的、种发的、戴假发的也比比皆是，萝卜青菜，各人所爱。这些年来，再与我探讨"光头"话题的人也几乎没有了，也许是觉得此人老大不小，还能有什么不切实际的想法？光头恰如一顶无形的钢盔，给我挡住了许多无趣的话题。

这十余年来，光头也给了我许多快乐的尴尬。由于要参加当地的政协人大活动，"两会"期间，电视台要采访文艺组，进得门来，记者一看不禁大叫："错了！错了！走到宗教组来了！"组内众多光头伙伴赶紧拦住："没错！没错！这就是文艺组！"想不到一场采访，竟是这样开头。后来，有幸得上主席台就座，这样的尴尬又来了，由于本人的姓与"释"笔画相挨，身边坐的往往不是尼姑就是和尚。佛根深种，勘破红尘的大师们早就见怪不怪，自是不苟言笑，正襟危坐，而我与身边的一些人，却往往禁不住掩口莞尔。某天天凉，很少戴帽的我戴帽赴会，一领导笑对我说："我看你戴顶帽子也蛮好的嘛！"我一想也是，愿意光头是我的事，这么严肃的会议，活跃会场气氛却一定不是我的事了。

这些年，我也常劝一些毛发稀疏的半秃好友剃个光头。理由是，与其留几根深秋蒿草般的所谓头发在风中晃动，还不如光头爽快，省心省事，好处多多。一北方挚友听劝剃了光头，整日天南地北，四方游走，偶尔见面，道一声"两个光头鸣翠柳"，而后把盏同欢，不亦乐乎。逢年过节，电话问候，少不了一句"南北同光"，而后哈哈大笑，如饮美酒，岂不快哉！

这些年，我劝一些朋友剃了光头，也阻止了一些朋友剃光头。不时，有些欲剃光头的年轻朋友来找我讨主意，只要不是为演戏、为角色而剃光头的，我一般都会劝阻。我对他们说，你看那些剃光头的人，要么上了年纪，要么有些无奈，多好的头发，剃去多可惜呀！还是好好珍惜吧，珍惜它，就是珍惜岁月。

近两年，会少开了，光头在不知不觉中给我带来了真正的乐趣，这种乐趣是我的两个小外孙女给我的，每到周末，是我的快乐时光。两个小家伙回到家中，小一点的不由分说，一把揪住姥爷，把我的光头当作她的画板，贴满了各种花花绿绿动画卡通，许多我都叫不出名字，认识的只有小猪佩奇。大一点的有人逗她："你姥爷的头发到哪儿去了？"三四岁的小丫头正色答道："我姥爷的头发都到戏里去了！"这话，也不知是谁教她的，让我听得悲喜莫名，不胜感慨。正是：本为写戏剃光头，谁知光头伴终身。世上几许光头佬，苦乐奥妙怎诉人？

（原载于《剧本》2021 年第 10 期）

酒中戏，戏中酒

早些年，认识我的朋友无不说我好酒贪杯，就连写的戏里，也大多散发着浓浓的酒气。细想纵横酒场四十余载，会同那几代各类酒友，就是喝不尽一条江河，也喝干几条溪流了。

那些情愿或不情愿倒入嘴里，灌进肚中的各色酒水，不可抗拒地浸透于我笔下的字里行间，融入了各种角色的血管毛孔，以至于弄出了那些或真正嗜酒如命，或借酒浇胸中块垒，或不得不喝、不得不醉、真醉假醉的各种人物来——

在壮族歌剧《壮锦》中，母子四人为找回丢失的壮锦踏上了凶险莫测的漫漫征程。当饥渴难耐的母子行至一村口酒坊前，一群酿酒的汉子击节而歌："日头当柴地当锅／五谷杂粮水撮合／熬酒如同熬日子／猛火烧罢换文火／好酒就是好女人／男人少她没法过／喝死也要变蛤蚧／泡进酒缸更快活！"此时此情此景，老大勒一再也挪不动脚步了，因为他就是那个"喝死也要变蛤蚧"的男人，平生所爱，除了阿妈就是酒了。面对笑意盈盈，捧酒相邀的小酒娘，哪还能把持得住。他不知这正是阻止他们母子寻找壮锦的玉鸟设的局，不听劝阻，接酒就喝，还趁着兴头，和居心叵测的玉鸟击掌赌酒。这样一来，后果可想而知。为救眼看就要渴死的阿妈，愧悔交加，无比绝望的勒一，飞身以头撞向坚如磐石的铜鼓，霎时血水飞溅，大山开裂，一条碧波荡漾的"驮娘江"飞泻而出，永远流淌在壮乡的大地上……

在壮剧《歌王》中，征南大元帅韩歧又是另外一种喝法，另外一种醉态。率部南征，所向披靡的韩歧，在新婚之夜，新娘丹霞郡主却随人私奔去了，而拐走新娘的，不是别人，正是他刚释放的俘虏，善唱山歌的骆越部落首领勒欢。狂怒之下的韩大元帅率兵追到红水河边，正欲过河大开杀戒，是使命和理智拉住了他的脚步。他到底意难平，取来一坛酒，斥退众人，一个人捧酒狂饮，试图以酒浇灭心中莫大的羞辱："羞！羞！羞！妒火烧得人难受／利剑出鞘无对手／空有十万虎狼兵／不敌骆越一歌囚！"此时此刻，能给他些许慰藉的，唯有手中的这坛酒了："郡主啊！你是檀木云中栽／金枝玉叶耀九州／韩歧恨无攀云手／唯将此身觅封侯／却不料，功名不讨女儿欢／山歌一唱万事休／都道是兵来将挡，水来土掩／有甚兵器抵挡得这山歌风流？"一坛酒喝完，不胜酒力的韩歧醉卧河滩，终于得到了真正的解脱。如果没有这坛酒，没有这场酣畅淋漓的大醉，我真不知人物性格该如何发展，后面的戏该如何继续了。在这里，酒是情感宣泄的最佳道具，是情节发展、情势陡转的最佳选择，也为全剧高潮，韩歧率众将士为丹霞、勒欢求情，促成南北文化大交融做了最好的铺垫。这使我想起了一位为酒而生、为酒而死的朋友说过的一句话：人间若无酒，日月也无光。

在新编历史壮剧《瓦氏夫人》中，壮族抗倭女英雄瓦氏夫人率壮家俍兵在江浙沿海一带与倭寇浴血奋战，却屡屡遭受朝廷奸臣的刁难，在战事紧要关头，他们却扣下了俍兵的军粮，准备高价出售，中饱私囊。在倭寇即将大举进攻的前夜，俍兵已断粮三天，万般无奈之下，瓦氏夫人的相好俍兵大将莫古率人将军粮抢回。谁知一个危难解除了，另一个更大的危难又接踵而至，奸臣严华龙领官兵包围了俍兵军营，勒令限时交出莫古人头，否则将血洗俍兵营寨。催命更鼓响，杀气漫营房，当鼓敲二更时，神态自若的莫古来到了瓦氏的帐中，向准备助他出逃的瓦氏告别。此时此刻，酒是这对各怀心事的生死恋人诀别的不可或缺之物了。莫古说今夜要喝个痛快，瓦氏说今夜要敬他三杯："一杯酒，手发烫／千言万语难开腔。"两人互敬："十年酿坛相思酒／点点滴滴在心房。"死意已决的莫古捧酒痛饮，不知就里的瓦氏奉上了第二杯："二杯酒，泪花淌／相知离别情更伤／田川种下相思树/难挡江南风雨狂。"第三杯,瓦氏、莫古举杯相视,缓缓相拥,喝起了壮家的"交颈酒":"三杯酒,情义长/执手相看断肝肠/今生共许白头愿/柔情胜似拜花堂。"三杯酒罢,俩人分手,待到四更鼓响,二俍兵将莫古自刎后盛着头颅的木盒送到了瓦氏的手中。三杯酒,喝出了男女至情;三杯酒,渴出了人间大爱。殊不知,这戏中的三杯酒还有一小小的插曲。有一年,该剧在北京演出,首场散后,作曲兼乐队指挥将我悄悄拉过一旁,笑着向我抗议:"你这三杯酒害死人了!"我一怔,忙问:"怎么啦?老兄!"他说:"年纪大了,尿道不好使了,平常还能控制,一演到这三杯酒,就情不自禁让台上的'点点滴滴'把我的裤裆搞湿了。"我一时哭笑不得,只好拍拍他的肩头:"对不起,我明天送你几包尿不湿吧!"

说了些戏中的酒,也该说说酒中的戏了,那是一场几十年前的"村醉",至今仍难以忘怀。那时我在县文艺队打杂,某天到乡镇演出,恰逢当天休息无事,一位在附近村里有亲戚的老兄吩咐招待所饭堂停了我们几个人的饭,说是他老舅家中杀狗,要请我们去喝酒。我等一听,兴奋不已,结伴而行,不多时就来到了幽静秀美的小山村。当推开老舅家虚掩的门,家中空无一人,一个平素喜欢恶作剧的伙伴来到厨房,伸手一探冰凉的炉灶,做了个鬼脸。我等一看无戏,只好沮丧地出门离去。谁知刚出门就被笑眯眯拖着一双板鞋的老舅拦住了:"来了嘛,酥豆!"说完不等我们坐下,就从缸中舀起一瓢黄豆倒进铁锅,又从邻家唤回女儿,去村中买回一板豆腐。我很想问问狗杀了没有,却又不便启齿。不多时,村中几位捧着酒坛的汉子如约而至。心情几起几落的我等几人只得入席,一场声势浩大的"村宴"开始了。乡间土酒,度数不高,却也香醇。开始是汤匙互喂,接着是敬酒交杯,到后来觉得不过瘾,干脆分边划拳,输家每次喝一碗,霎时间,码声震天,余音绕梁。鏖战正激,不知不觉中,老舅那边的人换了一拨又一拨,我等几人,只好咬牙硬顶。眼看我方又倒了俩人,马上就要全军覆没了,刚好几坛酒也涓滴不剩了。我等挣扎着站了起来,扶起"受伤"的战友,趔趔趄趄走向门外。门外的小晒谷坪上,躺满了小山村的精壮汉子,月光如水银泻地般铺在他们身上,鼾声悠悠的老舅脸上仍是笑意可掬。我等几个醉汉相互搀扶，踩着遍地月光，踏着一路蛙声，含混不清地吼着："临行喝妈一碗酒／浑身是胆雄赳赳／鸠山设宴和我交朋友／千杯万盏会应酬……"东倒西歪地向乡招待所走去。

这几年，熟悉我的朋友都知道，我现在一点也不好酒了，凡是能推的应酬都会推掉，一个人更是滴酒不沾。看到身边朋友发来的各式各样"退出酒场的告知书"也都会意地一笑。也有人问我，如今酒量如何？我如实相告，以每年半两的速度下滑，不知哪时就滑到零了。只有一种情况例外，那就是"有朋自远方来"，或是故交久别重逢，才会"老夫聊发少年狂"，携酒相邀，兴欢而散。此时的酒量酒兴应该是只为朋友而存在。每每想起李白的"天地既爱酒，爱酒不愧天"时，仿佛听到的是"诗仙"对友人深情的呼唤。喝了大半辈子的酒，喝不出聪明也就罢了，喝不出糊涂实属万幸。至于戏中的酒，还能有多少的浓度，多少的味道，我也不知，只好随其自然便是了。

（原载于《剧本》2021年第11期）

做　戏

写了大半辈子的戏，什么是戏？什么不是戏？何为戏"真"？何为戏"假"？却时而明白清楚，时而混沌糊涂。近日偶翻旧作，一部似已淡忘的现代彩调剧《大山小村官》跃入眼帘，二十多年前的诸多场景，戏里戏外的逸闻趣事渐渐清晰，历历在目，恍如昨日，令人唏嘘。

细想起来，该剧应该是我平生第一部写真人真事的命题创作了。自那以后，各种各样的命题作文就纷至沓来，应接不暇了——有古代的，有现代的；有以翔实史料为依据的，有众说纷纭、真假难辨的；有找到了感觉，愿意写的，也有尚不明白，不太愿意接的。一晃眼间，二十多年就这么过来了。

那年某月，广西的各大传媒，铺天盖地在报道宣传一个叫王任光的英雄人物，他是桂西北贫困大山深处的一个村党支部书记，为了使家乡尽快脱贫致富，他带领乡亲们修一条通向山外的乡村公路，面对种种难以想象的困难和压力，王任光发出了铿锵的誓言："不干就不干，干就干好，让群众满意！"当障碍层层排除，公路即将修通时，为排除哑炮，他不幸牺牲在最后一公里的修路工地上。一时间，八桂大地上掀起了向英雄王任光学习的热潮。

那月某天，接到宣传部文艺处的电话，要我立刻放下手头工作，到部里接受创作任务。当我匆匆赶到部长办公室，潘琦部长正在等我。他本人就是作家，各门类著述颇丰，平常尤爱和文艺家们打成一片，而被称为

"作家部长"。那天,"作家部长"一改平常的亲切随和,严肃地向我下达了创作指令:一、用彩调剧的形式宣传英雄王任光,是一项严肃的政治任务,不能马虎了事,必须全身心投入;二、该剧必须生动感人,要有较强的思想震撼力和艺术感染力;三、从今天开始到首演,时间定为三个月,一天也不能拖。过了一会儿,大概看到我面有难色,深谙艺术创作规律的部长禁不住露出笑颜,他拍了拍我的肩头说:你莫慌,我相信你的实力和能力,只要把亲情和乡情写好,这个戏就差不到哪里去。

第二天一大早,采风的主创团队就从南宁出发了。在都安县委门口,刚张罗好陪同人员和车辆的县委办公室主任将我拉过一旁,问我还需要他帮什么忙,我和这位酷爱文学,小说已写得很有些模样的年轻主任本就很熟,忙说谢了,还说我现在只想尽快见到英雄王任光的亲人和与他一起修路的乡亲们。临别前,主任从包里掏出一本磨损得残缺破旧的笔记本,翻开一页,上面写着我熟悉的话语:"不干就不干,干就干好,让群众满意。"主任一脸虔诚地告诉我,这是王任光亲笔所写留下来的,我答应他一定要把这句话用到戏里去。后来果然用了,在第一场的结尾,在抬猪出山的山道上,面对着家乡的莽莽群山,面对着刚开完支委会,达成了修路共识的支委们,王任光从心底里吼出来的正是这句话,也是全剧唯一的一句豪言壮语。

午后不久,越野车一路颠簸,沿着王任光用生命筑成的蜿蜒公路把我们一行人送到了大山腰里的一个小山村。在村里,很快我就见到了许多和王任光一起修路的乡亲们,我尽可能向他们了解一些报纸上未曾披露过的细节,他们的回答和代他们回答的却和报纸上报道的大同小异。无奈之中,我只好向陪同采风的县委宣传部部长提出,我要和王任光的家人单独聊一聊,他告诉我,王任光的老母亲在县城住院,他的女儿上学未归,能见我的只有他的妻子黄玉仙了。在王任光家门前的晒谷坪上,我和黄玉仙刚坐下,难题也来了,她听不懂普通话,也不会说桂柳方言,我正挠头,一旁的宣传部部长说他可以当翻译。于是,他将我的问话译成壮语告诉她,再将她的回答译成桂柳方言告诉我。那天下午,我问了英雄的妻子许多我想知道的问题，如：你去过南宁吗？你们家的钱是谁管？你爱穿皮鞋吗？等等。她告诉我，她没有去过南宁，王任光只带她去过离此不远的大化县城；她没有穿过皮鞋，王任光答应路修通了给她买一双半高跟的皮鞋……后来，那翻译问我为什么要问这些似乎无关的问题，我无言以对，只笑不答。

　　采风回来十多天，初稿就写出来了，主创团队一碰撞，觉得味道不够，建议做较大的调整。想起了"作家部长"的提醒，我明白了问题所在，一个人躲进了宣传部的招待所，专攻"亲情""乡情"两道难关。随着幕间曲"高高的山峰弯弯的路，背篓上日落又日出"的一咏三叹，王任光一次次面临着两难选择的煎熬，一次次挣扎于内心情感冲突的旋涡。当他为安慰女儿而递给她用苦楝木做的三角板，当他为凑钱而苦笑着给妻子写下"借条"，当他于困境中面对大山发出波涛汹涌的问山浩叹……此时的王任光，已然完全不为我所左右，此时的我，也完全忘记了素材的真与假。到了戏的第五场，在王任光家门前的晒谷坪上，针锋相对的冲突，已化为溶溶的月色，暖暖的亲情。刚给老母亲洗完脚的王任光对妻子说，公路马上就要修通了，他要送母亲到山外治病，他要给女儿买一个漂亮的书包，他要带妻子去逛南宁的大马路，送给她一双半高跟皮鞋，以弥补今生的愧疚……

　　修改稿迅速通过，开排前"作家部长"又把我召去，他郑重其事地要我转告团长导演，王任光不能让杨步云来演，怕他演得像个坏人。我惊愕片刻，随即明白，原来彩调剧向来以丑角当家，而杨步云是当时广西彩调剧第一当家丑角。我立马转告导演，给杨步云在剧中安排了一个下乡扶贫，叫作"张工作"的配角，戏份不多，却也风趣幽默，既不抢戏，也蛮出彩。

　　三个月之后，现代彩调剧《大山小村官》如期在南宁剧场首演了。这个戏的主要观众是出席自治区党委扩大会的各级领导。开场铃响之前，"作家部长"让我坐在他后一排的身后，看着我的目光既有期待，更有担忧。彩调"一条龙"锣鼓响过，戏开演了，我的注意力却不在台上，而是坐在"作家部长"左右的广西主要领导的脸上。戏到第二场，我看到书记在摘下眼镜悄然抹泪，当戏演到王任光的女儿王小妹手提竹篮当书包，高兴地接过爸爸自制的苦楝木三角板时，领导们抹泪的频率也越来越高。此时，我心中的一块石头落了地，悄悄地溜到剧场门外抽烟去了。之后不久，不知是谁将这个"桥段"告诉了广西的作家东西，东西就写了一篇名为《戏看》的小说发表了。小说中的剧团团长常见（他很客气，没用我的真名）为了剧团的生存发展，想出了一招，每逢重要演出，一定派个人拿着笔记本躲在大幕之后，偷窥台下看戏领导的表情，看某领导微笑几次，大笑几次，再看某领导抹泪几回，或与身边陪同的人交流几回，然后将这些信息准确无误地记到笔记本上。我这一辈子都没有当过院团长，却很钦佩那位常见团长的良苦用心。

首演那晚，在演员谢幕时本还有一段我与导演精心策划的"戏中戏"，可惜未能演成。首演当天，剧组就派人把王任光的妻子黄玉仙接到了南宁，由那位给她当过翻译的县委宣传部部长陪她逛了半天街，还给她买了一双款式、质量均不错的半高跟皮鞋，演出时将她潜伏在后台，准备在谢幕时由饰演她的演员将她请出，说是受英雄的委托，将那双皮鞋在台上送给她。谁知，当"剧终"字幕一现，众领导就踩着掌声急切地上台接见演员了，以至，英雄的妻子未能现身谢幕的舞台。如今想来，还有几分遗憾。

二十多年的日子如梦如烟过去了。前不久某天，我在酒桌上见到了当年那位酷爱文学的县委办公室主任，他如今因小说创作成就斐然，屡获大奖，已是某市的文联主席了。在给我敬酒之前，他端酒先自罚一杯，我正愕然，他却笑着说，对不起老哥了，当年我给你看的笔记本上的那句话，不是王任光说的，更不是王任光写的，而是他在英勇牺牲之后"伪造"的。我哭笑不得，只好说：这句话，是全剧最不靠谱的台词。

（原载于《剧本》2021年第12期）

我的长安是柳州
——民族歌剧《柳柳州》创作随笔

2018年仲夏,我在柳州迎候一批将中转到河池下枧河边讲课的各路专家,接到戏剧理论家马也先生时,离发车时间尚有两个多小时,我问没有来过柳州的马也:想到何处转转?马先生不假思索:到柳侯祠看看。于是,我们便到了柳侯祠。柳侯祠我已参拜多次,不料当走到柳宗元的衣冠墓时,马先生突然问我:如果让你写柳宗元,你会怎么写?我竟一时愣住,无言以对。待到上车,往传说中的"歌仙"刘三姐的故乡下枧河边驶去,一道亮光突然从我眼前闪过,我问马先生:如果我写唐诗与广西山歌的对话与碰撞,该当如何?马先生说:这想法不错,要看你从何入手,写得如何。

此事一晃几年过去了,待到2022年初,我真接到了创作民族歌剧《柳宗元》的邀约。先是翻阅了大量的史料,然后便陷入了长长的思索。首先想到的是,今天写柳宗元,要告诉观众什么?柳宗元(773—819年)字子厚,亦称柳河东、柳柳州。作为唐宋八大家之一,无论从中国文学史的角度,还是家喻户晓、妇孺皆知的大众认知角度,柳宗元都是不可或缺、为数不多的伟大作家和诗人。作为唯一直接参与中唐两大事件——永贞革新和古文运动的中坚人物,柳宗元四十六年的人生历程充满了屈原式的悲剧色彩。曲折跌宕的从政经历和长期的流放贬谪,不仅锻铸了他孤傲不屈的灵魂,也使他为后世留下了光耀千秋的璀璨华章。柳宗元一生坎坷,壮志难酬。和大多数仕途失意、饱受贬谪的封建士大夫一样,柳宗元不甘于现状,他心中一直涌动着"北望长安",返归中原,施展平生所学去报效朝廷的强烈愿望,而这种愿望的一再破灭,使得身处逆境的柳宗元长期陷入巨大矛盾挣扎和剧烈的内心冲突之中。到了永州后期,尤其是到了柳州刺史任上之后,随着逐步融入当地文化,随着对世情、民情、民间疾苦的直接感悟和深入了解,柳宗元心中的愿景发生了微妙而又不可逆转的变化。他早年埋藏于胸间的"勤勤勉励,唯以中正信义为志,以兴尧、舜、孔子之道,利安元元为务"的理想抱负焕发出耀眼的光芒,他不顾贬谪之身,开始利用作为"一州之长"的有限实权,毅然采取一系列措施实行社会改革和治理。他兴利除弊,传播儒学;他释放奴隶,移风易俗,破除巫术;他凿井开荒,植柳种柑……使得源远流长的中原文化在一千多年前的"荒蛮之地"得到了广泛的传播,柳州的面貌焕然一新。民族歌剧《柳柳州》着力表现和展示的正是这一段历史。正如郭沫若先生诗中所述:"柳州旧有柳侯祠,有德于民民祀之。"之所以选择柳宗元在柳州的生命的最后四年为情节主线,是为了让当今的观众更好地抚今追昔,更好地敬畏历史、敬畏传统。无论是从政的、经商的、弄文的,抑或是普通百姓,都该从柳宗元身上看到自己生命的影子,从而更好地完善自己的生命构建。这,正是传承中华优秀文化传统的要义之一。其次,广西为什么写柳宗元?山西有山西的写法,西安有西安的写法,永州有永州的写法,而柳宗元与广西的生命和情感的关联,才是我写这个戏首先要考虑的。广西柳州,是柳宗元生命最后终结之地,也是他一生的理想抱负与仕途成就的总结所在。该剧之所以取名《柳柳州》,不仅因为柳宗元本来就有"柳柳州"之称,而且这种可遇不可求的戏剧性巧合能唤起当今观众的亲和感、亲切感,且具有鲜明的广西地域文化标识和特色。柳宗元的"官为民役""为天下者本于人"的民本理念和他的清廉刚正的生动艺术呈现,于当下无疑有着积极的现实意义。可以想见,该剧的观众无论是为官还是为民,均可从这位一千多年前的先贤身上得到人生的启迪和精神的洗礼。而要达此目的,前提是要塑造出一个真实可信、饱满厚重,有着独特个性魅力和艺术感染力的柳宗元的舞台艺术形象。

鉴于以上考量，该剧的戏剧冲突主线以人物内心冲突为主，外部冲突为辅，着力揭示柳宗元由"北望长安"到"我的长安是柳州"的内心情感冲突、变化，并由此完成该剧主题的深化与升华。而唐诗与山歌的对话碰撞，那最早出现的电光石火，在这里找到了展示的平台，融入了人物的情感命运，为全剧的风格形成奠定了坚实的基础。中唐中原文化与岭南骆越文化多元碰撞与有机交融，形成该剧独有的地域文化特色和鲜明的时代特征。

　　民族歌剧《柳柳州》拟定位为带有悲喜剧色彩的抒情正剧，以便于展示柳宗元令人赞叹的生命旅程，层层揭示他丰富复杂的内心情感冲突，力争达到一咏三叹、走心感人。该剧的唱段设置和唱词创作应从人物出发，既有唐诗词韵味又兼具当地俚语色彩，该雅则雅，当俗则俗，雅俗共赏。该剧的音乐创作除了唐代元素，还应该纳入一定程度的柳州当地及广西民族民间音乐元素，使之既符合人物性格，又能为升华主题提供坚实的音乐灵魂支撑。本剧应遵循历史剧"大事不虚，小事不拘"的创作原则，在理顺柳宗元在柳州四年任上的基本历史事实的基础上，对其他的人物、事件、细节等进行合理的虚构，使之达到"最后的真实"。

　　本剧的时间跨度为815—819年。从柳宗元、刘禹锡十年流放，刚返长安再次被贬写起，至他生命终结结束。被贬至广西柳州的柳宗元在柳州刺史任上度过了他生命中的最后四年时光。此时的柳宗元，虽一再遭贬，但"北望长安"、返归朝廷的念想却仍未破灭。"十年憔悴到秦京，谁料翻为岭外行"，刚从永州贬所返京不久，又被贬到更为僻远的百越荒蛮之地——柳州。刚抵柳州，奇异的山川风物使他从悲情中得到片刻的解脱。不久，桩桩件件民间疾苦又接二连三扑入眼帘、涌入心中，柳宗元艰难地从悲愤中挣脱出来，决意用手中有限的权力为老百姓排忧解难。他不顾重重阻碍释放奴隶，破除巫术，传播儒学，移风易俗，凿井开荒，植树种柑……他一次次在梦中与挚友大诗人刘禹锡倾吐着别离悲欢，人间至情，胸中块垒，诗词艺术；他一次次与奉命监视他的上司裴行立为上书朝廷与凿井之事爆发冲突……他一次次与侍妾唐月为名分与"北望长安"的意愿陷入情感的旋涡……

柳宗元由"北望长安梦未休"到坚定地确立"官为民役才是真",直至"我的长安是柳州",这既是柳宗元人物的主要情感冲突线,也是中原文化与骆越文化碰撞融汇的恢宏交响。

元和十四年(819年)十一月,积劳成疾、恶病缠身的柳宗元自知去日无多,诸多遗憾与感慨涌上心头。罗池湖畔,他对陪伴他十多年却一直没有名分的唐月吐露心声:"满心愧疚叫声妻/海枯石烂不分离……"唐月回应他:"一个'妻'字惊天地/今生遗憾化云泥/夫君啊,今生虽无八抬轿/月光是我新嫁衣……"他与挚友刘禹锡做了心灵的诀别,他告诉刘禹锡:"今生有幸到柳州/忧愁尽去文采添/山歌悠悠日月长/杨柳依依亲情牵/若要问此生归宿根何在/正在这奇山秀水柳江边……"他抓着亲友的手,轻吟着:"柳州柳刺史/种柳柳江边/谈笑为故事/推移成昔年……"溘然而逝。

剧中的结尾是柳州百姓排开"百家宴",为出远门的亲人折柳饯行。乘着一叶孤舟的柳宗元缓缓穿过众人的目光,弃舟登桥,而承载着一个孤独男人灵魂的、遮风避雨的、精妙绝伦的"风雨桥",让柳宗元走完了最后的生命历程,化为一尊让人千秋瞻仰的塑像——千古一人柳柳州。

剧中其他主要人物设置的考量——

唐月作为柳宗元的红颜知己,她身上有着中国传统女性的美德——忍辱负重和善解人意。因身份和地位的缘故,她对柳宗元的崇敬大于男女之爱恋。这种类似于对父亲般的崇敬,使她与柳宗元的关系徘徊转换于夫妻关系、主仆关系、父女关系几者之间。她陪伴柳宗元经历了一次次磨难,一次次失落,当然也有短暂的欢欣和温馨。只有她,才真正理解柳宗元内心深刻的痛苦与渴求,只有她,才能使柳宗元在不停歇的内心苦斗之中得到片刻的解脱和安宁。她没有名分,她也无需名分,这是她与柳宗元在剧中的情感冲突主线。为了柳宗元,她可以舍弃一切,当家中即将断炊之时,她忍痛典当了柳宗元赠的古琴与金钗,当柳宗元劝她先返长安时,她禁不住失声痛哭,她决意陪伴柳宗元,一直到他生命的终点。这个不为正史所载、艺术虚构的弱女子、真女子,她将对柳宗元复杂的爱,埋藏在内心深处,犹如一坛窖在地下多年的美酒,一经开坛,就透出醉人的芬芳。

刘禹锡是柳宗元的同科进士、一生挚友。共同的政治理想和抱负，相互倾慕的文学风骨，加之几无二致的仕途坎坷和人生际遇，使二人结下了令人赞叹的生死之谊。作为中唐最负盛名的大诗人，刘禹锡笔走龙蛇，诗风飘逸洒脱，机锋处处。如游玄都观时随手挥就的"紫陌红尘拂面来，无人不道看花回。玄都观里桃千树，尽是刘郎去后栽"，以及他的竹枝词，尽显大家风范，并为后世所传颂。写柳宗元与刘禹锡，绕不过写他们的生死之谊，如史料记载的"以柳易播"，但这并非本剧的重点落笔之处。在这部不以作家、诗人的文学创作为主线的剧中，写刘禹锡与柳宗元的情感碰撞、灵魂对话，主要目的是要写出文学大师的独特个性和风骨，写出酣畅淋漓的内心情感宣泄。因此，在本剧中，刘禹锡不仅仅是大诗人刘禹锡，他还是柳宗元性格的另一侧面。刘禹锡在剧中的出现，除第一章"无情最是灞桥柳"之外，均非现在时，他只出现在戏剧冲突的"陡转"之处，只出现在柳宗元内心挣扎煎熬之时。本剧力图使这种构架给全剧带来独特的韵味和写文人剧不可或缺的文学品格。

螺蛳妹是被柳宗元解救并免除奴隶身份的峒氓少女。柳宗元曾这样描述过柳州峒氓景象："郡城南下接通津，异服殊音不可亲。青箬裹盐归峒客，绿荷包饭趁虚人。鹅毛御腊缝山罽，鸡骨占年拜水神。愁向公庭问重译，欲投章甫作文身。"这种现象既落后、愚昧，又充满古骆越文化的神秘、浪漫，而螺蛳妹正是它的化身和象征。柳刺史一救再救螺蛳妹，不仅给了她自由之身，还释放了她天真烂漫的天性，凿井拓荒，栽柳种柑，处处都有她俏丽的身影。她天生爱唱山歌，为了使柳大人开心健康，她要把山歌当药送给他。为报答给她再生之恩的柳大人，她不管不顾，月黑之夜在州衙外唱起山歌，并教唐月学唱山歌。

与唐诗对话碰撞中的山歌，主要由螺蛳妹和峒氓青年男女们完成。而柳宗元"我的长安是柳州"这一愿景的落实，也正是螺蛳妹和骆越百姓对柳宗元衷心爱戴的心理依据。

裴行立身为桂管观察使，柳宗元的上司，在韩愈写的《柳子厚墓志铭》对他有如下述叙："其得归葬也，费皆出观察使河东裴君行立。行立有节概，重然诺，与子厚结交，子厚亦为之尽，竟赖其力。"本剧中，笔者对裴行立这一人物做了适当的调整。裴行立既仰慕柳宗元的道德文章，但他又身负着监视柳宗元一举一动的特殊使命，这是个身处两难状态的角色。为圆柳宗元"北望长安"的夙愿，他多次劝阻柳宗元遇事谨慎，并扣下了他上奏朝廷的封封奏章。为保住顶上乌纱，他又违心地给柳家派去了卧底的暗探厨娘桂姑。短短四年间，他目睹了柳宗元的所作所为深受震撼。他为柳宗元赎回了唐月典当的古琴和金钗，送还了不再有密探使命的厨娘桂姑。在柳宗元生命即将终结之时，他们有过一场推心置腹的谈话，并为"我的长安是柳州"画上了句号。

厨娘桂姑是剧中别有意趣的一个人物。她精于厨艺，善烹羹汤，对于桂北螺蛳粉的烹调更是独具心得。但更重要的是，她有一颗善良的心，而又心直口快。她对监视的对象柳大人有诸多不解，比如说，她对柳大人不给唐月名分的困惑，比如说，她对柳大人"夜夜不睡、哭哭写写、写写哭哭，写了又撕、撕了又写"的乖张行为质疑，直至她目睹了柳大人为老百姓所做的那一切，而感到自己身份的荒唐，宁可不要昧心钱，"宁可回家抱外孙"！桂姑这个角色，在剧中多用数板，至归纳处才唱上一至两句，使她具有了别样的韵味。

峒佬是骆越峒氓德高望重的部族首领，曾为释放奴婢、江边祭神、药汤驱瘟与柳宗元产生过剧烈的冲突，并嘲讽柳大人不知敬神才被贬谪。随着时间的推移，随着柳宗元为柳州办的件件实事的完成，柳宗元曾经叫过他的一声"兄"，使峒佬对柳宗元由忌生敬、由敬生情。这个角色既是剧中外部冲突的典型元素，亦是柳宗元对柳州这片土地饱含情感，直至"我的长安是柳州"的重要一环。

从2022年4月至今，《柳柳州》历经数次修改。主创团队决意上下齐心，努力探索中国民族歌剧的新路径。2024年4月，《柳柳州》在北京中央歌剧院首演后，又在全国巡演了30多场。边演边征询观众及业内专家意见，力图使其在舞台上臻于完美。

2024 年 5 月 23 日

常剑钧戏剧出版物一览

1995 年　《常剑钧剧作选》，漓江出版社。
2002 年　《广西当代作家丛书·常剑钧卷》，漓江出版社。
2008 年　《广西当代剧作家丛书·常剑钧剧作集》，漓江出版社。
2012 年　《天上恋曲：常剑钧戏剧作品选》，中国戏剧出版社。
2015 年　《常剑钧剧作评论集》，中国戏剧出版社。
2016 年　《水街：常剑钧剧作选》，中国戏剧出版社。
2019 年　《常剑钧戏剧杂谈》，中国戏剧出版社。